Qin Yuanyuan
de
Xia Ranran

秦媛媛的夏然然

旧海棠 / 著

作家出版社

图书在版编目（CIP）数据

秦媛媛的夏然然 / 旧海棠著．-- 北京：作家出版社，
2022.10

ISBN 978 - 7 - 5212 - 1790 - 2

Ⅰ.①秦… Ⅱ.①旧… Ⅲ.①短篇小说 - 小说集 - 中
国 - 当代 Ⅳ.①I247.7

中国版本图书馆 CIP 数据核字（2022）第 019058 号

秦媛媛的夏然然

作　　者：旧海棠
责任编辑：田小爽
装帧设计：留白文化
出版发行：作家出版社有限公司
社　　址：北京农展馆南里 10 号　　邮　　编：100125
电话传真：86 - 10 - 65067186（发行中心及邮购部）
　　　　　86 - 10 - 65004079（总编室）
E - mail: zuojia@zuojia. net. cn
http: // www. zuojiachubanshe. com
印　　刷：河北鹏润印刷有限公司
成品尺寸：142 × 210
字　　数：176 千
印　　张：8.375
版　　次：2022 年 10 月第 1 版
印　　次：2022 年 10 月第 1 次印刷
ISBN 978 - 7 - 5212 - 1790 - 2
定　　价：58.00 元

目录

上
·
篇

— 003
遇见穆先生

— 019
山中对话

— 041
稠雾

— 055
返回至相寺

— 075
在南雄

— 089
最大的星星借着你的双眼凝视着我

目 录

下 · 篇

— 115
刘琳

— 137
团结巷

— 161
海滩的上空

— 189
秦媛媛的夏然然

— 217
天黑以后

— 243
像没发生太多的记忆

上 · 篇

—— 秦媛媛的
夏然然

遇见穆先生

　　小艾走上观光车，还要往后走找空位，见穆先生坐在第三排。她不知道要不要打招呼，正犹豫着，穆先生抬头看见她站起来让了位，说，坐这吧，没人。

　　小艾靠了窗子坐。挺宽敞的位置。观光车是进口的，电动车，环保，比普通的大巴要宽许多。前后座椅之间的距离也足够空间，穆先生挺高的个儿，坐下去膝盖也不委屈。感觉跟波音737的商务舱差不多，有点奢侈。奢侈是奢侈了点，小艾坐下去，觉得身心很舒坦也就觉得合算了。由着这种不错的心情，侧身把窗帘拨在一边扣在塑料槽里。这个过程，小艾透过酒店前方的椰树林看到湖面平静，微微地泛着深秋八九点钟的和煦光芒。

穆先生在看几张英文报纸，时间是昨天的，小艾从他拿报纸的手势上看，觉得他应该看了好一会儿了。右手大拇指按下去的地方有些皱陷，小艾想，那报纸里至少有一两则新闻曾让他看得入神。小艾想到这，把想跟穆先生寒暄的话放回了身体里，她想，不急，等他看完了报纸再说不迟。无非是"没想到又遇见你了"或"你也去古村吗？"这些话，实在可说可不说，前天在温泉汤池里认识的穆先生，他是那种你不说话就能知道你所思所想的人，所以省了这些话或迟些说并不会让穆先生以为她是一个没有礼貌的人。嗯，人家给让了位置，小艾却连"谢谢"都还没有说。

"又遇见你"，以穆先生的说法是第六次了。第一次在温泉出入大厅二楼的公共放映厅，第二次在大游泳池，第三次在温泉汤池，第四次在早餐厅，第五次在高尔夫球场路上，第六次，此时。

昨天早餐后，小艾出去湖边散步回来，遇着背着高尔夫球袋的穆先生。小艾说："你怎么认出是我？"

穆先生跟小艾并肩走着，几乎高出小艾一头。穆先生侧脸看小艾说："早餐在餐厅认出是你。你衣服没换，多了一条披肩。不难认。"

小艾诧异，被一个陌生人这么反复认出来，心里有点虚，也有点不好意思。因为之前一次是在温泉汤池里，两人都穿着泳衣，可称赤裸。小艾虽不好意思，因为奇怪眼前这位高大厚实的先生是怎么认出她的，还是愚蠢地问："在早餐厅你怎么认出是我？"愚蠢是小艾自己对自己的评价，她当时的感觉是既尴尬又掩盖不了好奇心，像个无知的少女。那情境发生在一个中年妇女身上自然就是愚蠢了，小艾想。

穆先生用扶高尔夫球袋的手指一下自己的脸和脖子，说："昂，这个。"

小艾看懂了，会意一笑，可不是嘛，自己右脸和右脖子上，长了四粒黑痣，从酒窝位到锁骨成一条直线。最大的一粒是锁骨上的那粒，和酒窝位置的那粒一样是胎带的，夸张点说能有绿豆般大了。只是酒窝上那粒的大小搁在一个人的脸上看挺适宜，不像锁骨上这粒没个矜持，随着年龄不停地长。

小艾这么笑，就算认可了穆先生的说法。于是继续往前走。穆先生人高腿长，走几步总要等小艾一下，在一次停下来时跟小艾说："我后来想，我第一次遇见你是在温泉出入大厅二楼的公共放映厅，你穿着绿色的浴袍，捧了一大杯爆米花。第二次遇见你是在大游泳池。在汤池看见你是第三次，你刚从大游泳池过来，看见你脸上的痣才想起在放映厅注意到的人也是你。你游泳像专业的。"

小艾听穆先生这么细说，跟着把每一个场景回想了一遍，公共放映厅里她是捧着爆米花，左右都坐了人，不知道哪一位是他。大游泳池她在深水区游，水有点凉，她记得在水上躺了好大一会儿看星星，周围也没见什么人。后来觉出大游泳池的水冷了，去找汤池暖和暖和。高温的汤池里人都很多，她找了一个偏僻的小汤池，牌子上写 43.1 度，她试了水觉得还行才下去。哪知下去后发现汤池里有一个人了，被汤池周围的灌木丛的阴影掩着，在岸上没看出来。小艾正要坐下发现旁边有个人，一动不动的，小声"啊"了一下，正要离开，那人说了一句"水不烫"。说着，动了一下身子，本来懒散的样子一下子坐直了。小艾见是个大活人，往身体里吞一口气才坐下去。坐了好大一会儿，那人说："你游泳很好。"小艾觉得这话没来由，淡淡地说了句"还行"。一来二去两人聊熟了，小艾才知道眼前的这人也是刚从大游泳池过来的。知道他姓穆，称他穆先生。穆先生问怎么称呼她，小艾说认识我的人都叫我小艾，叫我小艾就行。穆先生也没问她是姓艾还是名叫小艾。

"年轻时是搞这行的，后来结婚生子有二十年没怎么游了。去年才算又捡起来练习。"

"二十年前？"

"二十一年前。"小艾这么回答自然是知道穆先生在问她"年轻时"的时间。

"至少得是省队的。"

"是。"小艾低头笑。人家猜得很准，没必要多言语。

两人接下来没怎么说话，穆先生与她并肩走了一会儿路，在一个分岔口，穆先生停下说他要往"这边走"，两人就分手了。穆先生去打高尔夫，小艾回酒店。

小艾没回头，她知道穆先生是往湖边去了。她记得当时自己很不自在，而她所有的不自在都用来整理披肩了。

小艾想到这不自觉地笑，一个女性的腼腆羞涩显现在她的脸颊上。她之前一直盯着窗外看，这一笑她便在玻璃窗上看到隐约的自己。中短发，疏淡的弯眉，圆脸，腮微胖，唇红齿白。她忙收起了笑，觉得这样胡思乱想的真是不像话。

这时间也就五六分钟，车上全坐满了，后来的客人只能等第二辆观光车。车启动，穆先生把报纸折起来放在腿边的背包里，这才转过头跟小艾说话："准备去哪个地方？"

小艾是从酒店的介绍上知道度假酒店配套的景点，当时她记得只用心看了免税购物街和古村。小艾对购物兴趣不大，以往带儿子旅游，国内国外，最终无不都是以购物收官。小艾想去的是古村，介绍上说是岭南第一长寿村，村里现有二百一十五位老人，九十岁以上的有十几人，最年长的有一百零三岁了。

小艾便答："古村。听说古建筑保存得很好。"

穆先生朝窗外看一眼，把目光落在小艾脸上说："可追溯五百年。"末了又说，"今天好天气，去古村走走感觉会很不错。"

这时穆先生的目光已从小艾脸上移走了，小艾感觉得到。"听你这么说，好像去过？"

穆先生似加重了语气说："去过。我只要住在酒店，都会去古村。"

小艾微笑。她不觉得这微笑穆先生会看到。她不善言谈，常迟钝在某一个话头上。

观光车开得不急，慢悠悠的，坐在上面的感觉正是观光的悠闲心态。约摸二十分钟，到一个荷兰小镇一样的建筑群，穆先生说是免税购物街，全世界的各大品牌都有，跟购物街配套的还有酒吧一条街，餐饮一条街，游乐场，电影院等。

观光车停下，下去一批客人，又上来三五个，这时车上大约还有十来个人。

经过免税购物街，车子继续往前开，可能是刚上车的人把车窗打开了，车里进来一股凉风。这风也不让人感觉冷，凉丝丝的。又过了十来分钟，车子经过一片田野，也看不出种了什么，茂密而荒芜。然后到一座山脚下隔着一条河停下。河那边就是古村。

车上的客人都下了车。从河边一片菠萝蜜树林前过来一个导游接客。是个小姑娘，晒得古铜色的皮肤衬得她的眼白和牙齿白得发亮。正如我们常看到的导游一样，小姑娘拿着一个喇叭开始向客人介绍古村。

穆先生问小艾："要跟着导游走吗？"

小艾说："听听她说吧。"

导游的介绍无非是宣传上的一套言语，小艾都知道，所以听得三心二意。待导游简单介绍完，开始引导客人过桥去村里。到了村里又聚上来一些散客跟着走，人群看上去也有二三十位了。

导游说首先会带大家去老人集居的地方看看，然后带大家看几户大院，再之后就是自由闲逛。

穆先生不想去老人集居的地方，跟小艾说明后一个人入了村巷。小艾倒是想去看看老人，想知道他们是一种什么样的生活状态。原来，两百多位老人并非全住在一个地方，只是七十岁以上需要人照顾的才会集居。大部分老人还是住在自家。自家也不在古村，而是后来新建的村落里。这里等于说是有两个村，一个是有五百年历史的古村，一个是新村。新村从第一户迁出来到后来的瓷砖楼房也有近一百年的历史。两百多位老人并非全是原住民，多数是一些归乡人，年轻时在外经商或打工，上了年纪就回来这里居住了。因为旅游开发补助了村民建房，这些年回乡的人越来越多，含有小部分华侨，也就形成了有两百多位老人的数量。老人们都没什么事可做，多聚一起打麻将，村头，巷子里，大院里，除了开小旅店的生意人是年轻人，可真都是上了年纪的老人。有的老人衣着很是体面，梳着旧式的发髻，首饰也很考究，看上去翡翠、金银、玉镯子都价值不菲。不过，这些现象也是在新村里。古村是被保护的，每一块砖、每一条石板都保留着许多年以前的样子。这种原貌甚至是荒乱的，被遗弃的，隔世的。水渠还有水哗哗地流淌，只是洗衣、淘菜的老妇人或年轻媳妇无踪可寻。

走在这样的村巷里，小艾的脚步不由得就轻了，看着不同的门框、瓦檐、壁画、梁雕，心里不由得揣测起当年里面都住了什么习性的人。自然有大户和小户穿插着，小艾走进一所不起眼的古屋，像是再普通不过的人家，中间是天井，二进式的格局。穿廊过堂，曲里拐弯连着外围的一圈房屋，再循着这些房屋去看房间的格局，小艾这才觉出格局的考究。在前厅的后面还有一个天井，天井后才是一家的堂屋，前院的那个厅不过是个过堂，待外人的地方。一切的摆设仿佛遵着当时主人的意思，还都是有尊严地陈设着。小艾走了不少家，还没有哪一家的家具保留得这样完好。至于是不是几百年前的小艾就不知道了。堂屋前挨着天井的地方摆着一个小茶几，或者北方叫方桌。穆先生趴在桌上下一种什么棋子。

小艾看见穆先生停下来站着没动，她想要是没惊动穆先生她就转身走开，要是早惊动了就上去打招呼。

小艾盯着穆先生看了一会儿，见穆先生很用心地在走棋，就以为穆先生没发现她。刚转身走，小艾听到自己的脚步声，觉得一个大活人进院里来了穆先生没发现是不可能的。于是又试探着上阶梯进堂屋去看看字画。

"这所房子里很少人来，一是巷子岔道多，没有导游带着普通游客转不进来；二是这所房子传说闹鬼，导游都知道，所以不带游客来。"穆先生说这话时头抬也不抬，手里忙着走棋。

"并不难找。中午饭前我来过一回这村子，然后出去新村那边吃了小吃。本来想回去的，又想来这里走走。不难找，只要有心走到村子尽头。"小艾强调什么似的，说着话，好奇地看着穆先生，好像他在这里待了很久了。天井上方打下来的光，看得出来刚刚从他的左肩至右肩经过，留下一层绒绒的东西，在光柱的边缘下还在微微地泛着光芒。

小艾走了两遍古村，只要不是太荒凉的院落她基本上都进去看了，有些房屋里灰尘少，有些多，这情景显然是有的院落安排了人看管或打扫的。穆先生在的这家是其中较干净整洁的一家。

小艾这时已走到堂屋去看两边的字画了。转了一圈，又回到堂屋条几前的背靠椅上坐下来。

穆先生还在下棋，也没有转头，只听声音冲小艾说："那边是男的坐的，女性应该坐另一边。"

小艾听这么说并不当回事，散漫地回穆先生，"我不过是个游客，又不是这里的女主人，我看不必要守这规矩。"这回答有点矫情和调皮。

"怎么没必要呢。这个村庄有五百年的历史。五百年经历了多少代人啊，你又怎知你不是其中的哪一代人？"穆先生仍是未抬头，还在走他的棋子。

"穆先生，您可真会开玩笑。"小艾固执地坐在椅子上没下来，木椅又高又大，她的脚有点不太能着地。

"不开玩笑。"

穆先生说不开玩笑，小艾也没把他的话当回事。反倒问："古时候的人不都挺矮的嘛，这椅子怎么这么高？"

"堂屋的这两张大椅子只能是掌家的老爷和大太太坐的。要坐在这里的时候，多数是家庭有重要事情办，大太太尊贵，自然要打扮得很隆重，脚上穿的木屐，比你们现代女性的高跟鞋还要高。打扮后个头能跟老爷差不多，坐上去脚着地问题不大。"

穆先生这时走完最后一步棋，然后把棋子收拾起来，用一个古老的青灰色瓷器罐子收着。那是什么棋子小艾并不知道，也没想问。但小艾看穆先生这举动不免还是好奇了，问："穆先生是本地人？看你对这座院子挺熟悉的，东西放在哪你都知道。"

在穆先生收棋的时候进来一对背包的小情侣，这会儿那对情侣上阁楼去了。

穆先生把棋放入一个房间的黑漆柜里，并没有回小艾的话。但他走到了小艾的旁边，再次告诉她，她应该坐到另一边去。穆先生说这话时脸上严肃，小艾看出来了就没法再当穆先生的话是玩笑，乖乖地走过去坐在本该属于掌家的大太太坐的木椅上，穆先生坐在掌家老爷的位置上。

穆先生坐在木椅上不出声，把眼睛闭了起来。小艾突然心里有点紧张，不知道出于什么原因也跟着闭上了眼睛。

两人什么话也没说，就那么闭着眼。中间听到之前的一对情侣从阁楼上下来站在一侧看他们觉得好奇的动静。小艾心里想，女孩一定是把男孩的衣角拽了又拽，然后男孩就握住了女孩的手，静悄悄地出去了。

小艾幻想到一个场景。她在一个傍晚进了这个村子，来的时候，许多村民都在路上看她，还有小姐偷偷地在自己的阁楼里透过窗子向下看。她要到的一户人家，并不太富裕，掌家的太太就坐在她如今的位置上。旁边没有老爷。家里除了几个男仆并没成年的男性，一个人称小少爷的四五岁男孩在天井里玩一种藤球一样的东西。小艾从角门进了这户人家，施了礼见过太太。这位太太面相庄严，说话却是柔声细语，小艾一直低着头听话。

后来的事，小艾就记不得了，可能因为太入戏，身心已抽离去了那个傍晚。等小艾睁开眼来，穆先生站在她的面前，又紧张又心疼地看着她。小艾脸上流着眼泪，穆先生看她醒来为了安抚她把她揽在了怀里。

小艾在穆先生的怀里抽抽泣泣。这时太阳西斜得厉害了，光柱从地上打到了堂屋的后墙上。后墙上是一对清末时期打扮的夫妻画像。看衣着，是一对富贵人家的老爷和太太。再看面相体态，不像是岭南人，倒像是中原人。

小艾回过神来，觉得自己真是不像话，忙找了话题为自己解脱。她问穆先生："这对画像是什么人？"

穆先生说："我的祖爷爷和祖奶奶。"

小艾那么一哭，对什么像是欣然接受，对穆先生的回答全没了一个普通游客的惊讶。小艾说："我刚才好像睡着了，梦见一出场景。我是一个童养媳，嫁到一户败落的人家。那一户人家也刚搬来这村子不久，家里只有一个男丁，还是个四五岁的孩子。我便是要嫁给那个孩子。我也未成年，十一二岁。被一抬四人轿抬进村来。"

穆先生本来松开了小艾，这会儿听着她思思索索地说完，拉上了小艾的手，千言万语的样子。

出了院子，两人松开手立刻又生疏了。穆先生要带小艾去村头一家小吃店吃东西。说是一种蒸的粉，还是他小时候的味道。

蒸粉店在他们入村的那片菠萝蜜树林对岸。从穆先生家的老宅过去，刚好要走一个长方形的斜对角。还只是走到一半，已过了三道石板桥。下了第三道石板桥要抄近路走得从一条小溪边贴着墙根走一段，穆先生问小艾行不行，小艾看看脚上的坡跟鞋觉得问题不大，于是穆先生在前，小艾在后，窄的地方两人几乎是侧着身子前行。看来这是一个大户人家，院墙很长，小艾在一个墙弧角的地方刚转过身时，看到小溪对面的墙上全是橙色的光芒。一个少年的人影映在上面，后面跟着一位奶妈和一位刚成年的小姐。小姐扛着一个红漆篮子，盖子下面隔着的藏青布露出两个尖尖的角。小姐边走边侧头看着奶妈打着手势说话。少年并不着急走路，走走停停地等着后面的两位，显得极有耐心和宽容。小艾心中一悸，倚在墙上一动不动地看着那个少年。

穆先生见小艾停下，回头来接应她。小艾把目光扯回到眼前的穆先生脸上，觉得自己依然是恍惚的。

待走过这段狭窄的小路，到院墙的一个角门的地方又是一道石板桥。石板桥连着一条宽敞的巷子，另一边就是小艾刚才看到的映着橙色光芒的墙。两人走上这条巷子，穆先生个高，夕阳把他的倒影从脚边一直投射到那面高高的墙上。那面墙已经是破得不成样子了，红沙土一片一片地裸露出来，像一段过往张开的大嘴冲着小艾在呐喊。

穆先生见小艾脸色，问她可是哪里不舒适，小艾摇头，脚下快了两步跟上穆先生。

到了粉店，穆先生选了靠河边的位置坐下。两人漫不经心地聊天，小艾还是觉得自己恍恍惚惚的。

穆先生问小艾："你一个人来这里度假？"

"不，跟两个朋友，她们爬山摄影去了。一个是爱好摄影，一个是画家。她们前天上的山，说是全程走下来要五天。"

"普通驴友三天就够了，可能因为要停下来拍日出日落才会用五天。不管怎样，只要全程走下来最终都会经过这个古村。山路的终点在古村后山脚下，然后经古村后面的那条路出来。最后到达'波罗蜜多'全路线才算走完。"

现在穆先生知道什么，小艾都不会好奇了。至于穆先生的身份她还不想问，他可能不过就是这个村子出生的人，也可能是这个旅游区的大老板。至于他是谁，小艾觉得不重要。重要的是这是一个"很熟悉"她的人，她不用说话，他什么都知道。而她对穆先生也仿佛熟知，这熟知似乎在她的记忆里储存了许久，是隐性的，只待一个什么样的相同物质对它激活，它就跃然在脑海。小艾想到这，想起在汤池穆先生说人生来都是携带着记忆的，只是这些记忆对有些人"起作用"，对有些人"不起作用"。小艾想，能激活便是"起作用"吧。

"'波罗蜜多'是哪里？"小艾转一下头，甩开对"记忆"的联想问穆先生。

"就是对岸那片菠萝蜜树林。"穆先生答。

"那片树林前有根石柱，写的是什么？"小艾本来还好奇为什么叫"波罗蜜多"，却不知应该怎么个问法。

"写的是'波罗蜜多'。前面是梵文，后面的汉文是甲骨文。书法是一个老和尚写的。那个石柱是后来重造的了，原物已不知去处。"

"为什么叫这个名字，就叫菠萝蜜树林不是通俗易懂吗？"两个人的语言到这，小艾还是借机提出了她的疑问。

"'波罗蜜多'是梵语音译，译成汉字多在佛家里用。可以说几百年前植这片林子的人初衷就是为'波罗蜜多'这个寓意。这个村的一户人家是从遥远的北方迁来的，迁来的第一代人一心想回到北方去，但又不能回，就在河对岸植了一片树林，意思是走到这就行了。我们看到的这片树林也不是最初那些树了，也说不清是多少代了。往里走有些老树，大的有一百多年，小的也有七八十年。"

小艾想起她在穆先生的老宅里恍惚间的那场梦幻，心里有点虚弱、发怯，似乎生怕那真的是她的一场过往。就"波罗蜜多"

这个话题她不想再接着问下去了，后来就不吭声。

穆先生见小艾不吭声，把话题就岔开了，说："你应该去山里走走，有一条后来开发的路，不难走。现在的游客多是走这条路，只有资深的驴友才走原来的土路。"

"我跟朋友来本没打算爬山，也就是出来散散心。其实我这性格走到哪都是一样，对什么都不太上心。这点我很佩服同行的两位朋友，一样在城市生活了多少年的人，她们一出来就像变了个人似的。"

"那你怎么还要出来？"

小艾笑，看着老板把两份蒸粉端上来。"这人是不能闲下来的，闲下来就胡思乱想。我身边像我这样的无用妇女多的是，儿女长大离开，突然就觉得生活无意义了，身心一下子就空虚了。这个年纪的男人正在事业上，要么忙着赚钱，要么忙着升官。可这个年纪对一个女人来说就有点尴尬了，安心过晚年有点早了，不安心也已经一无是处。怎么还要出来？也许连自己也不知道。是啊，我为什么要出来？"小艾说着，学着穆先生把酱油和两种不知名的香草一样的作料撒在蒸粉上。

"你这种不知道，像人为什么活着的问题一样，没个准答案。别想那么多，想出来走走就出来。修行的人讲究'当下'，当下是什么感觉对一个人来说更实在。其实人的一生很快，转眼就过了。"穆先生说。

两人吃蒸粉的时候无话。旁边几个背画架的女生一直在叽叽喳喳地议论着什么。她们那样的嘈杂声显得小艾和穆先生这边越发安静了。

吃完蒸粉，两人准备回酒店，有两个在桥头歇脚的巡警看见穆先生，忙站起向穆先生问好。彼此说的都是客家话，小艾听不懂。穆先生点头，问好，跟小艾继续往前走。小艾说："看来这里治安挺好，上午在村里转时看到几个保安。"

"新村里有些老家具还是很值钱的。古村里也有一些搬不出去的，现在都很值钱。"穆先生说。

"古村里那些日常摆设的家具是仿品吧，有些看上去像做旧的。"小艾说。

"没错，是仿品。真正的旧物不多了。多少年前都给偷得差不多了。"穆先生说。

他们说着来到石柱后面，穆先生伸出一双大手，用右手在左手心里写下"波罗蜜多"四个字给小艾看。小艾这才知道是"波罗蜜多"不是"菠萝蜜多"。

这时已近黄昏。隔岸看古村在余晖的笼罩下显得又寂寥又神秘。像一个人回看他的大半生，朦胧看不清，既不可解又仿佛一切早就是那么注定。小艾这时已从恍惚中清醒过来了，想想人的一生真是恍若一梦，而有时短短的一梦又恍若揭示了前世或者往生。还有那些反反复复的梦境说不定就是人一生一生的轮回经过。想到这，小艾身上觉出了些寒意，就从包里找出披肩来披上。然后寻了靠河边的一条长椅坐下，等待酒店的观光车。他们面对西方，现在，那个方向最亮。月亮已经出来了，在平静的河水里就能看见，不过，小艾还是抬头看了看天上的那个。

穆先生坐在小艾旁边。

"天黑了，村里还有人，这些人怎么出去？"小艾说。

"新村那边有村民自己经营的小旅店，多数的散客是住在那里的。还有的散客是从周边来的，出了这里有往镇上去的班车。"穆先生说。

古村里的灯光不是很明亮，路灯也是昏黄的。只沿河的几家经营店铺里光明照人。有一家小酒吧，在河边摆了几桌，店里的两名伙计跑进跑出的很勤快。

"天真的黑了。"小艾说。

"嗯。中秋过后，天黑得快。"穆先生说。

——

山中对话

你远道而来，到这里——

我来了。我像你一样来了。

我知道。

你知道。你知道你所看见的：尘世在山上折叠，折了一遍两遍三遍，从中间裂开……

——保罗·策兰的《山中对话》

一大早的，天刚亮，阿苏梅就生了气，站在院子里朝外骂。她手里的锅是铝质的，一抖，里面的东西碰得铝锅破败地响。

她更生气了，干脆倒了里面的东西，用手使劲拍。铝的响声又闷又慌张。

这是怎么啦？

一个人住，别人又不懂她的方言，不知道她是心情不好还是精神有问题。

经常？

也不经常。有时蛮高兴的，还会唱戏，还会唱歌。她翻身看他，奇怪的，不会讲普通话的人唱歌时普通话蛮准，《没有共产党就没有新中国》。

这不奇怪，有很多专业唱歌的，不会拿波里语，也能唱《我的太阳》。

起来吗？

再眯一会儿。

说完，他伸出手臂过来揽她。神情和动作还是原来的那个人。她感动了，迎了上去。

或者什么事都是这样，一条渠道通了，就无需多言。那么晚到来，山鸡都歇下了他才到，等待时种种疑虑不等解开，见他一身的疲累，还是忙着接下他的行李、外套，又到卫生间去放温水。他大约真的什么也吃不下，喝了杯气泡水解累就躺下了。稀里糊涂的，一小阵风旋过山林一样，枝枝叶叶浮皮潦草碰几下就睡着了。她觉得那就还是他，无所顾忌，统领着她，想怎么来就怎么来。

时间遏止，像曾经的遏止。

时间突然到来，像曾经突然地到来。

他说，像骂人。

嗯。她答。有些时候需要没话找话，她知道。就在她答话时，她眼前的时空晃动起来，撞在玻璃上，然后穿窗而过去了山上。像语言一样，一旦道破就难以掌控，就只能承让出去。她知道再等一会儿山顶就会起晨雾，那是太阳要出来前，蒸腾而出的淤积之气。它们升得快去得也快，滚滚而来，滚滚而去，谁若要腾云驾雾就得腾那样的云驾那样的雾。然后太阳升起，雾又会散，世界清清爽爽，这才开始了一天。

几时，响起音乐，楼下打太极的来了。那音乐很适合在这空山的清晨播放，软绵而深远。大约这时，大山已悄悄地醒来，已舒展完毕，开始明亮，要把自己裸露在天空下，坦白什么一样。对，坦白。她还在等待着。明亮的大山带着潮湿，山林带着柔情，她虽还没有起身，但她看了它们无数次，知道它们此刻柔软极了，踩在上面指定像踩上一团一团的云。若云是不可及的，那就是踩在新鲜的棉花上，能踩到底，也能回弹。像迎与合。

她先起了，去弄早餐。懒洋洋又幸福的感觉，像拥有了失而复得的东西。把食材准备好，操作时手下是轻的，刀切面包片，无声无息。她烤了面包片。双面焦脆。大概是食物的香引得他饿了，他起了去洗漱。他起了，她便安心动作起来，开油烟机，锅倒上油，大火煎两块牛扒。她知道昨天捶打过的牛扒经得起多大的火，也知道生铁的烤锅烧透要多长时间。她胸有成竹。两块牛扒能很快煎好。八成熟就好，外脆里嫩。脆是诱惑，嫩是鲜。鲜就是味美。由于翻得勤快，两块牛扒两边熟，中间一层鲜红，渗着油汁，汪着。很快所有的早餐都好了，他喜欢气泡水，她准备好，朝里面又加了几滴青梅酒上味。

这里曾是个山村，后来被房地产开发商收购，建了商品房以及开发了休闲度假园。为了满足原住民对祖上风水的依恋,安置房建在大山的最高处,斜对面就是他们的祖坟地。本地人把坟地又称作福地。她租住的楼房便是这里的安置房。虽是安置房,原住民做了太久的农民,需要翻身,于是用田地、山林补偿的费用进城买了房,做了城市人。安置房也是商品房,可以流通卖给外人,多半人把房转手卖了,所以这里居住的原住民很少,阿苏梅曾随孩子下了山去了城里,老了老了又回到安置房。

她住的楼房朝山,楼下有个山涧聚集的水域,后来被一起开发建成水库。是水库,偏又叫它湖,取名翠鹅湖。怎么又是翠又是鹅的?这座山叫翠山,"翠"来自山名,而"鹅"字说是以前这里有天鹅,冬夏不走,故名翠鹅湖。这当然是开发商玩的概念股,给后期开发的新楼盘的业主画的浪漫主义的大饼,还顺便安慰了拆迁户,说你看吧,我记得你们的过去。叫湖就叫湖吧,管它是不是湖。叫翠鹅湖就叫翠鹅湖吧,虽然她在这里住了两个冬天一个夏天了,也没有看见天鹅。倒是白鹭见了不少,清晨从山岚出,傍晚飞入树林,因为它们飞来飞去的,倒是有些湖景的意境。湖美,湖边的人行步道上就常常有人在下面活动。

应该是湖边来了人,阿苏梅哇哇地跟人家说着话。可惜没人懂她的意思。她进了屋,又拿出那个铝锅拍,铝锅又破声地响。湖边的人悄悄地说话,本来来散步的,加急了步子走,像要赶紧离开。

跟锅有关系。

可能里面有东西被什么吃了。

有可能。

但对着湖对着山骂有什么用？

所以不是见到人了又跟人说嘛。

她说，嗯，可能是这个意思。

他们开饭。她并没有铺陈没有必要的装饰，木桌上就是一块蓝格的桌布，上面斜对着放两杯气泡水，两个食盘，两副餐具。

你平时也喝这个？你可以喝牛奶，不用跟着我喝。

她心紧一下，那就是说他还记得她爱喝牛奶，某个品牌的鲜奶，浓稠挂碗，奶香也浓稠沁人心扉。但她很快拧了一下眉，想说"我偶尔也喝"，想想又不想这么说，那像告诉他她在留恋。她觉得此刻应该说"没关系，就是随手多弄一杯"。但时间隔了一会儿才这么说她又不满意自己反应慢了，不吭声了。

又隔了一会儿了，她才说，解腻是真的。时间真是有意思，没能及时回答的话有可能不对，但时间隔更长了再拾起来作答又是对的。

记得是你发明的吧。他还是用发明。

不算，是去韩国那年，房东这么喝。记得吧，那个老太太，她有时还加柠檬。但你可能不记得她了。

啊，那个老太太！我就住了一晚，第二天就走了，就早餐时见了她一面。你说像你的英语老师什么的。

对，像我的英语老师，很亲切的老太太，但对人又很严厉。

不算老太太吧，好像那时五十多岁的样子。

现在看她那时是不能算老太太。但十几年前，我还是学生，她比我妈妈可是大多了，可不就觉得像个老太太。

十几年了？

十五年？

这么长时间？

她想说什么，又没说。

他倒大方，说是啊，后来我们在一起都五六年，这……

这又七八年没见了。她把话接了过来。

没有八年。他伸手压住她的手。他侧了下身看外面的大山。似乎是伤感从眉眼间蠕行到面颊上了，他的面颊微微颤抖。他转过来，说，这又说的什么话？

白话。她会说白话，就是通常说的粤语。可能看见认识的人了，在用白话跟人说话。

说什么？

说有个钓鱼的死鬼进了他的家里。

死鬼？听着怪吓人的。

死鬼应该是用来骂人的，但会有钓鱼的人上来才吓人。山崖那么高，十几米，不可信。除非攀岩高手。

喔。他松了她的手。本该在分开之前还有句什么话的，很重要的话，不是闲言碎语，却就这样岔过去了。

安心吃饭。安心吃饭的情景还是美的，餐具脆响，咀嚼声有律，节奏追逐节奏，呼吸都听得见。她想起曾经的你侬我侬。她想知道他是否也想起了，停了咀嚼，说停又是装作要喝水，伸手拿了杯子。他也拿了杯子，跟她碰一下。怎样的准确尺度，怎样的轻才能刚刚好碰上又没有响起玻璃声！他们又一次做到了。

她收掉餐具，码进小型洗碗机里。桌布没换，又在上面覆了一层白棉布，白棉布上摆了茶盘。

他高兴地看着她弄这些。我看你有咖啡，给我来杯咖啡。又像多有歉意似的说，麻烦吧？

不麻烦，比喝茶简单。

那行，那来咖啡。

咖啡是手冲。大约是他平时都喝送到眼前的成品，没见过怎么加工的。他见她收了茶具摆上手冲的一套工具，惊慌似的说，这么麻烦，那还是来茶吧。

不，比茶简单。说着，她已在食品秤上称了咖啡豆，倒到咖啡打碎机里，又顺手把烧水壶保温键停了。一个旅行款的咖啡打碎机，五秒就好了。她倒出咖啡碎，很满意如小米一样的颗粒细碎程度。他说真香。她说香吧，你平时要不是自己亲自打粉，亲自冲，你是闻不到整个过程中不同程度的香的。他说确实，和咖啡香还真不一样。她知道他这是指可以饮用的咖啡。她说这其实和茶艺中的闻香环节中的闻香有点像，不到那个程序那个香就出不来。她顺着话说，你后来还去那家茶艺馆吗？哪家？山崖边的那家，以前是个家祠。喔，那家。喔，那家。他重复。他说后来再也没去了。他又说，张琼，小琼，委屈你了。本来咱们说好了，查到你了，辞退后送你去国外读研，你也选了学校，但你就不见人了，这让我没法释然。她拿轻松的口气说，那就不去那家茶艺馆了啊，那可是你最喜欢的一家茶艺馆，我还学了人家的茶艺，台湾的老板亲自教的，手把手，这个不外传的东西能手把手地教，不是让哪个茶艺师随便一教，你得跟他们的关系多不一般，得多喜欢他们家的茶道。

这时她手上要忙起来了，话就停下了。湿过滤纸，咖啡粉倒上，湿粉。咖啡粉迅速发酵。咖啡粉鼓成了小馒头一样。静默一会儿，这个时间的长短完全凭冲咖啡的人对咖啡发酵程度的判断来定。然后她检查了热水的温度，倒入手冲壶里，握起手冲壶的壶柄，把细长如眉月的壶嘴对准滤杯，先点滴落水，然后让水成为一条直线逆时针地转动。水柱像一根棍子驯服着咖啡粉和水的流动速度与方向。下面，滤出的咖啡珠帘一样一粒一粒就出来了。其实也可以顺时针转，但她不想顺时针，为什么要顺时针呢，她刚学手冲咖啡时老师叫她顺时针，她说她喜欢逆时针。不管顺还是逆吧，手冲壶的水流要控制得当，当水流能完全带动咖啡粉旋转，冲下的水流就要减速。这个时候也是停下的时候了。

水量她没有上秤称，她心里有底，知道比例，知道这款豆子的烘焙程度，粉质软硬度，应该配多少的水。

一个人的量够了，她停下来。她拿出一个水晶玻璃杯放到他面前倒上咖啡。

你不喝？

这是一个人的量。我喝另一款豆子。他没有再说话，端起尝一口。他似乎知道刚冲的咖啡是烫人的，像以前试茶一样浅尝一口。好喝。他说，然后喝一大口。

她用同样的方法冲另一款豆子。他依旧看着她做。

她知道他在看着她。以前是冲茶，他看着她冲。只是没想到，在后来各自的时光里，她学了咖啡他也喝起了咖啡。学茶是他让她学的，她是为他学的，咖啡不是，学咖啡她是为自己学的。她心里叹，今夕是何年。

她一甩头，甩掉杂念，用心冲咖啡。注入的水量也是刚刚好一个人的量。

她坐下来，他还是原来的坐姿，一动不动。她坐下来后，时间静止了，两个人都一动不动。她觉得太静了，灰尘落下来的声响都能听见。

她说，要不你尝一下我这个？我还没喝。

他一愣，说，喔，好，尝尝你的。

她又找出一个空杯，分了自己的一半给他。

我喝过了，要不然也给你尝尝，味道很不错。但你可能常喝，知道这个味。他为自己找台阶。

这是一个很为难的时刻，怎么接都不好。只有一条，像原来一样，她拿起他的杯就喝上一大口，万事大吉。

可是她现在有顾忌了，不能那样了。她想说，不用，自己常喝。

她想，有时候需要果断。于是她说，不用，我自己常喝。你两个都尝尝，看更喜欢哪个口味。

他尴尬了一下，说，好，我都尝尝。

她就觉得心疼了，他何时需要这样自己给自己找台阶下啊，他那时只发号令，从不听回答，也就不顾及别人的感受。

有人投诉了阿苏梅一大早这样吵，物业管理处来了人看看是什么情况。因为阿苏梅不是第一次一大早这样吵嚷了，她已经被投诉过几次了。

物管也讲粤语，好在她都听得懂。她同步翻译给他听。

阿苏梅觉得是钓鱼的人上来偷了她锅里的东西。物管说不会的，山崖这么高，人是上不来的。就是能上来也不会偷你的东西，谁会偷半只生的水腌鸡。

阿苏梅坚持说就是那个人，他从前就爱偷东西，什么都偷，还偷过她家的一把铁锹。

物管不说话。阿苏梅说起客家话，物管用白话劝，不会不会。不知道物管是不是听得懂客家话。

又争执一会儿。

阿苏梅说那就是蛇，是蛇进来了。这地方没法住了，她怕蛇，得有人管管。

物管说，这还是春天，蛇还没有出来，不可能是蛇，蛇也不吃死的东西。

阿苏梅说怎么不可能是蛇，她昨天就看见四脚蛇了，爬啊爬啊要爬进她的院子里，要进她的屋子里，她好害怕。

物管说也不可能是四脚蛇，四脚蛇也没出来呢。

阿苏梅说，怎么没出来，我就看见了它爬啊爬啊爬。

他问四脚蛇是什么？

她说她也不确定，大约是青蛙吧。

物管说给她的大儿子打电话叫他们过来好不好？

阿苏梅说不要不要，我能回我老家。

他问她老家是哪的？

她说她就是这里的，老家在下面一点，早些年就拆了，建成了度假酒店园区。

物管又说给她的二儿子打电话叫他们过来好不好？

阿苏梅又拒绝，物管可能已经拨通了谁的电话，聊起电话来。

物管忙了一阵，打了好几个电话，然后告诉阿苏梅，她大儿子和三女儿会来看看她。

阿苏梅态度转变得快，听说有人来看她高兴了。啊，要来啊要来啊，唉呀唉呀要来啊，要来看我老太婆了，好啊好啊好啊！她口齿不清，听着声音能知道她激动的样子，把自己说得口沫飞溅。她本是什么都缓慢了，只有此刻的口沫飞溅得快。她能想象得出来。因为她有次下去让她不要太早唱戏，她把她骂了一顿，骂她你个外来的，多嘴巴，死八婆，嫁不着好老公，没得好前途。她把仅会的几句普通话都用在她身上了。那之后她就再也不说什么了，但她一被投诉引来物管，她就朝楼上骂她，以为是她投诉的，当然不是她。还是上次下去跟她沟通那次，她见她指着她骂，她的眼睛里却是一片茫然，似空洞无物，看着她像看着空气。她知道她是个很老很老的老人了，连自己多大都说不准的一个老人了，她每天对着湖对着大山一坐就是一个上午一个下午，她因为老而蜷缩的身子从上往下看只是一个圆圆的影子，像一块石头。她并非是理解了她那样的无依孤独，而是那个蜷缩的圆圆的影子触动了她，她的身体有一天也会变形，向内蜷缩，像刺猬一样要护着自己最柔软的部分。所以后来，阿苏梅做什么她都不抵触了，她唱戏她看她唱戏，她骂人她猜她骂什么，她朝着山朝着湖说话，她听山和湖回响。她觉得这样的日子也挺好的，人与人要有事发生才能够成关系，好的关系是关系，坏的关系也是关系。她吵着她了，她不能安心做事，她为她分了心，就是与她产生了关系。即便就是这不好的关系，能让她知道她在这世界不是一个人，因为她常常有一个人活在这世上的错觉。

后来还有一些动静，她不翻译了，喝完咖啡，把滤纸连着咖啡渣一起卷起来收入垃圾桶。

她去处理厨房。告诉他要是想走动一下，可以下楼转转，也可以去阳台上看看。他说不下楼了，昨晚来的时候出租车一直爬坡，这里是山顶，下去还不如在楼上的视线好。她同意，小区建得早，配套设施很不好，能有可看的点也就是山景了，但若看山景，永远都是高处比低处精彩。他走去了阳台。大约天气还有点凉，他抱了一下胳膊，随即搓了搓手。然后他坦然了，放下了胳膊，把手揣在裤兜里，泰山一样面向大山站着。

她思索着要不要问他计划什么时候走，要不要备上午餐，这里若是不自己煮饭，可是没有外卖可叫的。这里太偏远了，快递和外卖都不上来。

她又思索起他为什么来？

她想起从实习到被他留下来做柜员，然后很快提拔她做信贷。他们第一次单独相处，是他带团去韩国考察，他们都走了，因为她想在韩国多玩几天，她提前一天脱离了考察团，住进了一家民宿。考察团离开的当天，他去找她。然后等她回国后，他们就一直相处着。他也不声张，在单位里对她也没有明面上的优待，但他会悄悄地把好的业务给她。所以作为信贷员的她业绩一直不错，不是支行里那个最拔尖的，却也没有一次是倒数。她升了主任，升了经理，当时行里要提拔年轻干部上去，她是备选人之一，一个支行就提了她一个人。于是她赶在储蓄所合并之前做了一年储蓄所所长，后来在合并储蓄所成立大支行时她成了副行长，那一年她二十七岁，才工作了五年半的人。两个人在各自的支行里一切顺顺当当，他的支行一直是业绩最好的支行，他要提到分行去了，有一笔坏账还卡着他，对他是个羁绊，她分几次挪用了自己支行的现金数额为他填补了那笔坏账。她很清楚随便其中的哪一次数额都足够她坐一辈子牢的，但她还是那么做了。

他顺利去了分行，分管信贷业务，也分管她所在的支行。他把那笔坏账的企业的大宗业务转到了她的支行，使她挪动过的账目顺利做平。可是审计部事后还是查出来她所在支行的账目有一段收支不平衡，然后查到了她。她承认她挪动过现金流，是为一家企业急用，而那家企业正是他当时所在行坏账的企业。她不认是帮他，他只说是为争取那家企业将来成为她的客户而做的公关，虽然这有点像挖墙脚，有失职业操守，可是哪里的生存不是这样，明知有失，仍是要为。她被停职，因为账目已经做平，可追究的既可以是账目问题，也可以不是账目问题，可大可小，可公可私，私了是开除，公办是去坐牢。她走了，她知道他能摆平后面的事，说到底这种事在业内不是个事，不就是收支平衡术嘛，是巧手人玩的魔术，好不好看，高不高级，是平衡术玩得如何的问题，能缓，账目在细水长流中珠圆玉润，急了，账目就难看点疙疙瘩瘩。她相信他可以用光明正大的手段摆平，说到底他分管着她所在的支行。

她大学毕业于计算机编程专业，实习也是在分行的电子部。那时的电子业务还未盛行，电子部还是一个鸡肋部门，她三个月的实习期无所事事，跟着几个将退休的老干部混日子，在这样清闲的部门留下来是很难的。所以他要了她去支行做柜台是拯救她，她为他垫背是应该的，她并未懊悔。但她有不解的部分。她没有听他的去国外进修，她消失了。她坐了五年牢，在狱中她能修习的知识有限，但她还是购进了一些材料学习。出来后的两年，她悄悄地做着时下最热门的电子支付的开发和测试工作。工作有一阵没一阵，但她很自由，没有负累感。他找到她，是她跟的一个团队接了他们分行开发的一款电子支付系统的测试项目，她并不是主要的负责人，但她还是被他发现了。可能是分行接手项目要投入生产了，他发现了她。他发给她信息，你在哪个城市？她犹疑半天，复，是你？他复，是。她告诉他，她不在那个城市了，她在岭南山区的一个小镇上。他说那他也要来看一看她。

她怀疑过他，为何不悄悄地把事情掩盖过去，非要审查组把事情揭露出来？

她也怀疑过他不想经这一手，不想留了一道把柄给别人。

她更怀疑她后来进了监狱他为什么没有给她传递过一次信息。

他要来看一看她，为何一直没有寻找她？也不可能是那件事查到他了，时效早已过了。那为什么他才来找她？

她很快收拾好厨房，时间才八时许，太阳才刚刚爬出山头，大山才刚刚舒展开来，风才起，山林才开始一阵一阵地摇摆。

他还在阳台上，自顾自坐在椅子上抽着烟。阳台不大，桌椅小，都是她为自己设置的，他坐在那里像儿童游乐场里进了大人，坐了那里的小板凳。

只有一把椅子，她买的时候也没有想过要配两把。

她冲了一杯柠檬水端过去，他说你别忙了，歇会儿。他抬了抬手，不是请的手势，大约是想拉一下她的手，像以前一样。但他没拉，毕竟中间隔了七年许，他又收回了。刚刚收回发现这只手是可以拿一下杯子的，他拿了一下杯子喝了一口柠檬水。

急风过去，微风还在，轻轻地吹拂着山林的树梢，向东的叶子明亮，向西的叶子幽暗，微风一阵一阵地吹，明暗就一阵一阵地颠倒。山林不太动的时候，湖水也不大动，一小片一小片地泛着波纹，莹莹闪闪，像许多的钻石。不动的水面倒映着岸上的树木，笔直地往水底生长，仿佛水下有另一个世界，丰富而欢乐。

她放下杯子，从屋里拿了个矮些的凳子，把自己的那杯柠檬水也摆到小桌子上人才坐下来。

物管走了，阿苏梅送客人一样看着人家的背影默默地送出院子外好大一截路。她有些激动地拽自己的衣角，或者她感激物管即将送来她的儿女。阿苏梅往回走的时候用客家话唱起了歌，阿梅或阿妹打头的句子，尾句哎哟哎哟不停。

她问他什么时候的飞机。他说十二点的。她说那你要走了。他说不急。她说那也得准备一下了，这里不好叫车。他说不急。她坐了一会儿，起身帮他去收拾东西。他只提了一个文件包来，没什么好收拾的，一会儿她又坐回来了。她说你要准备走了，我给你叫车。他说不急。她看着他。他说真不急。她说机票不是十二点的？这里到机场要两个小时，你还得安检。他说不管它了。她说那你改签一下。他说不改，让它飞。

她笑了，说是，该飞回去的还是要飞。她说，那你看着时间，什么时间合适，提前订。

弃职曾守拙，玩幽遂忘喧。

山涧依硗脊，竹树荫清源。

他读书一样念出。

她不想理会。她居住在这里不是这个意思。或者他想说出的不过是他自己心里的意思。

她想起他们曾经约定，径直解决问题。

你很早就计划着我是你的一个棋子，所以把我分到其他支行，在万不得已的情况下要挪用这个棋？还是，更早，在我实习期满你留下我时就计划着我这一步棋了？我们若没有机会见面，我不会特意去问你。你来了，我觉得就还能像以前一样谈话，不必要遮拦。所以我应该问问，因为这么多年了我仍不确定一些事情，比方说我是不是你的一个棋子，又是从什么时候开始的？你来了你应该早就准备好了答案，所以你得答我。不然，你又为什么来呢？你想过我可能坐一辈子牢吗？你肯定想过，知道我愿意坐一辈子牢。至少那个时候的我愿意为你去坐一辈子的牢。虽然现在的我说不准还愿不愿意。这点你得答我。

我会回答你。但你也得知道那时的我也可能并没有扭转一切的能力，你知道的，什么事都得看着情况才能下决定，虽然我们有预备好的方案。可是有哪一件事情最后是按着我们的方案决定的呢！我们能做的只能是选择更接近我们事先预备好的那一个方案。接近，更接近。除此之外，我们再也不能做得更多。这些你都知道。把你留下来，要你从柜台做起，是要你熟悉基础业务，以后做起事来不慌，我需要一个能打硬仗的人，我的右手不能动时，我的左手要能突然出击，且要准，快，够力。选择你我心里没有歉意，我总是要选人的，说好听点要培养骨干，最后还是难免地用上了你，我有歉意，因为是你，但你也知道我，如果不是你我也会有歉意，多少的问题，表面和形式的问题，深刻不深刻的问题。你还知道的，我为你准备好了退路。

你能保证我不被定罪？

能。我能。这个我能做到。我在做最坏的打算的时候，也在为你做最好的打算，最好的打算就是能。那是个最关键的时候。那个时候我就不可能再退缩了。他强调，我能把最坏的事情提上方案，就是因为对你有了最好的安排。但你不配合，一走了之。

我早已接受了定罪，着手做事时就已接受，因为接受了又没等来那个罪行，我有煎熬，焦虑。我只能消失。

你以消失来引起分行注意，来接受那个罪行，你想过这不在我的策略范围之内会出什么意外吗？好了，我来不是质问你。但你也知道，正是因为你消失了，使一部分事情不可解释，经你手的事就非按到你头上不可。多少也要按一点才能应付过去。

她不言语，他还是没能理解她的意思，她不想逃，她想接受她的抉择带来的后果。报复或者撒娇，嗔怪他利用了她，不配合是她在煎熬中唯一的喘息。她要自己明白这人生的一大步是怎么走的，她要清晰地从中经过，她想有个结果，让她这人生中的第一个停顿，疼痛而深刻。

你走后，行业变化很大，一直在发生着料想不到的变化。新的银行政策，地方可以设立银行。但很多小地方的银行是靠企业支撑起来的，在某种程度上企业有了一定的主导作用。企业的选择更大。这样一来行业竞争是前所未有的，原有银行资金和业务流失惨重，很多银行选择合并支行，削减人员。曾经，银行的发展有多快，后来的合并就有多快。很多支行点改成自助银行，全部电子化，只需要持二代身份证就能办理所有以前在柜台上操作的业务。电子化一是时代进步所驱，二是生存所驱，你经历过储蓄所，自助银行还不及储蓄所那么大，但它的效率更高，更节省开支。我想过去地方银行任职，这样能把你带上。但你还没出来。也并不是完全因为等不到你，也有信心抬不起来的原因。又是几年，熬到现在，我也无处可去，只能在系统里继续向前走。

她想了一想，问他，还是你的左手？

他好像哪里疼了一下，那只是一个修辞，比喻，左手也是手，是一体，我们说过共同体，是你敏感又多疑。

她忽略他的愠怒，她甚至要更进一步地惹恼他。所以你要再上一层。所以我必须出现了，你要保证我不会在公示期举报你。

是的！

他的回答异常之快，让她还有的嗔怪话凝结在了舌头上，再不能从口中流放出来。她知道这"是的"又不是的。但她预期他会这样回答，这才是他们相处的方式。主动地承担和找准角色，让多余的消耗不复存在。这也是她懊恼自己的地方，嗔怪是多余的。是她先违背了他们的协作精神。那个他所谓的共同体，那个把他们合为一体一旦撕裂就是两个人的撕裂。她亲手撕裂了它。他们从此成了两个不同的个体，比没有合为一体前更不相干的个体。

她把自己杯子里的柠檬水喝完了，握了好一会儿杯子。他也喝完了自己杯子里的柠檬水，也握着杯子。

他先说话，还有水吗，我去倒点。

她说有，厨房里。她说还是我去吧。

她空了手去，拿了泡柠檬的玻璃壶出来，给两个杯子都倒上了水。

你应该不怕举报，因为我承认了是我所为。就是牵出你，也是违规，毕竟都补上了，你的方面顶多只是一个内部处分。最主要的是时效过了，所以我不明白你为什么还有这个顾虑。但不管怎样，可能你需要我的声明以减少不必要的麻烦，使过程完美，那我声明，我不会举报，这并一定是因为对你有情义，而是因为那是我的选择，我要承担的部分。更何况事情过去了。过去的事情已与我不相干。她想撇清什么。

我未必要得到这个升职，是路走到这里了，是我们一起一步一步走到这里的，这里面有你的牺牲。像在战场上，你牺牲了，我依然要继续上路。只要我还在向前，我就携带着我们共有的东西，这个原动力也就不会熄灭。我有时想我停下会怎样，答案是我停下像写数据一样，是另起一行，是我自己，这里面不再有，他停顿一下，不再有我们共同的那个东西。

她不说话。湖水扑通一声，或是有鱼跳跃起来，她常常听到这种声音。

她开始哭泣。越哭越委屈。他看她收不住了，站起来把椅子归拢在桌子下，伸出手给她。搁以前她会很快把脸埋进去，躲进他的手掌。

他只好换了方式，蹲下来等待着她。

她只是一抬头就看见了他的手，那里能挡风遮雨一样，她把双手递了过去。南方的山林四季常青，前一年的树叶在春天蓬勃的生命力的冲击下飘落，但它们需要风的协助，才落得漂亮。风起，被割断营养供给的枯黄的叶子哗哗地响了起来，飞舞在空中。巨大的山林，巨大的谋略，它们要用这响声掩盖四季的残缺，要在春天中嵌入冬天，把冬天藏起，好像冬天并不存在。

接近中午的时候，阿苏梅家来了许多人，先是住在山下十光城的大儿子拖家带口来了，然后是她的两个女儿，后来阿苏梅的另外两个儿子也都拖家带口地来了。这么多的人，如果都站到阿苏梅的小院子里根本站不下，所以有人主动分散开去，三五成群地站着。随后有搬运工一样的人搬来矿泉水、凳子供给来人。

很快十光城那边的一家酒楼也拖来了两个桌子和装食物的器皿，并把它们摆成自助餐台的样子。

院子里的几个人在开会，说的都是客家话，主持人是一个很胖的女人，衣品头饰都很考究，胖胖的手上还戴着不同材质的镯子。她没有坐下，她站着冲另外几个人讲话，一边讲一边打着手势。偶尔好像又在计算什么，伸出手指头点着。

外围的人像小字辈的，陪着几个一到五岁的孩子玩耍。他们的旁边就是那个有十几米高的陡峭山崖，边上虽然围着一米多高的栏杆，有的小孩子蹒跚过去了，马上就有人把小孩子牵回来。他们彼此讲话不讲客家话，有两个高声的女性，讲白话，讲英语，口音也不像是本地的白话，听着更像是香港那边的口音。

小孩子不高兴从栏杆边被拉开，号啕着往地上缩，一摊水一样扯不起来。一时，女人哄孩子的软糯话语唱戏一样连篇迭出。酒楼的送餐也很快到了，穿着酒楼制服的人在准备食物。他们先摆上火炉，把固体蜡切割成块点上，然后才放上食物。

她还是第一次见自己家一下子来这么多人，往常的节假日，来的人也不及今天的一半人头。

　　很快，院子里的人好像商量好了什么，有人叫吃饭，最先到食物旁边的是两个四五岁的孩子，然后是照看其他几个更小的孩子的女性。三十余人用餐，没有桌子，用一次性饭盒打了食物的人找个地方坐着开始吃饭。

　　这几十号人都为阿苏梅而来，但她自己无所事事，看热闹一样，四处走走看看，一会儿看看饭菜，一会儿去看小孩子。可能是她实在太老态，脸上赘着折叠的皮肉，看不出人的脸形，她一走近，小孩子忙地躲开了。她怔怔地看着孩子从她手下溜走，她试图说普通话让小孩子理解她的意思，小孩子朝年轻的女人奔去，口里叫着妈咪，妈咪。

　　年轻女性好像不会讲客家话，用白话叫阿苏梅，阿太，阿太，慢慢 han（走）。阿苏梅大概知道有人在叫她，站着不动，一时像陷入了迷茫，又像迷了路。有人递给她一个高凳让她坐下，她也不坐，走几步后在一个石坎前像个老农人坐田埂一样摸摸索索坐了下来。她讲白话，手指湖面，说死鬼啊，死鬼要上来偷我的东西。

　　约摸到下午三点，阿苏梅家的人走得差不多了，剩了一个六十多岁的男性坐在院子里跟阿苏梅说话。阿苏梅声音响亮地说话，说不好是开心还是要讲一个道理。

　　春天的黄昏来得很快，她再坐到阳台上的时候，院子里只剩下阿苏梅一个人。阿苏梅把之前摆食物的地方，把小孩子玩的地方每个地方都站了站，寻觅脚印一样，在那片空地走来走去。她走了很久，后来她回到自己的院子，突然提起全身的力气冲着对岸的山林大喊。

山林听到了阿苏梅的喊话，跟她一起喊。

昨天也是这个时候，她也是坐在阳台上，天色从傍晚很快黑下了，山鸡热闹地吵架时，她收到他的消息，他问你在哪个城市？她犹疑半天，复，是你？他复，是。她告诉他，她不在那个城市了，她在岭南山区的一个小镇上。他说那他也要来看一看她。

她一直犹疑，他是否真的会来，直到山鸡欢腾累了，歇下了，他才到来。

她听着阿苏梅跟山林说话，听着山林回阿苏梅，觉得慢慢听懂了一句话：都走着了，全部都走着了。她感觉到她那样的喊叫是在用全身的力气捶打着这世上最大的落寞。

他早上时问她，你常常坐在这里吧？

她说是，一般选择上午工作，下午坐在这里喝茶看书，有时也不看书，就这样坐着，看着天黑下来，星星出来，月亮出来。

稠 雾

近来总是雾天，昨天晌午出了一会儿太阳，都以为这天是要好起来了，要透亮了，怎知到了傍晚又从海上上来一层。又好不了了。

被谁说中了，第二天一早，雾浓得化不开，比之前的哪一天都稠。出门买菜，到处湿洇洇的，还没到菜场，头发尖都要滴水了。这么稠的雾，根本看不清去路，全凭着记忆里的尺寸往前。知道对面来了自行车也是听动静，听到了，闪在一边，等车子从身边过去了再接着走。见那车过去，也才知道那人没有骑，车是推着的，后座上的 BB 椅里坐着一个小小的孩子。孩子安静着，看不清是醒着还是睡着了。到了菜场，能看到的几个摊位都没什么生意，不像平时门庭若市，吵吵嚷嚷。跟海鲜摊隔邻的两个摊主是同乡，平时多忙也不忘用潮州话聊天或是互相换零钞，这天没生意，反倒没话了，俩人形象愁苦地抽着烟。那烟火也是朦胧的，一闪一闪，看上去与吸食它的人一样内心犹豫。这样潮湿的天气，让人不想吃海鲜，她简单买了两样青菜，加上一个圆南瓜，就折头回去了。她想中午做南瓜酥饼，这天气吃些香脆的食物能让人的心情好些。她心里也是知道的，买了菜回去开门上楼，动作得快，不然要是被稠雾跟上了，能跟着人爬去四五楼都不散。

雾到底有多大呢？平时站露台往外看，看到海就在眼前，感觉伸手能捞一把带着阳光那样清亮的海水上来。今天不行，到处是白茫茫的，让人根本想象不出海的样子，甚至都要怀疑它还在不在原来的那个方向。阳台前的黄皮树本来挂了果，有了花生仁那么大，这时也看不清了。黄皮幼果本来是绿的，脆脆弱弱的一小粒，像一个刚出生的婴孩那样脸上没有舒展开，这时因为看不出色泽，好像更丑了，好像发了霉，好像马上就要夭折了。

因为看不清黄皮的幼果，她不自主地开了窗往外看。就是在这开窗往外看的那么一眼时间，稠雾轰地挤进来一屋子，架势一点也不客气，四处乱窜。窜不过去的地方，还扁着身子往柜子里钻，往墙上的油画里钻，往卧室里钻。卧室的门没有关严，露着一丝缝，里面开着除湿机，那里的空间好像很欢喜见它，迅速把它吸了进去，丝丝缕缕的，像撕烂的薄绸子。

她看到连忙关了卧室，想把雾关在外面。她身上也浸满了雾，进了卧室干燥的房间，能见到那些雾往外冒。一个人这时就很像是一个虚构的人了，等这些雾都从她的身体里出来，好像她的身体就会空掉。

不开门不开窗，还是能听到隔壁响亮的声音，在这住了十几年都不曾听过这么响。是什么声音呢？就是电视剧的声音，上午是抗战片，下午是婆媳剧，声响之大，怕是在一楼的人都能听到。她最初为这声音恼得不行，可是她也犯愁要如何才能解决这个问题。

物业管理处整天没人接电话，她不知道其他住户是不是都像她一样从来也没去过管理处，反正她不知道管理处在哪。听说在十九街那边的一个人工湖上，湖上有座桥，桥叫浸月桥，经过这个桥有个多层的半圆柱型建筑就是。她从来没去过管理处，但印象中始终有一个像客家围屋一样的圆柱形建筑在湖上。这印象不好说是因什么事经过那里看到，还是因听过别人的说法在梦里梦见过。

她有时也会设想，忍忍吧，说不定是人家孝顺的儿女给添了新电视，等过了新鲜劲就好了。她知道隔壁家大多时间只有一个老人，儿女早就搬了出去，常回来看望老人的只有一个跟她年纪相仿的男人。他总到阳台上抽烟，她若是闻到烟味便知道他回来了。就这样过了许多年，突然的一次，她听到阳台上的男人大声地重复一句话，应该是问那老人，说"你把那东西放哪了？"声音没有耐心，带着三四分的恼怒，隔会儿就把话重复说一遍。她本想听个究竟，在自家阳台找个位置站住了，不想那边说过四五声再没有动静了。从那时她便揣测，若不是这个儿子想着老人的什么贵重东西，怕就是老人耳背了。

她知道时针指向十一点，这响声便会结束，要说老人的生活还是很有规律的。上午九点至十一点，下午三点至五点开电视。（只是偶尔的晚上七八点时也会响起）她要逃避这声音，要么是离开家去公园走走，要么自家也放出这么大的声音出来，这样两家的声音就会相互抵消，好像对方不存在。但她不喜欢家里弄出这么大的动静，她还是喜欢安静的，平时也不怎么开电视。今天更是不想，这么稠的雾让她心事重重，她在几个房间里走了走，最后在客厅正中坐下来。她看着玻璃窗外白蒙蒙一片，感觉自己完全是在一个封闭的空间里，好像是一座孤岛，好像全世界只剩下了她自己。当然她也知道这些都是错觉，不免强行把自己拉回现实中来，让自己知道身在何处。当想到眼下时，自然又是把往事和未来想了很多，很远，甚至想到了自己的晚年。想到孩子若是三年高中毕业了，要读大学了，离她远去，她的生活会不会还是这个样子。

因为孩子要在就近的小学读书，母子两人便搬了过来。那时她的孩子弱弱小小的，左右邻居都怀疑是她在哪里捡来的孩子。问她孩子怎么这么营养不良，她也只是笑。她记得清楚，孩子穿最小的校服仍不合身，直到二年级，都是她替孩子背着书包，牵着孩子的手一直把他送到学校门口。孩子那时委实瘦小，怕是全校最体弱的孩子了，好在头发正常，理着西瓜头，蓬蓬松松的看上去也有点朝气。现在的孩子大都营养过好，早早换了门牙，可这个孩子临开学前才换第一颗，然后上下四颗次第掉落，偏又长得很慢，这让孩子在很长的一段时间里都不愿跟其他人开口讲话，即便是美丽的班主任鼓励他。后来班主任也不耐烦了，就放弃了他，爱说不说吧，99% 的新生都调教好了，就只是你一个，且你那么的固执，那么，也就只好由着你自个的性子去吧。

班主任放弃调教这个孩子时，正式跟她打过电话，说她的爱是平等的，其他孩子都适应小学生活了，都变得热情得像一只只马猴了，只有他还不行，那么，就请他的妈妈多用些心早点让孩子变得主动热情起来吧。

她呢，她是知道这个孩子的，他脑腼，就是怕张嘴说话漏风，怕人听不清他说什么。当然，也不好看，自从掉第一颗门牙后他照相就不张嘴笑了。要是笑也是抿着嘴或用手捂着笑。是啊，你看，他们搬来的那年母子俩要一起过全新的生活了，那张他七岁生日时跟她的合影就是捂着嘴的。水晶框照片现在就摆在钢琴上。

转眼孩子高二了，住校去了，两周回来一次，每次回来她都惊讶半个月时光的神奇，在她这好像不过是过去了一天，她大扫除屋子一次，屋里那些能动的小物件，鞋子、花瓶还都在清洁时摆放的位置，她单调的生活里还来不及接触它们。一次去聚会用的背包用完后也还是摆在临时放的柜子上。它本来有专用的位置的。可是它被临时放在那里，还没有让她有动力去收拾。而这些时光，在孩子身上就是千变万化的了，孩子回来，她经不住会说：小宁，你又高了吗？妈妈怎么觉得你又高了呀！小宁，又多了一个耳钉吗，妈妈怎么瞧着又多了一个钉呢？还不止这些，有时是黑了，有时是白了，有时是瘦了，有时是胖了。

　　时间过了十一点，隔壁的电视声音还没有关。她盯着时钟看，又过了五分钟，还是没关。什么事在预计的时间内她觉得可以忍耐，但凡超过预计的部分，她知道自己就要烦躁了，坐立不是。那声音更像是知道她烦躁了，偏偏通过她的耳朵往脑子里去。且去过脑子后还去心里，骨骼里，脾肺里。总之所到之处，无一不是叫她烦躁的。

　　她站起来走走，手碰到什么，就摸索一会儿，拍拍。这样不由得就到了声音来的那面墙上，她把手放上去，觉得手上是有震动的。她便更确信她听到的声音超越了一个人的生理承受范畴。她拍了拍墙，试探着回应那样的节奏。等心里有底了，又用拳头捶了几下。她想让这边的动静传到那边去，让那边知道她此刻的烦躁不安。

　　楼房是三四十年前的旧楼了，那种一大排一大排南北通透的筒子楼。她的阳台连着隔壁的阳台，客厅连着隔壁的客厅，卧室连着隔壁的卧室，厨房连着隔壁的厨房，走到哪里，无一不是把她和那声音连在了一起。

　　筒子楼还是单元门的设计，一个单元门一梯两户。有声响的这家跟她不是一个单元的，她要过去看看，要从这边的楼梯下去，绕过一个单元门再经另一个单元的楼梯上去才成。

　　她还是换了之前下楼买菜的那件外套，灰色的线织仿呢料外套。这样穿并不是怕冷，是想那浓稠的白雾不要浸进她的身体。她知道这个地域的人到老了多数都会惹上风湿。

敲了三分钟门，仍只是听见电视广告的声响，不见人来开门。她伸腕看着时间，隔个十来秒就敲三声，这样过去五分钟，还是没人来应。她也试了旁边的门铃按钮，她看那按钮陈旧的样子估计也是坏了的，按了几次也是无用。连续这么折腾了一通，她身上的烦躁似乎也少了，她意识到这里，轻喘了一口气，然后把整个身子倚在楼梯的扶手上，想等待一会儿看看。广告很长，女主持人语速又惊奇又快，光听着这声音都能知道她脸上配有一副夸张的表情。好像那声音是神奇的魔术棒，所经过和到达的地方都能在空中显现着说话人的样子，她都能看得清清楚楚。这样的广告不骗到人可能是不会罢休的，说一段就报一次要你马上就拨打的电话。真不知道这广告什么时候能放完，她就那么一直倚依着楼梯扶手。

　　过了多少时间呢？后来她好像忘记了自己为什么会来到这里，从倚依的姿势站直身子想想，喔，想起来了，她是来跟邻居说电视声响不要开得太大。可能因为中午了，是平时孩子放学回家的时间，电视开始放儿童节目，应该是一个亲子的节目，有妈妈坚持喊加油的声音，那声音又着急，又心疼，恨不得自己去把那件事做了。这么想她就径自笑了，她能想象一个小小的孩子在参加一个什么竞赛，妈妈声嘶力竭地喊加油的场面。

　　她想走了。

　　下了楼，扭门锁扭开门，两米宽的走廊外就是植物园子。除了建小区时统一种的紫荆、高山榕、大椰王和假槟榔树，园子里还被这里的老居民种着这个地域的各种果树。在两个单元门之间是两棵黄皮和一棵桂圆。不成排，错落栽的，其他还有几棵木瓜树、芒果树、菠萝蜜和荔枝树。因为稠雾，看不远，但她心里是知道那些树的位置的。

两个人在黄皮树下烧纸，烟不旺，一个把纸钱一张张揭开添着，一个用手里的什么扇着风。扇风的有些着急，可能风不够用又把头偏下去用嘴吹。即便火这样难着，他们也已经烧了一个锅盖那么大一堆灰了。烟雾比稠雾颜色灰，并不往上面升，混混沌沌的在火堆旁涸不开。这个说法若不好理解，可以想象一下北方冬天的洗澡堂子里烧纸是什么样子。但这雾是要比那澡堂子的水雾浓稠多了。要不是走到走廊边缘，都很难看见两个人。

她弄清状况后有些生气，说你们怎么可以在这烧纸，这是小区，怎么能是你们烧这些纸的地方呢？看你们也都不小了，应该懂得些事，谁让你们在这里烧这种纸的？

两个人听有人说话，立直身子站起来。她这才看出是两个男孩子。现在的孩子个子都高，他们一下子站起，个头迅速超过她——比她高出两头。但看他们的动作情形还是孩子一样的，知道做错事情心怯的样子。他们的样子让她想起了小宁，这么一想，再看着他们，心里就有些不忍了，她轻了些语气问他们为什么在这里烧纸。

两个孩子很诚实，说话时抹着眼泪，那眼泪倒不像是悲伤哭的，倒像是烧纸的烟子给眯着了。

一个孩子说这是在为他们死去的爷爷烧纸。说话的这个孩子说完这句停下，指着另一个比他更高大的男孩说，是我爷爷，是他姥爷。今天是爷爷的忌日，所以在这里给爷爷烧纸。我们是本地人，重这些习俗，所以，想请阿姨您能原谅。

她听着，也思考着，看着两个孩子模糊的轮廓，觉得他们做的正如他们所说的一样。可她还是认为不该在住宅的楼下烧，这是共同空间，你得考虑别人的习俗和感受。

更高个的男孩说，他们每年都是在这里烧的，只是前些年都是晚上烧，他们住的地方离这里很远，今年这天气他们怕回程没有车坐得步行，所以一早就从家里出发来这里了。他们乘地铁来，准备跟奶奶一起吃个午饭，然后再乘地铁回去。他们除去乘地铁的时间，还要步行将近一个小时的路程。是的，她听到广播了，这雾天公交都停了。

纸堆还在燃着，看不见火星，灰白色的烟雾努力地往外扩散着，以便有新的空气进去，让艰难的星火继续。

她听到这里，觉得没什么话好说了，从两个孩子身边走了过去。然后她想起什么，回头看着两个模模糊糊的黑影又问，你们为什么不走远些烧，不管怎样，在门口烧纸就是不对的。

矮些的男孩说，阿姨，这些树都是我爷爷种的，他是建这个小区的工程兵，对这些树有很深的感情。还有这两棵黄皮树是我爷爷专门为我们两个种的，那年我们两个同一个月出生，爷爷高兴就在这里种了两棵树。

喔，她想起来了，她刚搬过来那时，总见楼下有个老人照料几棵果树。之后的几年荔枝、桂圆、黄皮熟的时候，也是那个老人在收果实，并招呼大家下楼去分，她才知道这些果树是私人种的。她与这些原住民不熟，从没有下楼领过，但是她家小宁不服气，这公共的空间怎能让私人栽种果树？曾设法摘回一个木瓜给她。那个老人便是隔壁家的，无论多么热的天气，他总是穿戴得很整齐，短袖衬衫里配着白背心，下身一条卡其色短裤，脚上总是一双白袜和镂空的黄色皮鞋。这么说，这两个孩子是隔壁家的了？她刚搬过来时，这两个孩子已经是初中生的打扮，有时在阳台上玩，她能看见。她家的小宁喜欢观察两个大他的男孩，模仿他们的行为。有一年，他们那边伸过来的植物开花结种后，小宁偷偷地收了种子，说要在自家的阳台上也种一盆。第二年，她家阳台上种的朱红色的小花就跟隔壁家开得一样灿烂了。枝叶也很茂盛，连成了一片，简直分不出彼此。

她回想着这些，回想着时间的流逝，却怎么也想不起老人是哪年去世的。照理说，他们本地人这么重视习俗，丧事即使在殡仪馆办，家里必定也会有些仪式的。但她的记忆真的搜索不到相关的内容。是怎么缺失的？本来想借机会让两个孩子提醒老人以后把声音开小声的，不想却给心里突然冒出的这个疑惑给弄忘了。忘了也就忘了吧，她自己是不知道自己忘了的。走两步她又想，黄皮树是一种生长得很慢的树种，这两棵树这么大，两个孩子看上去也不过二十来岁，怎能是他们出生时种下的呢？

她想再回头去问问两个孩子的，脚却不自觉地迈开了步子回去了。——她被这种身体的惯性牵引，虽意识到了，还是往前走。她知道自己已经活到了一个生命的奇妙状态，错也无需抵抗，对也无需欢喜。只需安心接受就是了。你接受了也就发现了，它们没有什么，"对"并不知自己是对，"错"也并不知自己是错，它们来过了也就来过了，像人一样自然而来，自然而去，并不是要作恶扬善留下什么。非要说它们有对错的，也不过是人的意愿强加罢了。

等走得更远时，她又把刚才的那些对与错的问题给忘了，反又拾起关于黄皮树多少年的问题。她开解自己，或者是她看错了也说不定。雾这么稠，他们之间隔着好几米的距离，彼此根本看不清对方的样子，又怎知刚才她看到的两个人不是三十岁、不是四十岁了？

要真是那样，他们叫她阿姨，也还是可能的。这么浓稠的白雾多么像压缩的时光，其间一定藏着被时光偷走的人生的许多秘密，也说不定她的模样已经像是古稀老人的样子了！

她这么想，上楼的脚步倒是轻松了，仿佛天晴后身上的湿气退去，心里也欢快了许多。

平时小宁不回来，她的日子还是如常地过着。——这么说，也不对的，小宁中间好像也回来的，好像有一次她在躺椅里睡着了，小宁帮她盖过一条纱巾。纱巾很大，是小宁年少时去游泳来回的路上裹身子用的，能从她的脚一直盖到头上。当然，小宁没有盖住她的头，只是盖到了她的锁骨位置。她记得这天，阳光透过阳台上的玻璃窗子经过客厅的玻璃门被她的脚和躺椅挡住了，再没有往屋里去。她发现这个，第二天，便把躺椅往屋里挪了挪，放深了些，都快抵到沙发位了。而空出的地方，她想让阳光进来。不想，这天的阳光时有时无，她并不确定昨天阳光能到达的地方今天还能不能到达。屋子里就只是她一人，像往常一样空落落、静悄悄。

不知从什么时候，小宁回来就不按门铃了，也不再敲门，他自己用钥匙开了门。再后来，小宁开门后把钥匙啪的一声放在五斗柜上的动静她也听不到了。

　　一个人的时候，她有时也会打开电视，因为日常生活的节奏，她开电视的时间是很有规律的，上午九点到十一点，下午三点到五点。她也不一定看，就是忙完琐碎事了，觉得这空荡荡的老房子里得有点动静才好。她的感受系统越来越迟钝，不知道声音要开多大才能把这屋子填满。她想像气体充满气球那样，让声响充满屋子。满了，也或者能像气球那样，这边轻轻一弹，那边就能感受得到。这么说来她要的也不是声响，而是动静，她在屋子里坐着或走动，能感受到屋子里都是满的那样；像曾经从外面抱回来的一只小猫，时常在她不经意的时候扯动她的裤脚。

　　就这样，她想起了那只小猫，她四处翻动屋子里的物什，想找到那只猫留下的痕迹，以证实它确实来过这里。那时光可不是一天两天，而是好几年呢，虽然这会儿想起来好像一眨眼的工夫。

　　她没有找到小猫留下的痕迹。翻动东西累了，便在客厅的沙发上坐下来歇歇。电视声响充满了她的屋子，她能感觉到动静无处不在。她现在与其说看电视，不如说是为了听动静——这么说也不对，她也不是听，她只是喜欢手触摸声音碰撞到物体时的动静。那些轻微的震动把屋子装得满满的。她摸到书柜旁边墙壁的时候，先是犹豫了一下，然后停了下来。有几下震动特别大，像墙那边有人在捶墙。她关小了电视，但不知道关小后的声响又有多大。她想重新去触摸那个地方，不想之前那样的震动又没有了。她折腾了一会儿累了，坐在沙发上，钢琴上方的墙上挂的时钟指向十一点一刻。她想起什么，去了厨房，当她再回来客厅的时候，电视在播放儿童节目，她才想起电视还没关，她过去动手关了电视。

2014.5.21—6.4

返回至相寺

　　终于迎面走来一个人，她自言自语："再过来一点，再过来一点"，为了愿望成真闭上了眼睛。

　　一个头发支棱着，面目不太清晰的人越走越近，初夏了，还穿着夹袄，下身的裤子又过短，像七分裤，光脚穿着一双绿色军用球鞋。

　　路是"之"字形，阶梯状，那个人在上，终于在下。

　　"你好，帮帮我行吗？"

　　摇头。

　　"你不会说话吗？"

摇头。

"那你能听懂我说话吗？"

没有摇头。

"那你不愿意帮我，能叫人来帮我吗？"

终于开始以为她是个孩子，后来确定她是身材矮小的女性。夹袄里的贴身衣服可能曾经是白的，但现在是灰色的。

她站了一会儿转身走了。

终于忍着疼，倚靠在树上，还好，这里到处都是古老的大树可以倚靠。她想，站着总比躺下去醒目些，所以她坚持站着，把橙红色的 U 巾从脖子上取下来，用登山杖顶着摇晃。一个地方出现一个人就可能还有第二个人。若是没有第二个人，第一个人一定会再次折回头来，这是终于一个多月以来行走的经验。

很久才来一个男人，个子也不高，干瘦，比之前的那个女人高一些，接近一米六五了。男人戴着绿色军帽，穿着绿色军上衣，敞着怀，露出里面的圆领红线衣。他的下身穿一条黑色的裤子，脚上也是一双绿色军用球鞋。

"你要做啥子？"

"我要找一个人。男的。不是你们这里的人，从外面来的，在你们这里教书。"终于又看到了希望急切地说。

"教书？好。"男人说着转身要走。

"别走啊，帮帮我。"

"你跟我走。"

"我走不了。我受伤了。"

男人镇定地看看终于，没管她，依旧转过身去。女人站在前面没过来，等到他后跟他一起往回走。

终于绝望了，没有人帮她。她还是得想办法自己走。

终于把登山杖底部上上挡盘，免得插地太深，然后小心挪动着右腿，艰难地再次启程。上坡的路，很滑，小雨也没有停的意思，耐心地下着。

终于好不容易爬完一个斜坡，走到之前男人站的那片平台上。路好走多了。约走了十来米，终于往她刚才停滞的地方看，发现真是危险，路只能走下一个人，下面是一个大斜坡，再下去是悬崖。

又走十来米，终于还是后怕，又停下来往后看，发现这个地方已经看不到她之前停滞的位置了。那么，她是怎么发现她的，那个瘦小的女人？

经过一处残垣断壁的废墟，又经过一个没有门的空屋子，又经过一棵苍天香椿树，十人抱也抱不完的香椿树。然后又是几间旧宅，再过去又是一条小路下坡。路并不明显，被中间矮少许却依然茂密的杂草覆盖着，需把目光放远看，才能隐约看出一条蜿蜒小路的痕迹。

到处都是杂草，不知道刚才看到的两个人往哪里去了，这条小路并没有他们走过的痕迹。终于看见对面的绿色树木间隐约的房子。一排房子。还好还好，朝有人家的方向走怎么也不会错。可是山里的路看着近，不知道中间要怎么拐，终于想想心里还是难过了，这样的路走到什么时候是个头啊？

可能过了眼前的这个山沟就是了吧。这里的山很是奇怪，身上有许多的山脊和山沟，每个角度看都像一把梳子。

她刚准备过这个山沟，见从那边走过来一个人，一身的黑衣，像个矫健的男人。终于高兴了，肯定是他。

终于便不走了，等着他到来。

他看着近，一会儿不见了，一会儿又在走着，好像一眨眼就能来到眼前，也好像还在她最初看到他的那个点上。他前面的路看上去并没有高大的树木，一层茂密的叫不上名的野灌木丛和能辨认出的野枣树枝、野艾草、白蔷薇上笼罩着薄薄的一层水汽，像欧根纱一样白而透明。它们像是静止的，像睡着了，不知道自己的身子飘浮了起来。终于盯着那层白色的水汽看，觉得整座山都像睡着了，整座山都可能会被那层白色的水汽带着飘浮起来。然而终于把视线放到他的身上，看着他，知道山不会飘浮，是他在动，一个人做游戏一样，在一层薄薄的白色水汽里滑动着舞步，前进一会儿，后退一会儿，后退一会儿又前进一点。

终于想，坐下来吧，坐下来歇息一会儿。她实在太累了。

终于先把半人高的背包卸下放在一堆朽木上，支起隐藏在背包上的铝钵的支架，做成凳子，然后整个人坐到了上面。高高地坐在上面。

连人带包全成泥了，那一跤摔得太狠了，滚了几滚才停住。但是终于现在不管这些泥了，她开心起来，他在向她走来。

山上的雨还没停，但远远的山下开始晴了，一束阳光照耀着灰白的城市，像一盏大功率的射灯照亮了舞台。

为了续演一台戏一样，她已经在城市的那个舞台谢幕，来到了山上。

她想，雨是已经停了，接下来会不会有彩虹呢？又想想觉得还是不要有了，彩虹太童话了，太虚拟就触摸不着，触摸不着的东西容易让人悲伤。不要有彩虹。她要的是一场真实。

终于找出热水壶，找出一包速溶咖啡，她的手一点力气也没有了，她用牙齿咬开包装，把咖啡倒在热水壶里，再盖上盖，双手滚搓着热水壶。

咖啡溶解好了，滚搓产生的气体扑扑地往外冒，她闻到了咖啡香甜的味道后精神一振，迫不及待地打开壶盖倒出一口尝尝。

水太烫了，烫着舌头了，她把舌头缩卷回去顶着上腭和牙齿找知觉。

终于享受地喝着咖啡，看着他的到来。

"你来了。"

"嗯，来了。"

终于问他要不要喝咖啡，他说不要，说："我不喝加糖的咖啡。"

终于笑了，重复他的话的意思："你不喝加糖的咖啡。"

他不胖，比她印象中的瘦。头长有点长，前面的盖了眼睛，后面的盖了衣领。他背起终于的大背包往后甩的时候头发也甩了一下，乌黑而丰厚。

"你的脚崴了？"

"崴了。"

"还能走吗？"他抿嘴想了想又说，"不能走也没办法，这个地方只能走，我就是先送回背包也未必背得动你。试试看能走多远。"

"能走，只是慢一些，着力时有点酸。都不疼了。"

"那好，我们走慢点。"

他走走停停，停在小雨里等她。

停在一片艾草丛中等她。

停在一片白蔷薇丛中等她。带着雨珠的白蔷薇花瓣，有的在垂落。

他停她也停，冲回过头来看她的他满意地笑笑，然后低头看路向他走去。

"接回来了？"

"接回来了。"

院门口站着一个穿一身白衣的人，一身的白，一尘不染，脚上的鞋都是白的。

他背着包进了院里，把背包放下又出来接她。

他接她就是与她并行着走，没有搀扶她的意思。他看来很放心她的状态，能走这么远不会有大问题。

他们进来后，白衣男人才进来。

终于这才正式地跟他打招呼："你好。"

"你好。"

终于走到屋里，他说："你等下。"

他匆忙把一个舒适的椅子放好，垫上一个棉垫和一个靠枕。

秦/媛/媛/的/夏/然/然

终于没客气坐了下去，让他帮忙拿背包里的药品，"跌打药在右侧袋。"

他帮她拿来，回避了一会儿等她涂药。一时间屋子里都是跌打药的味道。

"这味道没法喝茶。等等。"白衣男人提了一壶热水过来，冲他说。

他没理白衣男人，看着她。

"我还有咖啡，不急，等味道散了再喝。"

白衣男人一改素净安然的样子，聒躁起来："大姐，你怎么从那边来啊。你可绕了大弯子啦，你不会是被晴山道长做法吸过去了吧。然后醒了，又逃出来了。哈哈哈。"

终于不知道怎么答他。

"你从哪个城市来的？你来参加法会的吗？"白衣男人问。

"我从深圳来。我不是来参加法会的。"终于回。

"深圳是个好地方。不过，我还没有去过深圳。"

"有空可以去看看，南子之前就是在深圳工作。"

"我知道，我知道。"

屋子里的跌打药味散了。他点了艾草驱走余味，把之前的剩茶和洗杯子的水直接泼在屋里的地砖上，准备新泡一壶茶。地上铺的是青砖，茶水下去后就浸在砖里了，留了舒展开的茶叶在青砖上面。他泼茶水的时候弯了腰甩开了手腕，茶水泼得很开，茶叶也铺展得很开，一片是一片，每一片都很精神抖擞，好像新生。好像它们的精神是他那一甩开的手腕赋予的。

"你从哪个城市来的？你来参加法会的吗？"白衣男人又问。

"我从深圳来。我不是来参加法会的。"终于又回。

"深圳是个好地方。不过，我还没有去过深圳。"

终于看看冲茶的他，他没有回应。终于想，或者刚才他在忙没听到白衣男人问她。终于有些犹豫，拿不准还要不要回复白衣男子。终于站了起来，移开凳子，装着要去背包里拿东西。

终于也想不出拿什么，在背包的侧袋里拿了烟来抽。那边茶冲好了，已经分好了杯子，送到了每个人的面前。

终于坐下来先喝茶，很烫，分了三次喝。然后拿出一根烟来跟火机一起放在桌子上。这时他又分了一道茶，说："可以抽。我偶尔也抽。"

"我不抽，我可不抽，抽烟对肺不好。"白衣男子说。

"那我喝了茶，出去抽。"终于说。

"没事，你抽吧。"白衣男子又说。

"吸二手烟对肺也不好。"

"真没事，你抽吧。"

"那好吧，我确实不想站起来了。"

"你从哪个城市来的？你来参加法会的吗？"

终于点上了烟，一愣，也没敢看白衣男人。

终于转过脸吐烟时偷偷地看了他一眼，她想知道他对白衣男人的问话有什么反应。

他把老铁壶从火炉上拿起来往紫砂壶里注水。注完水把老铁壶放回去后拍了拍白衣男人说："不要总是问别人从哪个城市来的。"

"好，不问。"说完白衣男人转向终于："不问你从哪个城市来的。不问。"一边说一边摇头。

终于心里有了底，暗暗提醒自己什么事别大意了。

白衣男人很爱说话，说天南地北，说赛车，说侯麦的电影。《慕德家的一夜》中的人物对话他都能来一遍。说的话逻辑都对，就是会重复说。

一重复说，他总不忘拍一下白衣男人的胳膊提示他："不说这个了。"

他一直在重复往紫砂壶里注水这个动作，然后倒出茶水，分杯。铁壶里没水了，他也让白衣男人去接水。水是拿小口的塑料桶接的山泉水，用电水泵抽上来。白衣男人接的是热水的一边。热水的温度应该不高，倒入老铁壶里后坐上炭炉，他还要拿扇子扇一会儿，火起来后水才会开。炭是易燃的无烟炭，用扇子一扇火就起来了。炭炉像小号的咸菜坛那么大，直径比老铁壶大不了多少，只是身子长，里面能藏十来块木炭。他准备换一道茶，白衣男人见他要换茶了，说还喝祁门红，他就冲了祁门红。他换祁门红的时候也换了壶，用的是大红袍西施。终于想，"我也喜欢用大红袍西施冲祁门红的。"他刚才冲的是绿茶，用的是原矿段泥做的矮六方，他的掌心那么大，水量分三杯后还能剩三杯。

茶喝够了，终于也歇息过来了。还是下午，终于起身在他的家里转悠。看他的卧室。卧室跟刚才喝茶的地方是一个空间，中间挂了两挂麦秆做的垂帘隔断。她又看他的工作间，他画画也写字，看成打的古书、佛经。她也去看了他的储物间和厨房，没有什么，比她想象的还要简单。不存余物。但不管什么地方，墙上或靠着墙都有画框，好像他可以在任何地方画画。又好像那些画都是完成稿，是特意选好位置放在那里的。画上的人都是背影，只是发型和衣服不一样。但只需稍许停下来看一看，每一幅画里人的身材、高矮、情形语言确实是同一个人的。是个女人。穿飘逸的白衣裳。穿麻裙。穿阔腿裤。戴帽子。把帽子拿在手上。长发飘着。扎着马尾。盘桃子头。半挽。打着伞。正在收伞。都是背影。唯一的一幅不是背影的低着头，头发散乱地挡着脸。脸白。风很大，阳光刺眼，好像只要她稍稍把头再抬高一点风就能把她脸上的头发吹走，她的五官就会显现出来。终于在这幅画前看了许久，画中人的下巴上有一粒红痣。闪闪发光的红，红得快要黑了。

他不阻止终于四处走动，也不问她什么，这让终于有些为难，不知道话要跟他从什么地方说起。

终于在储物室看到一箱酒，在厨房看到一块纸包的酱牛肉。她当初没有动这些。四处看完，她走到院子里去，又到院子外面看了看。院墙外有一片菜园，她掐了十个葱心，很嫩，弄了一手葱的鼻涕水。她又拐回院里的墙角边掐了一把薄荷尖，回到厨房洗了，把酱牛肉切片，用生葱和薄荷尖拌了一碗牛肉片出来。

她把牛肉和一瓶酒拿到喝茶的地方，又从冰箱里拿了一张百叶用开水烫软了，切成五寸长的正方形用来卷牛肉。卷好后能一口一个。

他说他喝茶。

白衣男人说他也喝茶，他是好孩子，从来不喝酒。

只有她一个人喝酒。很醇香的酒。连喝了三杯，口感很好。

白衣男子给终于倒酒，说："姑奶奶，这是 60 度的酒，不是白水。"

"有这么高吗？我看看酒瓶。骗子，明明 54 度。"

"那也不能当白水喝呀。"还是白衣男人说话。

"就是三十七八度的口感。太好喝了。特别香。这种酒不会上头，可以放心喝。要不你也喝点？"她可以肯定这酒第二天不会使她难受。

"不喝。我不能喝酒。"白衣男子一本正经地回她。

终于突然有些恶意，想劝白衣男子喝一个。于是就用茶杯倒了一杯酒端到他的面前，"喝一个吧，我一看你就是能喝酒的，肯定还特别能喝。"

"真不能喝，真不能喝。"白衣男子连连摆手，一脸惊恐。

"他在吃药，不能让他喝。"他有史以来才正式看终于一眼。

他这么说，终于心里的恶意并未退去，把白衣男子面前的酒端到他的面前，"那你喝一个吧，陪我喝一个吧。"

他说他也不喝酒的。

"你不喝酒，你家里有这么多的酒？"终于毫不给他面子。

"是一个朋友放这里的，很多年了。"

"好吧，就算你不喝酒，但陪我喝一个总可以的吧？"然后想了想又补充一句，"我这么大老远来。"

他说："好，那我喝了这一个。"说完就接着酒喝了。看上去他真的不怎么会喝酒，酒吞下去，脸上皱成一团。

终于要给他倒第二杯酒，他拒绝了。终于身体里的恶意陡增，站起来抢他的酒杯，"再喝一个会怎么样？"

他执意不给终于杯子，终于一手抢杯子，另一手拿着酒瓶倒了下来。他抓住了终于拿着酒瓶的一只手，酒没有倒到杯子里，倒在了桌子上他的茶杯里和杯垫上。杯垫是草编的小圆垫，芯子是一小块黑色的圆木。这一小块圆木有小号茶盏杯口大小，从杯子里溢出的茶酒混合液体顷刻间打湿了木头，那一小块木头像浸了油一样一下子明亮了起来。这一小块木头是用来稳杯子的，终于面前的杯垫不是这样的，她面前的杯垫是块粗布绣片。

终于看着酒洒下去，看着那一小块黑木一下子明亮了起来，想起了什么停止了倒酒。停止了争执，终于一时也静止了。她坐的位置正对着窗户。一面墙一样大的窗户。窗外开始泛蓝。虽然她坐的位置看不见天，但空气就是蓝蓝的天一样的蓝。哦，天晴好了。终于叹了口气说，身子还是半躺在躺椅里。躺椅很舒服，背上的靠枕软软的，像躺进一张奢华的大床上。大地一样宽广的大床。

"几点了？"

"四点十五。"

"才四点十五吗？我以为很晚了。"

"你睡着了。"

"是好像睡着了。好像过去了很长很长时间。"终于说着又给自己倒酒。

"也就十来分钟吧。你喝慢点。慢慢喝。"

终于已经吃不动百叶卷牛肉了，但还是想喝酒。

一个人进来，说着咿咿呀呀的话。终于看过去，知道是那个身材矮小的女人。他起身走到她旁边，给耳朵过去听她说话。

他拍着她的肩，好像安抚她让她讲慢点。但她并没有慢下来，还是比划着，咿咿呀呀。他听懂了，跟她出去了。很快又回来了。

是那个身材矮小的女人拦着她的去路。

终于被拦着了，摸了摸她的头："喔，是你啊，帮帮我，我要下山去。"

她不说话。天太黑了，没有一丝亮光，没有月亮，几颗有亮光的星星被乌云挡来挡去。挡着了更黑了，本来就黑得什么也看不着。

女人抱着终于不让终于走。女人又瘦又矮，把脚长在土里狠狠地抱住了终于。

终于辨识了一下地方，也不能确定自己是在哪里。她想下山，又有点担心，央求她："送我，送我，那条路不好走。"

"不，不。"

喔，她能说话。终于定下神来看了怀里使劲抱着她的人，她会说话呢。

"你叫什么名字？"

她好像又不会说话了，她怎么问她，她也不说了。紧紧地抱着她。

她把她挪到一棵很大的树上，让她靠着。来了一只猫还是狗或者是其他的什么。她冲它说："去，去，去。"

它跳跃着跑远了。

终于没听到它叫，一声也没有，但她听到它一起一落穿越深深的野草丛的声音。

终于心疼起来，它那么小，要不是跳跃起来，草能把它全部掩盖了。它是如何识路的？

女人看终于没有要走的意思了，松开了她，站在她的前面。她用手在终于的面前摆动，想试试她是不是醒着的。

"下雨了吗？"

女人不回她。女人只陪着她。对面的山上有一盏灯，一闪一闪的。不大的灯，但光很亮，像晴朗夜空的星，亮得耀眼。再看，不远处还有一盏红红的灯，也不大，也很亮，一闪一闪的。另外还有一盏，也是红色的，没有另一盏明亮。

好像是对面那座山上的明亮传到这座山上来了，这座山开始明亮起来。但这样的明亮是虚的，真要看清一样东西还是太难。她把手伸出来看了看，知道是五根手指，可是很模糊。她看看自己的手，再看看她，隐约能看到她的头顶闪着亮光。

像星星一样的明亮，又像星星一样的遥远。对面的光亮到达不了这里，它们的明亮只是一种送达，告诉你这个世界上还有其他地方存在一样的送达。

他们好像开始往回走了。走在前面。

它跟女人一起陪着终于走在后面。

天微微亮，他如常早起的样子，在院子里忙一阵子，然后来到她的门口。他敲了敲门，轻声地问："你醒来了吗？要喝水吗？"

她不回他。

他等待一会儿，推门进来了，坐在床边。坐了一会儿，他确信什么，出去端了一杯水来放在窗台上。他没说让她喝水，他说："天要亮了。"

"我听到钟声。响了很长时间。声音并不是很响亮，但很清透，经过很遥远的路途后准确地到达了这里。还能继续往前去，更远更远的地方应该也能听到。一下一下，每一下都是相等的。我好像被这声音抬了起来，好像整座山被抬了起来，飘在空中。很稳当。一丝不摇。像这样放一杯水都不会有丝毫的摇晃。"

"是至相寺的钟声。每天四点准时响起来。响半小时。看来你那时就醒了。"

"我醒了。一直醒着。"

"你还要睡吗？"

她看出来他担心她。全心全意地担心，说话时一股忧愁上了眉头。

"他到底还是走了！"

终于脸上一忍，说："你终于说起他了。"

"我看到庄树发的消息了，大家都很节制，都知道他这么选择意味着什么。我当初要是不离开，大概也是这样的结局。那个城市什么都有，看着近在咫尺，仿佛唾手可得。可是不是的，事情没有那么简单。身在其中的人甚至都不知道自己被剥削。加班，没有假期，谈不起女朋友，升职无望，加薪无望。熬到后来，会忘记自己是谁，只有'跳'下去，成全了别人，一个人的身份才被确认。"

终于还是悲伤，并不因他谈起他自己的情况而有些缓解，她的心里依然难受着，转了身不看他。

"雨停了吗？"
"昨天下午就晴了。"

"她叫秀琴？"
"你怎么知道？"
"我猜的。"
"有些名字是应该属于特定的那一个人的。"
他把水端起来摸了摸杯身。"凉了，要喝点热的"，他说。他弯下腰用力一甩手腕，一杯水泼洒出一个扇面。

他回来了。把新的一杯热水放在原来的位置上。
天亮透了。但离一天里的第一道阳光打在一棵树身上的时间还很漫长。假如是晴天。
他也醒来了，在另一间屋子里张罗东西。
"他今天下山吗？"
"他不下山，他以后可能会一直住在这里。"
"他在做一种仪式？"

"对，这是他一天的开始，他很重视这个，几乎是他的全部。"

女人来找他，还像昨天那样咿咿呀呀地跟他说话。他要用心听。然后她离开了，走出了院子。

"她要去至相寺？"

"你听出来了？是的，她要去至相寺。你要在这住下来，还是跟他们一起下山？"

"我去过至相寺，我从另一个入口上过那座山。昨天来这里才听司机说对面那个寺院是至相寺。"

"是至相寺。从这座山过去有条小道两个小时的路程。"

终于坐起身来，伸手端过水杯喝水。如她所料，那酒不上头，也不使她混沌。可以说，她如常地清醒着，清晰记得来路，记得她为什么来到这里。原来他早就知道了。但就是知道了吧，她也要替他一一跟他生前的好友告别。尤其是眼前的南子，他们那么好的关系，从大一就住同一个宿舍，到了深圳还是住在一起。她是他们还在大学时就认识的，那时他们大学快要毕业了，她还是高中生。要不是她毕业后去到他们在的城市，他可能也跟南子一起来这里了。支教，隐居，过着跟大自然惺惺相惜的生活，看着一个个微小的生命升起，再看着它们一个个陨落，接受亲近的人一个个离去的事实一样接受每一天的消逝与重生。大约是到深圳后的第十一个年头，南子在外支教两年后来到终南山上，说好的他们一起来，但他又因为终于不愿意来深山里留在了深圳。他当时跟南子一起辞了职，由管生产换了一个研发单位，但还是没能逃脱心理上的重重围困，选择在一个研发工程结束后走了。他加班回到家里，终于熟睡了，他拿睡衣去客厅的卫生间洗澡。应该是冲的热水澡，他的身心舒展开来，他突然有了一个主意，又去卧室换了一套衣服。

他们已经来到了他的院里，又从他的屋里拿出一些东西打包放进背篓。终于喝过水下床洗漱，打算跟他们一起走小路再去至相寺，在她听了南子的话后，决意把至相寺的慧如法师算入她帮他向朋友告别的名单里去。南子说，他当时从深圳来终南山看他，他曾引荐他认识慧如法师。他跟慧如法师一见如故，还在至相寺住了两宿。在终于罗列的所有告别名单里，突然要加入一位法师，虽然让她意外，但她很愿意这么来做。她是希望这个名单很长很长，足以她用此生来做"告别"这一件事情。或者说，至少在她能接受这件事之前，让她一直有事可做。

他突然就走了，约好了周日一起出去玩的。他熬过了许许多多个夜晚，熬过了许许多多的坎，每次都以为要跨不过去了，也都过来了。有一阵子，他甚至觉得自己没事了，还跟她说准备要孩子的事情。他没有在黑暗和冰冷里放弃，却在一次温暖与舒展中选择了离开，这让终于不能释怀。

太意外了，他没有做任何准备，她也没有。他甚至连一封像样的遗书都来不及写，他只在书桌上用一张废纸草草地写上"跟他们说一声我走了"，看上去连句号都来不及书写。她其实没有沉睡，知道他的动静，她意识到什么冲到了楼下。她要确认什么，盯着地上的一小片地方看，看着看着，终于看见那一小片土地像被油浸灌一下子明亮了起来。

2016.6.28 21∶45—2016.6.29 1∶52

修改 2016.11.6

在南雄

梅关古道始于秦朝，后因张九龄归养岭南，唐玄宗说他闲着也是闲着，命他重修古道，为民方便，开凿梅岭。梅岭凿通后，南北交通得以改观，一时成了连接南北交通的主要孔道，相当于现代的京广线。繁荣到什么程度呢？有史载：长亭短亭任驻足，十里五里供停骖，蚁施鱼贯百货集，肩摩踵接行人担。就是，原来的荒芜山野后来繁荣到了"商贾如云，货物如雨，万足践履，冬无寒土"的盛景。修成后又经三百四十年，北宋南安知军蔡挺组织大量民工给修整了一回，还建了关楼。这时的古道不但更通畅，而且好看多了。又再过了四百多年之后，明南安府知府张弼也率人全面大整修了一次，这一修算是为古道定了型，史说："其长二十五里，其阔一丈，悉用碎石块平砌其中，而青石长条固其边幅，并遇水架梁，与城中大道相通，与梅岭相通。"

"城"指南安城，今江西的大余县，梅岭指广东南雄市的地域。梅关古道自古多少年都是北来粤中必经之路。

朝代更换，人一代代老去，那些碎石从铺在那里哪也不去，路还是原来的样子，古道也就那么一直繁荣着。那么繁荣着，自是生出许许多多道不尽的故事。有一年，三姑娘九岁，从山下上来帮父经营饭店。本来上好的营生，因缺少人手店面有些不景气。大姑娘准备嫁人，下山歇两年养着，二姑娘顶上来。照数二姑娘怎么也得像大姑娘一样帮父亲三五年才能嫁人的，不想二姑娘上来第二年就跟人跑了，九岁的三姑娘只好早早上山来。

上头两个姑娘，怕连着生女娃，掌家的婆婆让媳妇歇几年再生，不想歇了三四年，怀上一生又是个女的。所以三姑娘跟二姑娘不像二姑娘跟大姑娘岁数是连着的，只差着一年。三姑娘小了二姑娘五岁，妈妈的肚子歇三年多加上怀一年，她生下来时，二姑娘都能上树摘青梅子给阿婆酿酒了。

二姑娘原是许了人，只等过了十五，顶死过了十七就嫁过去，不想她不满十四岁就跟人跑了。

三姑娘上山这天，端给客人青梅酒，客人卸了蓑衣搁下江南的油纸伞看她："咦，是个小姑娘！"

三姑娘还不会应酬人，放下青梅酒纹风不动地站着，两只不大但黑黑的眼睛越过客人往路上看。客人见她不看他，随她目光看去，满眼都是赶路的人，也不知道她在看什么。路比店面在的地方矮些，路那边是开凿后垂直的山壁，三姑娘的目光掠过行人就到了那边。客人想想，再从三姑娘的表情看，也看出来了，不像看行人，倒像看着山壁。

里面有人叫阿三，三姑娘回："哎，我来了！"声音清亮如磬，不管她是不是冲你回话，都能让人觉得那声音拨开尘埃专为你而来。

三姑娘好像有了理由，回完话，猛一扭身进去了，剩客人一人看着小雨从棚屋的茅草上结集后滴下来。

一会儿三姑娘端来饭菜，客人定定神吃起来。三姑娘刚忙完这边，又进来一批客人，两个主子一个随从。两个主子没有这边的客人清朗文雅，腰圆脸糙的，说起话来要让三姑娘捂耳朵。

三姑娘不免觉得这边的客人好了，勤快过来添水。

客人问："我来时见是一个大姑娘，怎么今天就只有你一个小孩子了？"

三姑娘不高兴了，说："我不是小孩子，我过了年就十岁了。"

客人说："好好好，你不是小孩子了。"说完自个点头笑笑，好像觉得三姑娘可爱。

客人再没问三姑娘什么，吃完付了饭钱朝北往梅岭关楼方向去了。三姑娘也知道，过了关楼踩过一条厚石板就是江西了。这里南来北往肩担背驮的多是赣粤两地人，若见车马浩浩荡荡，才可能是江西以北来南粤采办买卖的。

别看三姑娘人小，今天刚上来帮工她什么都知道了，早前随母亲挑担送东西也是来过的。她知道客人分三教九流，但不管哪一教哪一流的，你待人礼貌，服务周全，不卑不亢准没错。这话是足不出户的阿婆说的。

戴佩出生时家道中衰，稍稍大些便随父流离颠沛四处谋生。好在祖上留下好传统，重商也重文，他虽一直在路上，书也未少读，虽尝尽辛苦人却诚实，言行忠信。也因诚实的禀赋吧，心朗人澄明，养得好眼光，见赣粤两地物产丰饶，产生了定居大余的想法。他本来是安徽休宁隆阜人。

这年他将二十岁了，尚未娶妻，又过几年待安顿下来后，便想到梅关道上那个水灵的姑娘。想她这年有十三四岁了吧，虽后来也见过几次，眼里还是第一眼的印象。也并非刻意，他也就是要经这条路往来赣粤两地采买货物，便想再看看三姑娘。

这天天气好，一大早戴佩从江西上来。时值腊月，路两旁梅花正开，过岭北往岭南走，一路梅花开得正好。他停在三姑娘家的饭店前，见蜡黄的纸窗里有动静，只是门还没有开，热水炉子还没有架出来。戴佩走了许多地方，日日月月基本都在路上，见的都是商人，都是成熟机智的人，像三姑娘这样在家里安生长大，安安稳稳的面容对外界还没有多少成见的还是少见，他一直记得她脸上含着笑，一双眼睛望着对面山壁的样子。

他在一棵梅树前站了一会儿，想想还是往南粤去了。将进腊月，采买好最后一趟货物就到年了，若她还在，采买完再见不迟。若是不在这里了，这么候到晌午也是无用。

隔些天，戴佩采办完回来，人在前，货物交给了专业运输的车马，他在午后未过梅关前，又到了三姑娘家的饭店用茶。

　　三姑娘这时真大些了，去了生涩和一身的孩子气，亭亭玉立地站在戴佩眼前，给他倒茶。戴佩不言语，观察着三姑娘。午后，人少，只他一人，三姑娘忙完坐着矮板凳剥冬笋，去掉一层一层棕色的裹衣，白白的笋肉露出来了，看上去水灵灵的真光亮真好看。

　　是日晴天，冬天的太阳照到的地方都是暖和和的。戴佩坐在阳光照到的地方，不一会儿去了外衣，又叫了一壶酒。三姑娘问要点什么酒菜，戴佩说，炒笋子就好。三姑娘不像其他店的小二扯着嗓子往里叫，而是走进去了，告诉里面客人要炒笋子。炒笋子是简称，这道菜在这个时节其实是腊肉爆鲜笋。

　　装了心事反而没什么好说的，戴佩吃着酒菜，望着路上的行人。三姑娘忙她的，神情自自然然的，冬日的光映到她的额头上，她的额头也是白白的，看上去水灵灵的真光亮真好看。

　　付了酒菜钱，戴佩走了，手上搭着外衣。太阳有一些西斜，影子在他脚下跟着挺紧，很快就过了关楼。

　　三姑娘一口气跑去关楼，见戴佩已入江西地界了，也就没有再追下去。戴佩落下的是一个什么东西呢，是一个女人腰上用的香绫子，就是腰带，上面精绣着花。这是哪里的绣？真少见，三姑娘看着不像粤绣。

　　这事，三姑娘不必跟父亲说，店面的事都是她处理了，于是三姑娘把香绫子收了起来。

开了春，三姑娘又长了一岁，头发挽起来了。青梅子眼看着也大了，也可以酿酒了。戴佩问："你可见着一样东西？"

三姑娘想起来了，脸唰一下红了，说："是有一样东西，我收起来了，这就去拿给你。"

戴佩说："倒不必还我了，本是要送你的，不想提前让你见着了。"

三姑娘说："这可不成。我不能收。"三姑娘说话倒不急，真真切切地回戴佩说。

里面有人叫阿三，三姑娘闻声进去，回来一看，戴佩又落下一样东西。是什么东西她也没看，用一个好看的布袋包着，手掂量起来有些斤两，她怕是贵重的物件忙追了出去。

追过关楼，过了省地界的厚石板，戴佩在路边坐着，沉着气看着她。三姑娘看见了没停下直接小跑着过去，双手一递说："你的东西。"

戴佩年长近十岁，通晓细微，说："若是送你的，你可会收下？"

三姑娘说："这可不成，我不能收下这两样东西。"三姑娘这么说戴佩便又追问："你可想过收下我送的东西？"

三姑娘回："想过不等于可以做主。"三姑娘这么回，恍惚中的戴佩登时清明了，接了东西朝三姑娘一拜往山下去了。

三姑娘应该是懂了。又过月余，她见戴佩从门前经过，心中一悸。

三姑娘也快要嫁人了，许配给男方的本是二姑娘，但是二姑娘不是十三四岁时就跟人跑了嘛，这婚事她们家悔不起，阿婆做主叫了三姑娘顶替。男方倒也乐意，本是二姑娘大男方几岁的，换了三姑娘，男方还大一岁，正是让人欢喜的嘟当一对。

　　阿丹见戴佩一人坐一桌，端了餐盘过来，自助餐，本来是自由坐的，她坐过来也自然。戴佩低着头吃饭，严肃又认真，阿丹坐下来跟他说话，他也只是"昂"一声。

　　人多，餐厅吵得不行，只他们这一桌各吃各的，不忙着说话。本来是四人的卡座，他俩一人坐一边，里面的位置空着。戴佩吃完也没说话，欠着身子看一眼阿丹就表示告别了。

　　阿丹知道戴佩是这样的人，并不计较，她对面很快来了两个人，吃着东西还要唔唔地说话，吵得不行。阿丹快速吃完回房间收拾行李了。

　　他们一起进的子公司，一起受的培训，也是前后脚调到总部，一个做产品研发，一个做市场培训。带阿丹的一位同事叫蒋琴，因为戴佩常来找阿丹下班，蒋琴也跟戴佩熟了。刚进入大城市的大公司，戴佩、阿丹都没有熟人，彼此就成了依靠，下班一起聊聊，一起走回宿舍，也合计着一起搭伙吃饭。戴佩先是站到市场部的门口，不见阿丹出来，会走进去晃两晃。他也不叫阿丹，就看看她在干什么，或者让阿丹看到他来了就好，就出来了，然后还是在门口等着。蒋琴后来知道了戴佩来的规律，经常从卫生间回来遇着他，热心地跟他说："我帮你叫阿丹。"戴佩起初还说"不用不用，我等她"。后来拗不过蒋琴，由她进去叫阿丹出来。阿丹经过事，懂些微妙，打算加班，让副主管蒋琴先下班跟戴佩一起走。——这是哪一年的事了？算算时间，嗯，十几年前的事了。他们婚后，蒋琴逮着一个机会出国考察，回来后没上几个月班又出去了。这次出去蒋琴再没有回来，隔着大洋几千里把离婚手续办了。就在这次单位组织旅游前，蒋琴写电子邮件给阿丹，告诉阿丹她下月回来。另外，也像是特别说明她已跟法国男友结婚，这回回来是专门带法国老公认门的，然后还要办一场纯中式穿旗袍盖红盖头的婚礼。

阿丹早早听说来南雄，犹豫着要不要来，想了几个白天夜晚，一个早上刷牙的时间，突然对镜子里的自己说：去吧，南雄是你的故乡。

戴佩是安徽黄山屯溪人，刚进公司时还好些，后来蒋琴出国后人越发木讷寡言，什么时候见他都是闷声闷气地沉浸在自己的世界里，与徽州男子一脸的精到不能相比。好在他在的是一个技术部门，要是像阿丹一样在市场部，他这个性格是待不下去的。

来了三天了，这是第四天，第一天到了之后天要黑了，入住休整好这一天也就过去了。第二天第三天游帽子峰林场、珠玑古巷，阿丹都没去，这两处她小时候随学校组织春游秋游去过，也就不想去了。或者只是外来的人才对这些传奇的地方充满兴致。她趁机回了一趟乌迳镇新田村自己的娘家。老宅早是没人住了，父母和哥哥搬去了新小区居住，旧的房子，旧的院落，旧的巷子，载着她满满的童年记忆。她回去也没跟母亲和哥哥说，只是一个人静静地待了两天。倚着老墙根她悠然还记得那么一件往事，她是早早就定了给哥哥换亲的，父亲或许有些内疚，让妹妹退了学，让她一直读完了高中。她早早结了婚，早早生过两个儿子，有一天她见小的儿子跟哥哥打架，外衣里面藏了一把弯刀心头一惊。那么小小的人儿，路才刚走稳，吃饭时搛桌子上的菜还要踮起脚才能够着，就懂得下狠手了。她从小儿子身上摘下弯刀，躲进屋试了试刀锋，中指一下子就流出血来。站在黑暗的屋里看着破烂的院子，她像是突然从噩梦里惊醒了，害怕未来漫长的野蛮生活。她逃了，逃到了广州。与她换亲的那个女的在她逃后也逃了，她也给她们家生了一儿一女，两方家人想想，也算是两清了，都有了后，略带残疾的儿子将来都有人送终，彼此都放了手没有追究。这时整个世界都在欢庆千禧之年，似乎古老的一套生存规则也得换换了。

她在南雄这个地方长大，青山叠翠她是不怎么稀罕的，只是帽子峰林场到了深秋那一片金黄的银杏让她难忘。她知道眼下这个时刻叶子还都没有黄，去了也是见不着，她干脆不去。

她千禧年一走，再没回过南雄这个地方，此次好像是换了个身份回来。村子里的人家多数搬走了，少有几家还有人看守。她回来，也没有人认得她了，从他们的眼神上看去，不过把她当成游人罢了。因着这样的陌生，她很自在地在自家和以前的邻居家穿行，就是从来没有去过的哪个同学家这回也大方去了。她很高兴这样的自在，这一趟回来意外得了满心欢喜。

汽车从迎宾馆出发去梅岭，她主动跟戴佩坐在了一块。她早上出来散步还买了橘子，她知道这个季节橘子上市，又鲜又甜，咬一口嘴里满满的都是果汁。

梅岭她以前没有来过，她意识到这里，觉得太奇怪，这里有一条著名的古驿道梅关古道，那么著名，除却张九龄、苏东坡、文天祥等古代这些名人不说，就是后来的八万余长征红军经由此处也足以闻名天下了吧，她竟然没闻声到来。又想想，她高中以前还是天真欢乐一无所知的，直到妹妹下了学，父亲许她继续读高中她才知道自己的"使命"。喔，伤在这里，她整个高中时期是封闭的，她朦胧知道有一眼坑在等着她，等着她往下跳。小地方，觉得考大学没什么希望的学生高二后就不怎么去学校了，教室里只剩下寥寥无几的用功学生。她也知道自己不可能去上大学，但她还是坚持到了学校放假的最后一天。整个高中时期她哪也没去，没心思去，心懒，脚走不动。高中一毕业那边急迫娶她进门，后来的几年她更是哪也不想去，除了去田地做农活，她一步也不想跨出破破烂烂的院子。

　　戴佩让她坐里面，她倒也不必客气，随戴佩收腿侧身挤了进去。她拿出橘子递给戴佩一个，戴佩没接，看也不看。阿丹也没不高兴，剥了一个分成几瓣又递给他。他本来还是不接的，阿丹递着一直不回手，他便接下了，从容地吃着。

　　阿丹的手伸着，戴佩吃完把橘子皮搁在她手里。阿丹再给了一个剥好的，他熟悉接过，算是又吃了一个橘子。然后阿丹没有再给了，她好像知道这是戴佩的极限了。

　　游过几处小景，导游举着小旗戴上耳麦组织大家登梅关古道。她一边走一边解说着，从古道始于秦朝，秦始皇统一中国后的策略，北筑长城防御匈奴、南开关道开发岭南说起，见古道两旁一景便展开一个故事。从接岭桥、驿馆至憩云亭、六祖寺、将军祠，每一处都有导游讲不尽的故事。中间还穿插讲到苏东坡两次经游，曾作诗两首。讲到陈毅三年游击战中在古道附近一所隐蔽的藏身处。说导游"铁打的腿，讲不烂的嘴"一点不错，每撕开一个话头，都有他们讲不尽的故事。有轶事，有传说，也有似乎铁证如山的传奇不得你不信。

上山中道时飘起了小雨，白茫茫如雾一般大小，甚至因为没有重量落不下来，在半空里轻飘飘地旋舞着。男士不畏这点小雨，也不举伞，只有五六个女士怕花了妆容举起伞来。眼下的古道早不是南来北往的交通要道，那些商旅之人早乘了飞机坐了火车经了高速往来。眼下古道上来的人主要是旅游观光的人，冲着它承载了每一段厚重的历史而来。但这时又不是赏梅的时候，古道显然人来得少，路中间青石缝间长着许许多多鲜鲜亮亮小小的草。两旁可能更少人走，长着墨绿的苔藓，这时浸了雨水，踩上去感觉滑溜溜的。

阿丹举着伞，望一棵梅树，好像看出了梅花盛开的样子。她想，这一棵一定是白梅，雪一样白的白梅。她绕着探到路上的梅枝看，还想往里去的，又因心飘了，啪地摔了一跤。狠狠的一跤，不是整个背都疼了，她还没有从畅想中反应过来。她还以为她是站着的，她正绕着一棵梅树看，看它花开满枝头一片雪白的样子。

导游那边讲着什么，有同伴大叫"戴佩，戴佩"。她不知道这时戴佩在哪，她朝人群那边看去，见大家都在四处张望找戴佩。

戴佩其实就在他们其中，只是站了个不起眼的地方，听到了叫他也不回话，只是举起手表示他在的。

一个同伴过来扶阿丹，阿丹没让扶，说自己试着起来才能知道摔坏哪里没有。同伴帮阿丹提着包拿着伞，看着她自己慢慢起来。还好，还好，就是石头硌疼了两处。阿丹不是那种瘦骨嶙峋的身材，身上有肉护着骨头摔得不严重，能如常行动。

然后两个人一起往导游在的地方去。导游刚讲完"状元树"的传说。这个传说中的状元是谁已无从考证。倒是由这个"状元树"之说讲到了另一个有史可查的状元戴衢亨，字莲士，江西大庾人，原籍安徽休宁。戴衢亨不是直接从安徽休宁而来，从休宁来的是他的祖父戴佩。戴佩族上是有名的徽商，但是他出生时家道已经中衰，才稍稍大些就要随父亲四处流离江湖做些生意。他们这时已做不起大生意了，但话说瘦死的骆驼比马大，倒还是能倒卖些特产。就是把南边的东西拉到北边卖，把北边的东西拉到南边卖。这样，到了他二十三岁，手上也有些钱了，为了赣粤两地物产丰饶选择定居了江西的大余县。这之后他便是常常往来梅关古道上，听说当年还看上了一家饭店中的姑娘。但那姑娘命不自由，早早顶了二姐的婚约，一时拒绝了他。戴佩下山后因为伤怀很快娶了一户温姓家的姑娘，他这时才算是结束了长期漂泊的生活。

过了两年，温氏不害喜，戴佩便带着她寻了粤地的中医。回去的路上，戴佩不知怎么想的，又去了三姑娘家的饭店吃茶。三姑娘十六了，还没有嫁，男方都快等不及要翻脸了。

还是要了一壶青梅酒，叫了两样小菜，戴佩与温氏九十度桌角挨着坐着，不是面对面坐的。三姑娘上茶水上菜站在温氏的对面，看了她个正着。三姑娘觉得这位太太怪好看的，人又文静，看上去与戴佩可真是天生一对。三姑娘在这年梅花凋落之时答应嫁人了。

怎知又过了一夏一秋，戴佩又想起来见三姑娘，只见她家的店面转给了人家，听说她下山准备成亲，她的父亲下山专门酿青梅酒去了。

没见着三姑娘，戴佩还是如常去采办了货物，回来的时间被探到路上的一条梅枝钩去了帽子。他便停下来看那梅枝，久久不愿离开，好像看出了梅花盛开的样子。

据记载，戴衢亨祖父戴佩后来又娶了侧室，称江氏，为其生下二子。一个叫戴均元，一个叫戴第元。

阿丹吃着身上两处疼坚持上到梅关古道的最高点关楼。导游站在关楼下面讲解着革命历史，又到路边的亭子指着一个方向告诉他们那是江西的大余县县城。

眼看着脚下有一块厚石板，阿丹在上面走了几步，远远听着导游说大余县那边的事，说到那里出过一个状元，方圆多少里就那个地方出了一个。

阿丹耳朵听着，心头被什么牵着一脚入了江西。

入了江西再往下走，见戴佩在路边坐着，沉着气看着她。阿丹走近了，递给他一样东西，也没说是什么。

戴佩挪挪位置让阿丹坐下来，阿丹也不客气，像当初俩人走得近时那样紧挨着他坐了下去。戴佩把玩着阿丹递给他的东西，见用一个精致的布袋装着也不好擅自打开看便问阿丹，"什么东西？"阿丹说："你打开看看不就知道了。"戴佩没打开看，只是握在手里。阿丹想探探戴佩听说蒋琴回来的消息没有，绕着弯子说话。这时一个健壮的男人搀扶着一个穿旗袍的娇小女子经过他们，抛开导游往大余县方向去。可能因为脚下路溜，他们走路时神情专注的样子，好像一去不回头了。后面又跟上来几个人，导游拿着喇叭冲去江西路上的人喊在关楼集合的时间，也没人回应。

三姑娘应该是想明白了，二姐能跑，她也能跑。冬日，她在婚期将近的一个夜晚跑出了江家。

最大的星星借着你的双眼凝视着我

1

推门进来的人借着窗口的光打量厢内。因为迎着光又要看光里的东西，这人免不了要递出头觑着眼去看。这神情把他的人扯得像只呆头鸭，脖子向前递了又递，样子很警惕。他看过几眼也不知道看清了什么，便小心翼翼地抬脚跨前一步，然后才用手托着背包轻轻地放下。窗外的光照在他的身上，他自己并不知道照了多少。光有些强，照亮的躯体既无头也无腿，像个悬在空中的后现代装置。但这样的躯体又是会动的，什么在指使着这样的躯体活动，在不明情理的人看来或者是个谜。他开始脱衣服，好像已经确定周围没人，肆无忌惮地脱。脱完衣服后也不折叠，直接扔在了扶手栏杆上。他上床，动作有些大，紧接着他身体躺下，床铺发出一声响。咯吱。很干脆。但他躺下后就没有再动了。

可能因为他身在黑暗里——这玄妙感觉让他开始真正弄清包厢里的状况，与他之前刚进门时从光里看到的情况大为不同。或者说，他之前只是看到了光，除了光他什么也没有看见。而现在他看到了光下的部分，好像是光隐藏了世界，在他躺下身后符合了一定的条件才肯向他打开。也因为他自身安静了下来，厢内原有的宁静气息与他接壤，他顿时从中感受到这个空间还有另外的人。这时火车开始启动，先是一顿，然后缓缓向前。他机智地随着火车的节奏转动着身体，当他把平躺着的身体右侧过来，他确实看到了对面的上铺上躺着一个人。

2

天亮，初升的太阳光芒照进软卧包厢，对面上铺的女人醒了，这边的男人还在睡。他有些呼噜声，轻而均匀，并不鲁莽。这让女人并未因为自己先入驻的空间里多出一个人来生出反感。

起床洗漱，然后在走廊里走走，或者叫散步。

走廊里有个老人带着一个还不会走路的孩子学习走路。孩子走不稳，逆着车前进的方向走，像迎着台风，举步艰难。但他的脸上是笑嘻嘻的，带着冒险家的大无畏精神与乐观。

女人很高兴地看着向她走来的孩子，眼里有些恍惚。孩子好像认得她，仰脸朝她咿咿呀呀。她回应着笑，很亲切却又不知道如何招架这个孩子。那感觉好像记忆萌发了新芽，却又不是之前种下的那粒种子。

老人先说话了，说，布墩，叫阿姨。

女人听到这名字就笑了，说，这名字有意思。然后蹲下身去跟布墩打招呼。

看得出来，孩子喜欢女人手上的珠子，当女人伸手想握一握他的小手，孩子手还未到，嘴先咬上来了。这个时候的孩子嘴是比手灵活的。女人一愣，莞尔笑。她想起什么，脸上又笑深远了。但她还是不由自主地缩回了手。

孩子遭到拒绝并没有气馁，反而停下来咯咯咯地笑了。女人见孩子这样，心想到底是个孩子，对这个世界发出的信息还只有接收，还未生出一个人执着的定论和抗拒。这么想，就为刚才收回手有了愧疚，她干脆把珠子取下来递给孩子玩。老人本想拒绝，可孩子是想要的，一把抓了过去。

珠子是黄水晶，迎着光莹莹透亮，孩子含在嘴里，可能像含了冰糖，高兴得两腿直蹦跶。

女人尝试着理解孩子的身体语言，问，你很高兴是吗？

孩子咿咿呀呀，眼睛杏圆，脚下更是有力地踢腾。

女人便又笑了。就这样，一大早的，女人算是结交了一个朋友。

3

早餐的叫卖声响起后，早餐车已到了眼前，老人买了一份粥和炒面喂孩子吃早餐。炒面要弄碎才能喂，老人忙时女人跟孩子玩。待孩子吃起来，女人怕那孩子分心，回到自己的软卧包厢里。

男人还在睡，呼噜声已经没有了。女人起床时偷偷看过他的脸，还是一张年轻男人的脸。毛寸头，像是刚刚理过，很有个性地一根一根竖着。女人在下铺坐一会儿，想起那张脸，又去了上铺躺下。她只需一转头就能看见他。

火车摇摇晃晃得像个摇篮，女人很快又有了困意。她再次醒来后，男人已经醒了，耳朵里塞着耳机。他见女人醒来，本来右侧的身子转过去放平了，仰面对着火车顶。

女人起床，下床喝茶，吃之前买的一份白粥。

男人也下床了，他推开门，包厢外的喧哗一下子扑了进来。他打了哈欠，站在门口肆无忌惮地伸了个长长的懒腰。伸了懒腰，好像人又长高了。

女人看埃德尔曼的书《比天空更宽广》。书名是埃米莉·狄更生墓碑上的一句诗，内容则是杰拉德·埃德尔曼对意识的科学分析。他把意识提升到与生命同等的重要位置，他说："意识是我们能够得以成为人的保证。如果永久性地失去了意识，即使仍然存在生命体征，也会被认为等同于死亡。"在这本书里，他把产生意识的神经元的活动进行必要、合理的科学阐释，详尽细致地说明人如何产生出主观感知及思想和情感的问题。就是，让一个方面的特征能从另一个方面得到理解。

这本书显然复杂，女人看看停停，不时翻到书的术语解释表来帮助了解一些句子的基本语意。

男人在走廊里跟孩子玩。孩子手里还紧紧地握着女人的那串黄水晶珠子，生怕有人从他手中抢去。也或者他还不会放手吧。

男人把一只耳塞塞到孩子的耳窝里，孩子吓了一跳，以不可预料的速度转身扑到老人的怀里。老人便抱着他，拍着他的背，说不怕不怕。

男人知道吓着孩子了，想着把耳机线拔掉，让孩子知道声音的来源。可能空间大了，声音没有那么尖锐，孩子听着欢快的节奏转过身来又朝他笑。孩子的眼神这时已不是一个无知的孩子眼神，他向男人投来的是释然的一味，好像我们常说的"原来如此"。

可能老人要哄孩子睡觉了，带着孩子过来还女人水晶珠子。男人也跟随着进来，直接躺进了下铺。

果然，孩子还不会放手，老人要强行一根一根掰开他的手指取出才行。

老人不知道这是一串什么质地的水晶珠子。女人在下铺盘着腿看书，叫老人把珠子放在桌子上就好。老人时刻的意识是护着孩子，不让他倒下，怕磕着碰着哪里，就把珠子随便地往不锈钢盘子里一丢。水晶珠子落在不锈钢盘子里发出惊人的响声，吓得孩子一个激灵。老人说，哟，这么响。女人眼睛离开书望着孩子，嘴里说没事没事。

女人在老人带孩子走后，起身关了门，找出一个杯子用冷开水泡着那串黄水晶。

男人像是有些年轻人的轻狂，跃跃欲试的，想与女人打招呼。但他也是懂得对眼前的这个人应有的尊重的，他先是拔掉两个耳塞，放下二郎腿，起身端正了坐姿。他说，我也看过你那本书，讲大脑意识的。

女人眉头一挑，说，喔，对的，是讲意识的。

男人说，他当时是为了了解自己受伤后的大脑可能会出现什么样的问题，大量地看了这类书。

女人听这话便有兴趣了，眼睛离开书，冲男人赞赏地微笑。

女人突然觉得对面的男人年龄不会太大。便问他，你还在读书？

男人像刚成年的弟弟对姐姐那样故意卖了个关子，说，这个问题不太好回答，我觉得我还算是在读书，但事实上又不算。

怎么说？女人觉察到什么，淡淡地问，似乎很有兴趣，似乎也能理解对方不说。

我脑子出事时在大四，第一学期刚开始。但后来就没法接着读了。出事那天晚上跟同学出去喝酒，喝多了，回校路上跟人打架被人用垃圾桶砸了。我至今不记得这事，但我记得跟同学出去吃饭唱K。男人收着耳机线说，有些莫名其妙的情绪流露出来。女人觉得他那样子，好像内心里在参照着什么要给事情下一个定论。

男人的这段话里什么东西刺痛女人了，她一下子皱起眉，看样子是不想听这故事了，于是懒懒地说，喔。她又盘起腿拿起书做出要准备看书的架势。

男人看了一眼女人脸上的情绪，有了警惕，把收好的耳机线装进一个细棉布袋里，借势站起身，然后在上铺的背包里找东西。他的站姿与头天夜间放包时重合，动作也是那样，不同的是没有被光截取，是个完整的人。

到了下午，午睡的人醒来，包厢外人声嘈杂。车窗外已进入陕南地段，不时出现仿佛江南的田野风情，不时又会展现出山川险峻的一面。而这时，走廊上多起了看风景的人。隔厢的孩子要下车了，男人在外面跟他玩了一会儿，主动要求帮老人拿行李下车。老人的东西确实多，一个拉箱，一个挎包，还有一个婴儿推车。

孩子有些不知名的兴奋，嘴里啊啊不停。

女人并未出来相送，仍在包厢里看她的书。那样子是冷淡的。

火车启动男人才回到包厢里来。他显得无事可做，开始收拾行囊。但他只有一个背包，也没有什么好收拾的。收拾完，坐在下铺，他又主动问女人，你在哪里下车？

女人说，下一站。

男人有些高兴了，说，我也是下一站下。

女人不接话，男人再次警惕了。他觉得现在的自己是个敏感过度的人，能感觉到这世间很细微的东西。他明显觉得女人冷漠，沉浸在自己的内心世界，对外界事物提不起兴致。

女人显然也是很敏感的，但她并不介意别人如何界定她，所以，她只是在男人没有等到她的回应时落寞的那一刻眼睛在书上稍微犹豫了一下，就又接着看书。

<h1 style="text-align:center">4</h1>

一个很小的火车站，像时代停留在某一个时间点上没有往前，火车站的建筑也停在了那个时代。月台很干净，青砖铺就的地面不时有一簇一簇的野草，青翠茂盛。这样的路大约有二十米，然后就到了出站口。并不多的旅人排着队出站。

男人显然有意识地跟在女人的后面，看着女人坐上了出租车，自己才坐上一辆。出租车司机问他要去哪时，他还是恍惚的神情。他知道自己想做什么，但是无奈时间紧迫，不等他想出伎俩，女人乘坐的出租车已开远了。

还好他们的路径一致，两辆出租车前后拐了几个弯后都进入了往山里的路上。或者他们并非熟路，但是他们的出租车司机是熟悉地形的，这个现象直接的指向是他们可能去往同一个地方。

男人开始叫司机跟着前面的车，而前面的车并没有等他们的意思，飞驰向前。

一不留神，女人乘坐的出租车下山路后进入一条小路便不见了。男人来不及跟司机说跟上他们，已错过了路口，他只好由着车又向前开了一会儿，来到一个镇上。

男人并不熟悉这个地区，好在这个镇是个旅游区，有两家全国连锁的快捷酒店可以入住。他是来之前就订了酒店的。入住，把背包放好，拿出便捷布包装上水和旅游区的地图向酒店租了一辆自行车就出去了。

镇子不大，出两条街便是旅游区的旧城墙。沿着城墙骑车两三里，就到了旅游区。旅游区里没有高大的建筑，只是清一色的合阳民居。每户民居都是一个独立的院子，分门房、上房和东西下房。民居几乎全是残垣断壁，看不到一户完整的。街上除了几队扎着三角架摄影的，并没有其他的旅客。

若笼统地说，旅游区主干路就是一条乡间小路，小路两旁是那些民居。主干路两旁两户傍着分支出一条小巷。但并不深，站在大路上，能一眼看到尽头。树木也不多，不远有一棵或者两棵的都是老得不成样子。男人骑着车停停看看，并没有下来。有一棵上千年的老黄槐在半人高的地方有一个大洞，样子可以容下一个三四岁的孩子。这么大的洞，等于树干是空的，只剩了一张皮支撑着上面的枝叶。男人觉得好奇，停了车把脸从这边贴着洞口看进去，不想，吓跑了两只松鼠。正是黄昏的时候，可能是在外玩耍刚回家的松鼠孩子，这下又给吓跑了。其中一只很快跑到了一户院中，它走的并不是院子的破洞大门，而是借着另一棵黄槐树上了院墙。又从院墙到了青瓦屋檐，然后就不见了。

这条乡村路似乎很长，怎么也骑不到头。天眼看着要黑了，男人有些担忧地停下来想想要不要继续向前。并未想太久，他把车头掉向来的方向，直身踩一下车镫就飞驰返回了。他身上感觉到些许的凉意，而回去的路上，也没再见到什么游客，连摄影队也不见了。

5

第二天一早，他再次租了自行车来到昨天到过的乡间小路，他想，今天怎么着也要骑到头，看一看这条路到底有多长。

真下决心看了，路也并没有多远，骑下来觉得总的路长也就十几里的样子，在路的另一头也是一面老的城墙。而出了城墙外也像来的那一头一样，依旧是田野和大山。与他来的那一头不同的是，这一头的田野是个大斜坡，只站城墙下不下去，往远处看，似乎斜坡无限长，看那么斜下去并不知道能有多深。但对面的山是清晰的，山与这边斜坡之间是个黑洞，仿佛城墙门口一阵阵凉风是从那里来的。

男人并不害怕，样子上看有少许的警惕，毕竟他关于这个地方的印象并不是他的。他会到这里来，完全是因为他的同学小昭交付给他的记忆。这个"记忆"，或叫梦也行，反正就是他昏迷未醒时小昭交给他的那种东西。也是因为这个，他才会决定到这个地方来看看。看看这里到底是个什么地方。

他吹了一会儿风，重又把耳塞放进耳朵里。头盔戴好，U巾拉上，推着车子进了城墙门里。待迈腿骑上车，他又飞一样地原路返回。他还不想进入那些小的巷子，他想他不急着去了解那些小的地方，他有的是时间，他首先要做的是弄明白这个地方大的范围。

路上依旧没什么人，晌午了，本来有几支摄影的小队伍，这会儿已经收了器材去山上准备拍落日了。路上冷冷清清，连一只流浪狗也没有。

这个地方确实也不应该有狗，因为没有生活在这里的人家，没有烟火生饭，狗到了这里来连口吃的也讨不到，来了又能做什么？说到底这里不过是哪个朝代的城郭旧址被后人发现了。也或者他们要准备开发旅游的，而又因着什么搁着了。周边的人家想来投资或做小生意的本来是冲着这些来的，又因为到底没有开发起来，生意并不好做，只有零零落落的一些小商家过着维持生计的日子。话又说回来，因为没有大开发，这个地方还是被发现时的朴素的状况，又反而吸引了一些爱探险和爱尝鲜的驴友到来。不辞辛苦，千里迢迢。

在一条通向田野的路口，男人看见一个身影，那身影并不明确，像火焰一样晃动。他为了看清身影急忙刹车停下，但等他停下后那身影又不见了。他不知道那身影去了哪个院子，只好原地等待。还好，虽是晌午，天并不热，他拉下Ｕ巾想吹一会儿田野那边刮过来的清风。随着阵阵清风，田野的香气迎面扑来。

好吧，歇一下吧。他停下了自行车，准备就近走走。如之前观察，这条从大路那边延伸过来的巷子并不深，三四户的人家之后就到了巷底。再之后是大片大片的荒野。较为平坦的一片视野过去就是山脚下了，因为山高，能看见的一座寺院显得特别渺小。隐约能见几座塔的顶端，而塔下面的一片瓦青色若隐若现，不是天气好，很难看见。

男人喝着水，转头看见从一座院子里走出来一个人。那人往他相反的方向走，他着急了，失声喊起来："姐……"

喊出声后，他也意外这么喊，他之前可是准备好了要找回自己的身份的。但这么喊显然打动了那个身影，她停了下来。

女人看着他，想走过来的意思。男人见状忙取下头盔推着车过去。

"刚才是你叫的？"可能因为天气燥热，女人围着面纱，待准确仔细地取下面纱后才盯着他开口说话。

"是我叫的。其实我在火车上就看你熟悉，想跟你说话。"男人很诚实的态度，因为光线强，半觑着眼看着她。

女人对他疑惑，不知道怎样待他。火车上对他那样的冷漠再次显现在她的脸上。

男人自然是明白女人的处境的，说："或者我们可以谈谈。"

"在这样的荒地，我们能谈什么？"

"我之前不太确定你就是蔓菁，但刚才我喊你，你停了下来。我现在知道你叫蔓菁，我们可以就从这里谈起。"

男人这时使用的是小昭的同学身份，不是小昭交付给他的记忆身份。

"你又知道我叫蔓菁？"女人的沉稳中有掩饰不住的惊讶。她停下来不走了，用更加疑惑的表情看着他。

"先跟你这么说吧，我是小昭的同学。一起出事故的同学，我叫松泽，曾松泽。"男人感觉到女人停下自然是为了等着他。

"很意外是你，松泽。"女人语气上松懈下来。

这下沟通起来方便多了，松泽叫蔓菁蔓菁姐，蔓菁也直呼松泽的名字。

6

"那天一个同学生日，我们出去吃火锅，都喝了不少酒，回学校的路上我说请大家唱 K，然后我们又去唱 K。"

松泽脸上的神情让蔓菁觉得熟悉，甚至与小昭说话时喜欢眯眼的动作都一模一样。松泽继续说："唱 K 唱到很晚。我越是想喝醉越喝不醉，胸口难过坏了。我去卫生间抠嗓子眼想吐出来，可就是吐不出来。松泽都吐了，霍亮也吐了，我就是吐不出来。在那一刻，我希望世界爆炸了才好，把我们都炸个粉碎，都变成宇宙中的灰尘，这样，人就没有痛苦了。"

蔓菁觉得身上有些凉意，用手转过去松泽的脸看了看他的左耳后，看那里有没有一粒黑痣。没有。这不是小昭，她心里说。

"孝伟在路边小解，没到路边的灌木丛里，就是站在一个路灯柱子下撒尿。这时来了一辆车，下来两个人，也是站在路灯柱子下撒尿。孝伟是重庆人，喜欢说老子。孝伟说撒老子脚上啦！那两个人朝他吹起口哨，也没说什么。孝伟撒完尿转身走，不想有个人转过来冲着孝伟把尿撒到孝伟背上。孝伟就怒了，那人上来给孝伟就是一脚。这边打起来，另一个人还没尿完也过来了。

"我跟松泽走在前面，听到后面有动静，回去支援孝伟。另外霍亮他们也回来了。车上还有两个人，我们回来他们也下来了。大家毫无预料地打起群架。打着打着人越来越多，他们又来了一辆车。甚至开着两辆车直接朝我们撞上来。孝伟看到形势不好，跟霍亮他们跑了。他们的人一部分追孝伟他们去了，这时我也准备跑，但看到松泽被三个人围着用脚踢，我想去解围，不想松泽毫无反抗能力，刚站起被一个人抡起垃圾桶夯了一下就倒下了。我见松泽倒下了还是想逃，沿着人行道逃，他们的一辆车开到人行道上来把我撞飞后直接从我身上碾了过去。

"我尚有意识，想要呼喊，但是没用，我那时已开不了口，半个身子动不了了。我看见又一辆车从我腿上开过，开得很快。后来他们的车开走了，我想招手，我也不知道手动了没有，但我清晰地看见没有一辆车停下来。我并没有痛苦，只是发不出声音，身体动弹不了，像梦魇。不知过了多久，我开始发烧，我知道我在发烧，有护士翻我的眼皮，把我一身都敷着冰块。

　　"我看见过你，也看见过爸妈，你们最终同意把我的右腿截掉，我叫你们别听医生的，保住我的腿。可你们不听。我不知道你们有没有看到我的挣扎？"

　　松泽口述到这里时痛苦地看着蔓菁，蔓菁从松泽的叙述中看到了小昭，看到他出事第二天在重症病房挣扎的样子。他当时四肢是捆绑着的，医生解释说他深度昏迷，对外界并没有知觉，他那样挣扎是无意识的。蔓菁和父母都不懂医，在那样危急的情况下对如何医治小昭没有一点主张，完全听医院的安排。

　　蔓菁并不是小昭的亲姐姐。蔓菁生下来就生活在姥姥家，自她会走路就跟小姨一起睡，就是夜间小解也是由小姨把撒。那时小姨才刚高中毕业，也是刚二十出头的人。后来小姨嫁人了，蔓菁就由姥姥带着。但蔓菁不高兴，哭着要跟小姨睡，刚出嫁的小姨不知怎么得到了婆家的同意把蔓菁接了过去，从此随姨父的姓，叫小姨妈妈，叫姨父爸爸。小姨婚后的第二年有了小昭，蔓菁这时也有五岁了，完全成了小昭的小保姆。

　　小昭从小到大被蔓菁照顾得很好，他很爱这个姐姐，愿意听从姐姐的指示，直到蔓菁去读了大学，他们才分开。也因为两个人不是亲生姐弟，生怕此生不能比姐弟更亲密，两个人心里更加珍惜和爱护对方。蔓菁没有见过她的母亲，连一张照片都没有看过，但她从镜子中见到自己的模样让她相信小姨应该是她的亲小姨，她们的眉眼是很像的。仔细看下巴也像，或者等蔓菁再长大些，脸上轮廓定了型，差不多就是小姨的样子。蔓菁想。

小昭出事后，小姨听说了什么，与蔓菁生分起来。她们后来的关系基本上只剩下了如何共同维护昏迷中的小昭的生命这件事上。因为立案是打架受伤，人身意外险不愿意报销小昭的医疗费用，这让蔓菁与小姨之间的关系又只剩下谈钱。小昭昏迷不醒一年零七个月后家里已没钱供他住院，一直使用的进口药物也停了，小姨这时才向蔓菁低下了头，接受蔓菁的钱继续为小昭治疗。小昭身上的伤基本都好了，灌食营养也吸收得很好，医生就在看接下来小昭受伤的大脑能否有所修复，什么时候能醒来，最终是否会醒来并不能断言。按常识，人身上的所有细胞组织唯有大脑部分不能再生，那一部分受损了，将直接影响相对的身体功能。医生说的修复的可能是指小昭大脑里许多细碎的血块能否被附近的细胞组织吸收。大的几个血块已经动手术取了部分，但创伤面修复得并不是很好。

又过了两年多，也就是春天的三月，就在他们当年出事的时间前后，小昭走了。蔓菁本来在出差，一个小昭从不曾去过的城市。但不想小昭还是找到了她，当时傍晚，她刚从酒店的会场里出来。一个湖畔，小昭站在水草上，跟她大概十多米的距离，小昭很耐心地等着蔓菁看到他。心有灵犀一样，蔓菁朝小昭看去，小昭正在看她。蔓菁很开心看到小昭，像平时去看望小昭一样俩人自然相见。但当蔓菁向小昭走近的时候，她发现她每向前一步小昭都在远去，她便急了，想奔跑起来，小昭这时转身走了。

蔓菁忘不了那一幕，小昭是那样的平静，决绝，没有一丝悲伤。她想，要永久地分离了，你怎能没有一丝留恋或悲伤呢！

小昭的后事处理完之后，蔓菁一直希望小昭能再次出现在她的梦里。跟他聊聊，想知道他为什么不愿意醒来，因为她确信只要不计伤残的程度他是可以醒来的。但她不知道他是否还会再来，于是她祈祷，祈祷小昭到她的梦里来。

直到又将是半年的时间过去了，小昭从来没有来过。

蔓菁仍没有放弃了解小昭，若不能从医学或科学上了解，这世间还有什么法子可以去了解一个人？一个物理意义上死去的人？她想到认识一个比丘尼，便到这个比丘尼在的寺院里来了。

她头天被安置好住宿，在半山上的寺院里过了一个宁静的夜晚。因为在寺院里休息得早，第二天僧团上早课时她就起床了。待听僧团做完早课随她们吃了早餐她就下山去了，她好像事先知道山下有这么个地方，很顺路地就到了这里。

7

他们一人坐在城门外的石阶上，一人坐在石阶旁的石头上。他们的面前还有一个更大的石头，石头不规则，但有几块平整的面可以放包、水和松泽的头盔。他们那样坐着好像坐在自家院落的桌子前。不同的是，他们抬眼看出去的地方是田野和大山。

松泽说话停下来后一直看着蔓菁，表情几乎是定格了，像被人点了穴道。蔓菁握着松泽的手叫"松泽，松泽"。见松泽没反应又试着叫"小昭，小昭"。

　　松泽哭了，慢慢地苏醒过来。

　　"蔓菁姐，我是松泽。"

　　"是，你是松泽。"

　　"但是我常常会陷入小昭交付给我的记忆中，进入记忆场景，这时我的感觉也都不是我的，不是松泽的。"

　　"别着急，慢慢梳理这些情绪，看哪一部分是你的，哪一部分是小昭的。"

　　松泽知道小昭已经走了，正是因为小昭交付给他记忆时一起输入给他的意识他才苏醒。他苏醒的时候在自己的家里，一直照顾他的妈妈暂时外出了，走前把他扶在轮椅里坐着，屋子里放着轻音乐。他醒来的第一眼看到屋里的情景让他很迷惑为什么会在松泽的家里，他的眼睛和记忆那时都是小昭的。小昭到过他家，跟他住过一个暑假，所以小昭熟悉这里。

　　他用了很长的时间来纠正他是松泽不是小昭，因为他的妈妈给他看镜子中的自己和照片是同一个人，他才试着相信他是松泽。

　　他后来多次回想，从他醒来后他的记忆是怎样的。无疑，他的脑子里没有一点他是松泽的记忆，所有的记忆都是小昭的。

　　他醒来后的第一件事不是学走路，他学习的第一件事是吃饭，因为之前昏迷给的鼻饲停掉之后他是喂食的，就是把他的嘴打开用勺子把食物送到他的喉咙，然后合上他的嘴由他自己吞咽。往往一碗半流食能喂上一个小时。醒来后，他除了学习自己张嘴吃饭后还要从头学习说话，先说一个字，再说词语，再说短句。最开始，他想表达为什么是松泽的妈妈在服侍他，他自己的妈妈哪去了，但他表达不了，直到他能活动自如能写字能说话才明白他是松泽。

蔓菁问："你没有一点关于受伤后的记忆？像你刚才叙述的小昭那样的记忆？"

"没有。"

"别急着回答我，你再回看一下躺在医院的人是谁？那个挣扎的人是谁？"

"是小昭，真的是小昭。后来你们还找人给他剃了头发。"

蔓菁记得给小昭剃头发的事，医院里不负责帮病人理发，起初半年每次给小昭剃头都是从外面叫来师傅。后来蔓菁买来了给婴儿剃头的推子，跟妈妈一起给小昭剃。所以，每到小昭剃头的时候，她不管多忙都要请假回家。

松泽带着许多的疑惑到了小昭昏迷期间一直漫游的地方，小昭明确告诉他地点在陕南的一个山里，一座废弃的城郭旧址。他曾在这里什么也不做，就是漫无目的地飘游，在空中飘来飘去。他的身体像一段绸子也像一团雾，风吹了会变形，但不会散。他不能说话，只能静静地看着什么地方，他最喜欢去的地方是那棵千年槐树，树里住着几只小松鼠。它们长大了又变老，变老了又有新的小松鼠出生，然后慢慢长大。

松泽搜索到这个地方后，早早在网上订了酒店。这时他身体上的功能都恢复自如了，没有人相信他能恢复得这么好，医生解释不了他的状况，曾诊断他这一生可能在无意识中度过。要知道从他醒来到完全康复只有短短的一年半时间，一天一天，比成长中的婴儿变化还快。医生还没有找出他可能苏醒的原因，他就如常人了。他的家人对他康复后的状况非常满意，喜悦难持，恨不得拿着喇叭告诉天下。所以当松泽提出想出去走走时，家人也很高兴，也希望松泽借此找回他丢失的四年时光。虽然叮嘱很多，但还是很开心地看着他像常人一样收拾背包出门。

他还跟家人说想回去读书，也去申请了，但是学校暂未给出答复，他还在等。

他的记忆全是小昭的，但他又不是小昭，他是松泽。他没有任何关于自己的记忆，偶尔回想起一些，也是通过小昭的记忆看到的。这让生活中的他很为难，他若不用小昭的记忆经验参照，他是对任何事情都没有判断能力的。他要做松泽，他的一切都得从头学习。但他会不由自主地用着小昭的喜好和习惯，像骑自行车，听耳机。

蔓菁说："别悲观。你正在重新开始，火车上我看到的你便是你自己，不是小昭。虽然有动作像小昭，但你们这个年纪的男孩，其实都是很像的，这是青春共有的东西，不是哪一个人的。你要对生活有信心。"

"这感觉让我感到混乱，我嘴里称呼爸爸妈妈，但我的心里又觉得他们是阿姨、叔叔。我看我房间里的东西，也是觉得这是松泽的书，这是松泽的照片。我之前没有遇到你们，我不知道看到你们的我会是什么感觉，现在我知道，我看见你，我一下子什么都记得了。我觉得你亲，我的心里像虫蚀一样，充满着难耐的喜悦。"

"每个人的一生中都会有一段心灵的困境，这或者就是你此生的困境。"

"姐也有吗？"

蔓菁本来看着对面田野的视线转向松泽说："你应该叫我蔓菁姐，以来纠正你的身份。这是再好不过的开始。"

松泽脸上苦着，他不敢看蔓菁，他闭目观想着自己是小昭还是松泽。他把自己放到对面的大山上反过来看他与蔓菁坐的地方，他告诉自己：你是松泽。

许久，蔓菁和松泽谁都没有动弹。

松泽不知道要不要把小昭在这里飘浮着的事告诉蔓菁，他问蔓菁："蔓菁姐怎么会来到这个地方？"

"我来找一个人。"

"找小昭吗？"

"不是。来找寺院的一位比丘尼。你呢，你怎么到这里来？"

"我的脑子里都是小昭的记忆，包括他昏迷期间的记忆，他常常在一个地方飘浮，是一个荒废的老城，这里没有人家，城墙外有一艘大船，可以开到沙漠里去。他在这里等一个人，他知道蔓菁姐有一天会来这里。他还知道蔓菁姐被妈妈误会了，怨恨了，他不能去劝解妈妈，因为他们的因缘已尽，他只好来这里等着蔓菁姐，他要告诉蔓菁姐……许多话，他想蔓菁姐即使得不到妈妈的原谅至少自己的心里能够得到解脱。"

蔓菁听着，不言语。她还不敢确定小昭给松泽的记忆是全部的还是部分的。关于她的身份，她与妈妈，她与小昭的一些，是否也一起全部给了松泽。

蔓菁便想试探一下松泽，她从手腕上取下那串黄水晶珠子问他："你知道小昭的这串珠子是怎么回事吗？"

松泽的脸刹那间僵了，他吞吞吐吐地说："是小昭要送给阿影的吧？"

"阿影是我们一起吃火锅的那个女同学吗？"之前蔓菁去看望小昭，小昭会叫上几个同学跟蔓菁一起吃饭。那一次松泽也在。

松泽说："是的。是她。"松泽不看蔓菁，这让蔓菁觉得他在撒谎，但她也不想再追问下去了，都是过去的事了。

蔓菁便说应该丢了这串珠子，说着把它放在了石头上。

松泽忙说："蔓菁姐还是别丢，其实我也不太确定，也说不定是送给蔓菁姐做生日礼物的呢！"

松泽通过小昭的经验，知道的事不会少，一些微妙的人情世故他也能知道怎么处理。除此之外，他甚至还知道当一个人要离开尘世让他做最后的选择去哪里时，有一个神会答应他的条件。

小昭要去一个能再次遇见蔓菁的地方。他要自己四肢健全，活脱脱地像个成年的男子一样站在蔓菁面前。

松泽知道小昭其实早早就走了，他走后的身体还在医院靠机械维持的时候，他去看了蔓菁，也去看了松泽。他见松泽身体功能一切都好好的，只是没有意识，便决定把记忆和意识交付给他。小昭当时的想法是，一个能开口讲话的人总是要比一个魂魄更容易把事情说清的。

<h1 style="text-align:center">8</h1>

他们回到松泽住的酒店，吃过东西，又租了一辆自行车去蔓菁住的寺院。

寺院在半山上，可以选择步行上山，也可以选择坐一段缆车。蔓菁先问松泽，松泽回想了一下说："坐缆车吧，小昭有一次飘浮时，好像是在山间的树木上。我想知道是不是这里。"

他们把单车寄存于山下，坐缆车上山。管理缆车的不是比丘尼，是一位有胡须和留发的老年男人，他头上戴着灰色布帽，八片布拼的那种，眉毛也很长，但眼睛看人却是炯炯有神。来人坐缆车，无需说到哪里，这缆车专为山下的人去寺院搭建的。后来其实更多时间是在运输物品。

蔓菁向老人合掌，便带着松泽坐上缆车。

正是傍晚的时候，树梢下的空间在变暗，松泽向下看，多是看到明晃晃的树梢，树梢的下面看不清。

蔓菁一路上没有说话。

下了缆车，蔓菁过去按了一个红色的按钮，直接向寺院里去。寺院大门已关，要走一个角门，蔓菁也是熟门熟路带着松泽过去。

进入寺院，客堂主事把松泽安排在法工住的一片住宿区，因为这个寺院是女僧寺院，来客堂挂单的都是女众，不能把松泽安排在客堂里。

女僧寺院上下没有常住的男众，短暂住在这里的男众多是有亲人在这座寺院里，来看望她们时小住几日。

这应该是一个很大的寺院，松泽住的地方离大殿极远，传来上晚课的念诵声好像是从很远的地方来的。

安顿住下，已是黄昏，夜幕逐渐从山下上来，层层叠叠的黑色由浅至深，像一群赶路的人知道最终的方向，笃定地往山上来。松泽盯着它们看，待一层近了以为能把它们看得更清了，想定睛一看它们去哪里，就是这分神的一瞬间它们却不见了。松泽想，或者它们有的已在自己的身上。这个时间，眨眨眼天色就变了，越来越黑。这时小昭的记忆跳了出来：待一会儿，等黑到齐了，天又会越来越亮，与亮中的黑不同，黑中的亮是闪动的，你盯着它看，它能把你带到另一个地方去。

松泽自然很好奇这些，他静心地等待着黑暗中的明亮，他想知道那样的明亮是怎样的。

夜色中，寺院的宽敞处有僧人在行禅，松泽避开她们，尽量让自己不打扰到她们。他避路绕进一片竹林，竹林有沙沙声，松泽不知道那里将会有什么，不敢向前。他便又绕了一个弯进入一条树林中的小径。

小径里正走来一个人，即使是在没有路灯的黑色里，松泽也能凭影影绰绰的动作看出来那个人是蔓菁。他身体里有小昭对蔓菁无穷的记忆。

蔓菁是来给松泽送东西的，在这里遇见了，蔓菁说就不用她再过去了。

松泽想查看一下小昭的那些记忆里遇到这样的情况会如何跟蔓菁交谈。松泽接过东西，是棉布的东西，手感有些粗，但并不糙，细细感觉一下，还有些润滑。

　　松泽问蔓菁："蔓菁姐要在这里住下去吗？"

　　蔓菁说："我也不确定会住多久。"

　　"那么让我来猜：一个星期？"

　　"这次不是度假，可能比一个星期时间要长。"

　　松泽不想猜了，他感受到小昭在这样的情况下会有些不高兴。

　　在这样静谧只有虫鸣的地方，也似乎并不适合聊天，蔓菁收敛着声音，松泽也感受到了。于是他们不说话，只是盯着树林里的黑暗看。

　　树林的东方有脸盆大的红月亮升上来，它上来的时候在树枝间一跳一跳的。松泽没见过这样的月亮，有些难耐的兴奋。但他坐着没动，压着激动说："蔓菁姐，看月亮！"

　　蔓菁悠悠地说："嗯，看着呢。"

　　两个人就这么安静地看着月亮。

　　虫鸣从草丛中落在松泽的嘴上，好像是咸的，也好像是甜的。这真是奇妙，他第一次能尝到声音的滋味。他想把这种难辨的味道让蔓菁尝尝，他站起来，走到树林里去，想捉来那样的虫鸣。

　　他悄悄的，弓着腰，在一棵树前一动不动，突然，他双手一合，应该是真的捉住了什么。他叫蔓菁："姐，你猜我捉到了什么？"

　　题名为聂鲁达的诗歌《我在这里爱你》中的诗句。

下·篇

———— 秦嫒嫒的
夏然然

刘 琳

　　刘琳与仲鸿分别十六年后，我在K106软卧车厢里遇着他。起初谁也没认出谁，我们都是近中年的人了，模样早已变化。仲鸿有些微微秃顶，发际线明显后退，他现在是酒店用品供应商，自个儿当老板。

　　我从京九线的阜阳站上车，待东西放停当，铺对面的仲鸿瞅着我说："我怎么瞅着你眼熟呢？"

　　阜阳是我的家乡，给亲人扫完墓回深圳，有些忧伤的心情还没调整过来，我只听着声音，并没转头看他。我想以拒绝对话的态度让他识趣：不要乱搭讪。

仲鸿并不识趣，本来躺着玩手机，这会子反倒坐起来看我。然后自我介绍说："我是做酒店用品供应的，送你一本画册吧。"

我这时才转头看他一眼，语言不可抑制地表现出了不耐烦，我说："谢谢。我不开酒店，不需要。"

仲鸿说："不需要没关系，你就翻翻看看。别把我当推销的，我的生意虽做得不是很大，但已经不需要推销。"

我心想，你就吹吧，火车上向来是吹牛皮的胜地！但一想我已声明不是开酒店的，他没必要向我推销。我脱下鞋盘腿在铺上坐着，接过他递来的一本画册开始翻，心里仍嫌弃这人嬉皮笑脸的架势。画册是大十六开，铜版纸印刷，沉甸甸的。翻开看后知道他是专门做酒店软装的，从窗帘到床上用品、从浴巾浴袍到桌布餐巾应有尽有，包括制服。在"制服篇"我看到一款眼熟的，心头一惊，这才正式看仲鸿一眼。这一看我才知道他搭讪的意图，原来他在试探我是不是他认识的那个人。

我自然是惊讶的语气问他："你是陈仲鸿？"这之前我当然不记得他的名字，画册上总经理叫这个。

他果断地回我，说："是。那你就是魏红玉了？"

这情景下，我也只能果断地回说："是。我是魏红玉。"说完，我脸上立马笑了，指着一款制服说，"你这是抄袭。"

他努嘴得意地说："用了很多年，从未被告发。"他那样子让我瞬间想到他拿着水果刀冲桑拿部经理说"不信"的样子。人的记忆就是这么奇怪，有些往事任你怎么不记得，只消有一个饵子在你面前晃一下，立马什么都活了。这个饵子不一定多讲究，因人而异，有时是一首歌，有时是一种气味，有时可能就是一个动作。

我伸出手隔着茶几跟他握手，说："陈仲鸿你好，很高兴又
见到你。"陈仲鸿像是早就等着我跟他握手了，模仿我说："**魏
红玉你好，很高兴又见到你。**"这么说完，我们陡然间打通了
十六年的时光隧道，一下子从隔阂的当下回到亲密无间的青春时
光里。

我们同是一家四星级酒店的员工，所在的部门是西餐厅，兼
酒吧。这个部门从筹备就把我们招进去了，仲鸿见习的是水吧
员，我是楼面服务员。除部长和厨工外，这个部门另有三名女服
务员，分别是来自东北的老徐、江西的九香和湖南的刘琳。西
餐厅的制服很漂亮，在此之前，我们五个谁也没有穿过这么好
看的衣裳，包括中大出来的研究生仲鸿。仲鸿因为是水吧员，制
服上多少与楼面服务员有别。首先不一样的是领结，我们的是蝴
蝶结，他的是绳结，看上去更潇洒和自在。除此之外，他的下身
是西裤加一条长围裙，我们四个女员工的下身都是长侧开裙。侧
开很高，一不小心就会露出里面的平角裤。男女的燕尾服除了大
小，形式上倒是一样，但我们基本上都不穿，平时里只是穿奶黄
底子的碎花衬衫罩马夹。二十世纪九十年代初，内地酒店服务员
的制服还很正式，大多不会太出位。负责酒店礼仪培训的老师是
澳门来的，教了我们整套正规的酒店礼仪，所以，我们虽穿着高
位的侧开裙，因为有合适的形体礼仪操持着，让我们看上去并没
有什么不得体。现在想来，女服务员的制服最打眼的其实还不是
那件高位侧开裙，实际上是那件纯白色的小围裙。还要提及它，

实在是因为它非常精致和短小，除去一圈的花边，内围怕是只有婴孩的口水兜那么大了。我们那时也都还不知道，我们这些在酒店的工作人员，无意间也是被当作商品在顾客的视觉需求中出售，制服讲究便是要对其装扮。我的记忆中看不到自己，一幕幕出现的都是刘琳无事时双手插在围裙兜里歪斜着依在吧台上的样子。围裙兜子委实太小，两只手委实是放不下，这让她本来俏皮的模样又多了一份暧昧味儿，有点"小风骚"。那个时候，我和刘琳还不太好意思说出"风骚""性感"这样的词。多少年后回头看，那么个纯白色的小围裙实在就是性感之物，也就怪不得仲鸿一看到刘琳那模样就要上前去提示她不要那种姿势站，不要把那件小围裙给扭得那么"性感"。刘琳易恼，这时多半会回他一句"汽线"！"汽"字不恼时音应该是"七"，发这么重的音，我们便觉得怪，听到了便要哄堂大笑，个个学起了刘琳说"汽线"。而仲鸿多半像只被别人识破伎俩的黄鼠狼灰溜溜地走进他的水吧台里，脸上却不恼，有时还会跟着我们一起笑。但不管怎样，下次见了，免不了还是要上去叫刘琳不要那么站。

刘琳那时在读成教，出来打工是为了避风头，因为被男生追求到不能出门，导致大学也没能顺利考上。用东北人老徐的话说，肯定是让那男人尝到过甜头，不然怎么能这么痴迷。老徐也不大，比我们四个人中最大的仲鸿大三岁，二十四岁，被我们称作毒妇。"小风骚"便是她对刘琳的戏谑用词。

这个酒店在海边，十分偏远，根本没有公交通到这里，来这里的客人是直奔酒店其他的娱乐来的，打保龄球，洗桑拿和泡夜总会。因着这局限，来我们西餐厅消费的除了客房的客人多是桑拿部的小姐领着客人来。专门开车来这里吃西餐的实在没有。

仲鸿或者喜欢刘琳，但不知为什么他那时却明着跟桑拿部的一位小姐交往。桑拿部的大块头经理知道这事，突然就跑到西餐厅的水吧台冲仲鸿说："你一个被学校开除的学生充当什么研究生，嗯？还要挖我的墙脚，小子你活腻歪了，信不信我开了你？"仲鸿当时在试制鸡尾酒，刚调配得当，正得意地拿着水果刀切一粒罐头樱桃。樱桃刚捞出来，湿漉漉的，仲鸿提着樱桃蒂突然把樱桃一摔，拿着刀冲着他回说："不信！"大块头经理没管那把流着樱桃汁的水果刀，冷冷地说："那你明天等结果。"

根据酒店的情势，这种事无需说，第二天仲鸿当然被开了。没办法，整个酒店的营业收入都靠桑拿部带动。

那时因为珠海房地产泡沫，酒店后面的别墅群有几栋被拿出来当员工宿舍。两层的小别墅，一层有五六个房间，因为房间里贴有高档墙纸和铺有柔软的地毯，并不给员工住在里面，我们只是被安排在客厅或走廊宽阔处居住。高低床，上面放东西，下面住人。女孩子爱整洁，一层楼住下十几个人也并不觉得混乱。仲鸿来告别，九香住走廊，离门近，听到是仲鸿，过去给他开门。她早起了，床帘也已经收了起来，我跟毒妇还没起床，只好让仲鸿先在九香那边坐着。九香上早班，要去餐厅吃饭，待我跟毒妇洗漱好，仲鸿便过来我们这边坐。因为是跟领导干架被开除的，仲鸿脸上并无羞愧，像平时一样跟我们嬉笑着。五人的关系中也没有特别好坏的，只是性格不同，九香喜欢独来独往，毒妇因为嘴不饶人大家有点烦她，但她性格又开朗，所以与人的关系到底也没有坏到哪里去。我跟刘琳的年纪相仿，平时可能走得近些，多出双入对。所以，毒妇便指使我去叫刘琳出来，说，仲鸿人家等着呢。我其实是多少感觉出仲鸿喜欢刘琳的，心里也知道仲鸿与我们告别多半是为了看刘琳，所以坚持不去，希望他自己去。仲鸿无法，面上有些落寞，嘴里却说"还是我去吧，大人不计小人过"，他这话是指原谅刘琳以往对他的态度不跟她计较。说了这句他脸上又是笑的。厨房的门是实木门，外面的人听不到里面的动静。等我们探出头看时，刘琳已经出来给仲鸿开门。待彼此说了两句，仲鸿便进去了，直到我们要去食堂吃饭准备上中班了也未见他们出来。别墅的厨房窗户是很大的格子窗，里面不拉窗帘站在客厅的露台上能看见一个四十五度的角，视觉深度刚好是水池到中岛柜的距离。我进去过刘琳的宿舍，她的高低床就放在中岛柜的另一边。她坐在床上，中岛柜刚好做她的梳妆台。这时的厨房还没有安装电器，墙上也没有安装吊柜，只空旷的地方放了连排的多门壁柜。壁柜又大又精致，看起来倒像是衣柜，衬得房间也像是一个姑娘的闺房了。

刘琳本来跟她的同乡共居厨房，同乡是酒店前台的一名接待，会流利的英语，总是跟一个澳门的赛车手出去，几乎不住在宿舍里。

我跟毒妇去上班，路上毒妇恶狠狠地说，仲鸿这不是第一次进刘琳的宿舍，刘琳有次背靠水池站着，仲鸿就跟她面对面。后来刘琳去上晚班，毒妇问及仲鸿要去哪里高就，刘琳傲慢地把脸扭走了。后来，毒妇逮了空又找我说，装什么清高，不喜欢人家在人家面前卖弄什么风骚。这个事情我当时自然是没弄明白，后来猜想，因为避事，只身孤独在外乡的刘琳或者是渴望有一个人来宠爱她的，所以有可能对仲鸿的追求并未能完全拒绝。

　　我还没过试用期就被姐姐要求换了工作，去了另一座城市做商场营业员。这座城市就是我这次返回的深圳。仲鸿说他换了很多个工作，传销都干过，但也正是传销的那段经历让他后来成了一名优秀的业务员，最后自己当上了老板。我后来早早结婚生了儿女，现在一对儿女都大了，都在上初中。我个人呢，因为要照顾孩子成了一名职业的家庭妇女，随着孩子长大，我的时间充裕，最后成了一名专栏作家。也不出名，顺当的时候，一般能接上两个专栏。除此之外，偶尔也会接到攒书的活忙上一阵子。出于一个写作人的习性，我喜欢回忆，所以接下来我与仲鸿用将近一个下午的时间来讲述我们共同经历的往昔。也因为仲鸿那本画册的帮助，我们都能清晰记起对方穿着西餐厅制服的样子。那是我们第一次穿上那么漂亮、好看的衣服，脸上露着与衣服不协调的扭捏和装腔作势的优雅。我们穿着那样的制服学习端盘子，学习说"请"，学习说"欢迎光临"，还要学习微微倾身，下腰，然后点头说"谢谢，请您慢用"，或"您慢走，欢迎下次光临"。
　　我以为我们只能聊到我离开前的酒店记忆，不想仲鸿说他后来做酒店用品的业务员时遇到过刘琳。接下来他又用刘琳的记忆为我讲述了后来西餐厅里的故事。如我期待，那个江西的女孩九香过了试用期，安稳地在那里上班了。又听说她后来变得很漂亮，也很开放。在西餐厅工作了五六个月后终是跟从了带她出来的老乡入了桑拿一行，更名叫阿香。并很快被一个客人看上，成了一个富人的二奶，住在珠海西区一个望海的半山别墅里，院子里有个一亩的荷花池。毒妇真实身份更是惊人，她原来是一个房地产商的"小老婆"，十七八岁时便嫁了人家，生了个儿子，因为房地产前几年成了泡沫，房地产商逃回台湾，她守着十几栋还没安装门窗的楼房硬是没有吃饭的钱了，所以出来做服务员给人打工。这事没能瞒住大家，是因为有一天她那个台商老公派人来找她要儿子，事情都抖露了出来。抖出身份后的毒妇后来也离开了酒店，待西餐厅最初的五个人只剩下刘琳一人的时候，她成了领班。这时的服务员队伍已经扩展到十三个人，宵夜生意尤其好。但是她也没有在那里做多长时间，因为第二年她要回老家参加考试。说来，她走时应该就是现在这个时节。

故事到这里告了一个段落。我们起身去火车的餐厅吃饭。

这时仲鸿开始谈他的生意，我对他生意上的事没有多大兴趣，不怎么接他的话，他喝着酒自顾自地说，我听着他的故事偶尔陪他喝两杯小烧。火车上的饭菜太难吃了，仲鸿能吃下，我想，全是靠了他的诸多回忆把饭菜给送下去的。

火车进入黑夜也就进入了江西地界，这让我又想起九香，开始拾起九香的话题。我说，那么老实巴交的女孩怎么会成了桑拿小姐呢？又怎么会成了别人的二奶？十六年过去了，她后来怎样了？仲鸿没回我，看样子他也不能知道得更多。但不管怎样，能确定的一件事，她如今也是要进入中年的人了。我只是不知，我与她在我们的此生里是否还有可能再次相遇，又需要怎样的相遇我们才可能认出对方。

从餐厅回软卧后，我与仲鸿又聊了一会儿。睡前，仲鸿说他下周要去长沙，我说，喔，我下周也要去长沙开个会呢。我说："不知刘琳现在在哪，若是在长沙，我们或者可以去看看她。"我有点自言自语。我感觉仲鸿不想谈刘琳，因为之前他说又见过刘琳时，只说到刘琳跟他讲的西餐厅后来的故事就打住了。我问刘琳后来怎样了，他没有接话。

我自言自语之后，没想仲鸿却接话了，说："对啊，我们不如去看看刘琳。"

"我走时记了她的通信地址，但这么多年了，早不知道把地址弄哪去了。"我这么说话还是喃喃自语的。没料到仲鸿又接话说："我知道她在哪里。"

"喔，那太好了，下周我们在长沙碰头后去看看她吧。"

火车进入隧道，之前一直隐隐作响的"咔嗒咔嗒"声这时被无限放大，充斥着车厢里昏暗的空间。世界上好像除了这震耳的声音外，什么都不存在了。对面，仲鸿好像在自顾自地说着什么。我看着他，没有接话，因为听不清他在讲什么。我突然有个奇怪的感觉，他好像也不需要我接话，只是想趁着昏暗和喧嚣说点什么。

去看刘琳这个想法在当时的情景下并没有不妥。当第二周我到了长沙，在仲鸿住宿的潇湘华天大酒店再次见到仲鸿的时候却犹豫了，我说："刘琳会想要见我们吗？"

仲鸿说："不知道。"我们在酒店的西餐厅共进晚餐。仲鸿先是讲了他的生意，说他是顶着另一家酒店用品供应商的名义来谈这桩生意的。对方像潇湘华天大酒店一样是五星级酒店，这样的级别用他的小公司不太好谈条件，对方会看不上。说着他给我出示了听上去名头更响亮的一个大公司的西南区域总经理头衔的名片。递过来时，他用一个商人的狡诈嬉皮笑脸地说："小职务，但小职务有小职务的方便，小职务才能灵活办事，也能更方便为魏总经理您效犬马之劳。"这话里有话，肯定是他那一道双关语，我不解也罢，只配合地笑着"笑纳"他的名片。接下后，我说："再来张正版的。"

仲鸿便又嬉笑着说："正版的就是董事长了！"

"那不更假了？！好吧就这张。"末了我又问他，"地址、邮箱什么的都是真的吧，能找到你吧？"

"保证都是真的。离不开我，还给我发着工资呢！"

"专家骗子！"

"这意思差不离。难得是专家级别！"

说笑间服务员撤了牛扒餐，上餐后水果和甜点。我要的是冰橙和提拉米苏，仲鸿要的是一瓶白葡萄酒。

刚才因为服务员在收拾台面，仲鸿的嬉笑态度也收敛了些，中间约有两分钟的空当我们都是沉默的。在这沉默的气氛下，有那么一刹那的时间我觉得仲鸿与我上次在火车上见到的他有些不同，但哪里不同，我一时又说不上来。等服务员走后仲鸿突然说："见刘琳之前，我给你讲讲后来我见到刘琳的故事吧。"他自顾晃着杯中的白葡萄酒，说："就从我见到她的第一天开始讲。"他这么神经兮兮的，倒是应了我之前一刹那间的疑虑。我们坐的是卡座，周围有些噪音，但并不比餐厅背景音乐更嘈杂。如果心静倒有点闹中取静的感觉。

仲鸿喝过一口白葡萄酒后把杯子放下，开始了他的讲述。

你知道吗？我见到她的时候，她正在餐厅后面分拣脏碗。是西餐厅撤下来的碗，乱七八糟，盘子和食物掺在一起。她在分拣碗的时候偷着往嘴里塞东西。对，这已经是三年后，我刚做业务员不久，去一家酒店送桌布。我坐在车上等酒店的仓管来验货，我在车上抽烟，往外扔烟头时看见她在吃东西，觉得这个人真是恶心，竟然吃那么脏的东西。人是个贱物种，心里反感，却还是要看。我下了车，又点了一支烟装着不经意地走过去，问她：“能帮我喊一下你们的黄部长吗？”她听到我说，也不抬头，把嘴里嚼的东西咽下去抿抿嘴继续干她的活。我这么说并不是我一厢情愿地认为她听到了，后来证明她当时确实清清楚楚地听到了我的话。她只是不想回我话。我反正无所事事，抽着烟又向她走近了些。在几个盛脏碗的箱子间有两个酒盒子，一个放着从箱子里拣出的餐包，一个放着 T 骨扒。等我就要接近她了，她忙拿东西掩盖了起来。

我早就看出她是个年轻的女孩子，这么年轻的女孩在后厨打杂很是少见，当时我等不着人极其无聊，向她靠近，心里多少有点挑逗心态。

把东西掩起来后，她倒是不在乎有个人看着她。她右脸上的灼伤露在外面，我一下就看到了。伤早就好了，猩红色的伤痕却是显眼，在右眼那边，右眼伤着一半，也就是在眼角的地方上下眼睑糊了一块，眉毛也少了半条，再过去，头发也少了一块。全部加在一起也就一个人的掌心大。面积不是很大，但很突兀，看了足以让人心头一惊，就这样，我还是看出了她是刘琳。

我小声问她："你是刘琳吗？"

她在这里可能不叫这个名字，一下子没反应过来，过一会儿才受惊似的抬头看我，全然忘了她脸上的伤疤和惊慌。她认出了我，用沾满油迹和番茄酱的手一下子捂住那块伤疤。你不知道，她这一捂她就又回来了，露出还是三年前一样黑黑的眼睛看着我。

我确认是她心里立即慌了，忙冲她说："刘琳你在这等我，等我把桌布交了来找你。你一定要等我，刘琳，你一定要等我！"

她没有等我。好在有人知道她住在哪里。我跟她同事说我是她表哥，然后很快找到了她。

她只是个洗碗工，连合同也没签，酒店没给她分员工宿舍。她住在酒店附近的出租房里。漆黑的楼道里的一小间。里面还住着她的父亲。

对，这年香港刚刚回归。对，在帝王大厦后面的蔡屋围住着。对对对，刘琳上班的那个酒店与你做营业员的商场只隔一条街。对对对对……

事情是这样的。刘琳第二年回家考试。考完试就遇着之前追求她的那个男人。男人知道她考上大学，在夜里放火，烧了他们一家。用的是汽油，把几间房子浇了一圈。她奶奶，她妈妈，都在那场大火里死了，她父亲重伤，浑身没有皮，手指关节因为皮紧不能弯曲。几乎身上所有关节处都需要动手术切皮松弛，且做一次两次还不能解决问题。她除了伤了脸，还伤了腿和脚。我见着她时，她的父亲还需要天天推拿活络筋骨，那样子难以自食其力，刘琳为了医药费只好带着父亲出来打工。

我们一直有往来。但我再没有见过刘琳像之前那样笑过，你还记得她有两个虎牙吗？她笑起来有两个酒窝，还会露出两边的虎牙。相处了一段时间，我与她父亲也熟了，刘琳不在的时候，能架着他去上厕所。——对，你肯定没见过被火烧过的人，他没有鼻翼和嘴唇……喔，不说这个了。刘琳父亲以为他女儿是为了他不肯接受我的追求，一天，趁她去上班服安眠药自杀了。安眠药是刘琳平时用的，父亲爬着找到它，全吃了下去。我不知道刘琳之前有多么悲伤，她父亲死后，她的悲伤好像才一下子爆发出来。她疯了。她的疯是天天笑。她还那么年轻，才二十三岁，除了脸上的那块疤，她笑起来依然很好看。

为了给刘琳换个环境，我在民治租了一套农民房。我出去谈客户或送货时，只好把她锁在屋里。也是奇怪的，这时我的财运来了，自己接了一个大单，我抛开了老板，自己做下了这张单。我觉得这一切都是因为我帮助了刘琳，我善有善报。我拿到第二笔货款的时候，就把刘琳送到了康宁医院治疗。我一直没少赚钱，但也都给刘琳治疗花了。治疗也是有效果的，刘琳后来能正常生活了。大概是见到刘琳的第五年，我们一起把她父亲的骨灰送回了她的老家跟她母亲合葬。

那个男人判了死刑。要处刑的时候，她突然不见了，回了长沙。然后她住在长沙再也不愿意出来。

我这时娶了妻，但一直无子女。在我一次去长沙看刘琳的时候，她主动与我发生了关系。后来她为我生了一个女儿。女儿很漂亮，跟她一模一样……

仲鸿说到这，严肃的脸上突然笑开了。也似乎是这一笑，使他泄气了，满脸疲态，好像再也说不出话似的显老了许多，人有点堆在座位上的样子。

我都有点认不出眼前这个人了，我说："仲鸿。"

仲鸿说："啊？我讲到哪儿了？"

我说："讲到你们有了女儿。"

仲鸿说："哦。"

我等着他说下去。

仲鸿却突然问道："你觉得我变态吗？"

"不，一点也不。"我说，还摇摇头。

"嗯，你还想去看刘琳吗？"

我冲他点点头。

我自己都觉得点头的时候太用力了。我点头的时候一直在想，原来刘琳带着父亲在深圳的那两年，我们其实住在同一个城中村里，或者我们天天擦肩而过。我竟没有遇到过她。

"那便说定了，明早我开车去接你，我们去看望刘琳。"仲鸿说这话时已经又坐直了身子，只是再没有恢复到嬉皮笑脸的状态。

第二天上了仲鸿的车，车子往城外开，我问仲鸿："刘琳不在市区吗？"真的就要见到刘琳了，我心里才突然升起期盼。说实话，之前是没有这种期盼的。

"现在不在市区，要远些，要到出了市区的一个镇上。"

"喔，没事没事。"

出了市区，车子驶向一条县级公路，正是初春，郊区阳光明媚，从副驾驶室望出去，视野大好，树木和田野都在飞快地向后移动。看久了，有一种恍惚之感。

再从县级公路驶向乡村，是一条水泥路，路两边远处有些村子。仲鸿在一个丁字路口停下，开始抽烟，也给我一根。

我接过烟，就着他伸过来的火点着，与仲鸿并排站着。隔十来米的田野里有几棵落羽杉，新的枝芽还不显眼，远远看上去更多的是失去绿意的陈年旧叶。几棵落羽杉并不太高大，但也不瘦弱，看上去，长势尚好。

仲鸿抽完一支，又把芙蓉王金装盒掏出来拿第二支，先是递给我，我表示还有，等会儿。他便自顾自又点上了一根。我平时不太抽芙蓉王，以前多是抽些薄荷烟解闷，接了仲鸿的第一根我也并没有抽上几口。仲鸿吐完一口烟突然说："前面那两个大的坟一个是刘琳爷爷奶奶的合葬，一个是刘琳爸爸妈妈的合葬，旁边的那个小坟是刘琳的……"

仲鸿漫不经心地说完这些话后就停下来了，继续抽着烟。

我惊了一下，用力踩灭第一个烟头，然后伸手向仲鸿要烟，仲鸿也默契，给了我一根，又像之前那样打好火伸过来。没有风，火头只在他伸来时抖了一下又纹丝不动地站好。我看了一眼仲鸿，他此时眼里似乎并没有太多的悲伤。我拍拍他的肩膀似谢他又似安慰，然后继续跟他并排站着抽烟。

都到了刘琳跟前了，自然是要上前去看看她的。墓碑上的她笑着，露着酒窝，偏斜的头发上夹着一个红绒绒的发卡，看装束打扮应该还是少女时期的照片。

"这照片应该是去酒店前拍的？"总得找点话题，我说道。

"是去珠海前照的。因为家全烧了，什么也没有留下。受伤后她拒绝照相，这张照片是从她表妹那里的合影上剪下来的。"仲鸿双手插在裤兜里回我，眼睛并没有看着刘琳，而是看着坟墓之外的田野景色。

"你要是早说刘琳不在了，我也带点纸来烧。鲜花也好，总比空手强。"我并不是埋怨仲鸿，是觉得有点过意不去。

"这些不重要，我经常就这样空着手来，来看看就走。谁说人死了有灵魂的，一切的形式不过是活着的人自我安慰。"仲鸿这话深沉了，我却不想与他争论什么。

我们都站着没动，仲鸿突然转身往车的方向走，我也只好跟着。走了两步我自然是回头与刘琳作了告别。从我们到刘琳的墓前至离开，总共不到十分钟。

回到车上，我们沿来时的路回市区。不知仲鸿什么时候开始哭泣的，我本来一直看着前方，听他抽泣才看他，已见他泪流满面。我叫他停下来，与他换了位置我来开。一个哭泣的人我实在不信任他的心是镇静的，为了我们两个人的安全起见，我想还是我来开的好。车是小别克，尚有七八成新，车里挂着一个像刘琳相貌的小女孩的照片。水晶的那种，两面可看，细看又像是立体的，像一块玻璃中坐着一个小人偶。应该是一岁多孩子的照片，笑得很可爱，露着两颗门牙。我是否应该跟仲鸿聊聊他们的女儿？几次侧目看仲鸿，他依然在抽泣中，神情恍惚。

到了市区，仲鸿情绪好了，仍换他来开。我让他送我到我住的酒店，仲鸿说："还是去潇湘华天大酒店吧，我之前常带刘琳去那吃饭，权当是再纪念一下她。她的亲戚我都不熟，现在我认识的人中只有你认识她。"

我还有什么好拒绝的呢？虽然与刘琳只是短短几个月的相处，因为一段共有的时光，因为后来的回忆，她现在在我心里几乎成了我最亲密的朋友了。她此刻在我的记忆中是那样的鲜活、俏皮，还有她的两个酒窝及双手插在围裙兜里"小风骚"的模样仿佛触手可及。

已过正午用餐时间，离下午茶的时间还早，西餐厅里散坐着几桌客人，我们昨天坐的位置是空的。仲鸿径直走了过去。

"你还坐那边吧，这边是刘琳以前常坐的位置。"他说着伸出右手示意我说，"右手边是墙，别人看不见她的伤疤。"仲鸿这时已恢复嬉笑语气。

待坐定，仲鸿掏出皮包拿出一张名片来，说："这是我的名片。小职务……"后面又说了昨天说的那番话。

我知道他在跟我开玩笑，或在做一个能让人放轻松的而只有他自己享乐其中的游戏。我笑着接过名片，看着他，想看他还玩什么花招。

我这么看着他，他把嘴巴反而闭紧了，低下头像犯了错的孩子。"好吧，这个游戏不好玩。我以前每次带刘琳来这里吃饭都做这个游戏逗她开心。很蹩脚是吧，但刘琳就是觉得我很蹩脚才笑。"

"哦，看来把我当她了。不好意思，我不明就里，扫了兴。要不你再来一次？"我自然是笑着这么说。

"没把你当她。是因为你也认识她，让我觉得离她很近。"

我叫了西多士、热奶茶和蛋糕。虽与仲鸿依然说笑着，心里多少还是有些压抑，想吃些甜的食物。仲鸿叫了主食，饮料仍是白葡萄酒。

　　话已至此，像谜底已经揭开，突然觉得我们再没有什么可聊的了。拾起刘琳的话题显然又会让仲鸿忧郁，我看看他，他看看我，一时间我们就那么干巴巴地坐着。餐厅的背景音乐在进入下午的时光后显得清亮了许多，再没有刀叉的嘶鸣声和牛肉的尖叫声搅乱那些声音的抒情和诉说，它们似乎更容易打通身体，直抵人心。我一时感到仲鸿的内心没有那么简单，他不开玩笑的时候锁着眉头像还有什么事紧紧地抓着不放。可，是什么呢？我们不能再聊下去了，我虽是一个爱收集故事的人，但因为我们曾经有一段亲密无间的青春时光在那里作证，我不能只把仲鸿和刘琳当成故事里的主角，我会一不留神就掉进那些故事的沼泽里，成为故事中的一员，成为一个不合时宜伤感的人。

　　这么多年生活过来，从一个无知少女到将进中年，我何尝不是因为学会了摆脱种种牵挂和世俗的纠缠才落得一颗清静之心？我常常需要挂一筛漏来清理这个世界与我的关系。我就只是我，我不是别人世界的黏合之物，我想清清爽爽、了无牵挂地活着，所以写作的世界与我再合适不过，似乎只需要与它耐心相处我的世界就已经丰富多彩；而我毅然选择它时，虽也曾撕心裂肺地抛弃荣华。——也似乎正是因为从中经过，我知道这世界上的每一个人都有一身的黏着关系，一时半会儿摆脱不掉，这些关系让他们痛苦、纠结，常常在进退两难中煎熬。

待撤了餐盘，仲鸿依然愁着眉。我带着复杂心理起身告辞，仲鸿见我起身突然着急起来，说："红玉，红玉，别走，再坐一会儿，再坐一会儿……"

我看了看手表，跟他说晚上有个宴会要参加，我还得回酒店换身衣裳。他说："就十分钟，就十分钟。"

我犹豫着再次坐下。餐厅里，煞白的餐巾折花像一只只僵死的白鹤孤独地站在高脚玻璃杯里，桌面上的墨绿色暗花桌布是我们记忆中的样子，刀、叉、汤匙依次排着，泛着微光和莫名来的变异的倒影。因为顾客稀少，一个领班模样的人依次关去一些射灯，有些地方就刹那幽暗了。就在这明暗交替的过程中，一些光在毫无准备的情况下出于无力挣脱，只好悲伤地把自己抱成团就地萎缩了下去；它们彼此看着另一个自己，对黑暗压来的世界感到心力交瘁、无能为力……

我坐下后，仲鸿招手叫了一瓶白葡萄酒，他显然有把自己灌醉的念头。他谢绝了服务员的服务，自己把酒倒入杯中，也给我倒了一杯。

他问我："你想知道刘琳是怎么死的吗？"

我没回答他。我想，此时的我其实无需再做什么，我只需是一个他的朋友的形象在他面前坐着就好。

"我在长沙也有个家，家里住着她们母女，我每次来长沙就像回到了家，因为有个漂亮可人的女儿叫我爸爸。……但是，我赶到长沙的时候，刘琳已经死了，警察说是煤气泄漏使手机爆炸厨房里起了火。说是，她可能把手机落在了厨房，等睡下想起手机还在厨房起床去拿，这时可能是有电话来，也可能是她想打开手机看看，手机就爆炸了。然后引起煤气瓶爆炸，家里失了火。我确认她的病好了，真的，我确认，她把孩子照顾得很好，孩子很黏她，对她一点恐惧也没有。要是她还没有好，肯定会在平时生活中流露出来，肯定会影响到孩子。但孩子没有哪里不好，孩子很好，所以我确认她没有再犯。我一直是这么以为的。然而她突然死了，如果是煤气泄漏，她应该能闻到的，她应该有警惕。她为什么没有警惕，或者是警惕时突然想到了什么？我想知道。可我却再也无法知道……她常常在我的梦里认真地看着我，好像不认识我不知道我是谁。我跟她说话，她也不回，就睁着眼睛认真地看着我。"

说到这，仲鸿停下来换了个语气说："好吧，刘琳，你走吧，去参加你的宴会去吧！"

"我不是刘琳，我是红玉，魏红玉。"

"我知道你想走了，你的心里太苦，你想模拟一场大火，确认你在这个世界的遭遇。你无法从以前的阴影里走出来，你不能接受命运已经形成。你想重新拥有一切，拥有童年，拥有爸爸妈妈，拥有一切可以重来一次的可能。可是，每个人的人生都只能前进，不能后退，因为这个，每个人都会犯下意料之外的错误，在以后很长的一段时间里，我们都需要在这些错误中过着黑暗的日子。这些黑暗漫无边际。但也不一定，也有的很短，这取决于天使与你的缘分……好吧，刘琳，世界就是这么黑暗，你觉得苦，觉得苦你就走吧！"仲鸿认真地看着我说完这番话。

"陈仲鸿，我不是刘琳，我是魏红玉。"

"我知道你是刘琳，你换了一个身份跟我说话你也是刘琳，你身上有一种与我挣脱不了的关系，这点你无法改变，也控制不了。"

"我是你十六年前的同事，你会调鸡尾酒，能让酒在酒杯里噼噼啪啪地燃烧起来，冒着火花。我是服务员，跟刘琳一样，是服务员，你的老朋友！"我也看着仲鸿认真地提示他，我发现他的眼睛里什么也没有，只是睁着眼睛认真地看着我。我一时不知道如何是好，只好跟他碰杯，希望他再喝高一点，叫人把他送回客房。

可是仲鸿一口一口地喝下去，与之前并没有什么两样，我本来还想问问他刘琳的孩子怎么样，现在在哪里。可是他只是那样认真地看着我，眼睛里空无一物。

———

团结巷

　　城西北护城坝下面的一个地方，村不成村，人家有些散落，只一条像样的巷子叫团结巷。

　　一九八五年，一个破落的小城一角，比护城坝外面的农村还不如，几户中间有一个茅房，也没有固定的人清理，只乡下进城掏粪的老农隔段时间来掏一次。上面也不写男女，有时男的进了，有时女的进了，有时女的刚进去又进去一个男的。团结巷中间有个·大公厕，但还是会有个别人七拐八拐拐到这其中的一个茅房解手。哪个茅房人们常去，哪个不常去，大家心里有数。越远的自然越干净，紧挨护城坝的两个茅房与最近的人家要隔着一片树林子，从这边看不到那边，幽远可想。小孩子是不太往这两个茅房去的，至多是上了初中的女生身体有了变化，又忧郁又羞涩，心情又沉闷，才会往这里来。

团结巷的巷子是弯的，弯成一个长腿女人身体的弧形，在护城坝那一头过肩膀的位置头一扭就不见了。这个像没有几个人知道，王敏是在别人几次点拨下心里偷偷参照了几个嫂子的身材才看出来的。而她家就住在头一扭就不见的那一头，一个城市最边缘的地方。

站在护城坝上，王敏可以看见自己的家，一共五间，东西三间，南北两间。那里住着三代人，姥姥小脚，又老，眼看着快要走不动了。母亲没过四十，还是三十多岁的人，可是看上去也要老了，推着手推车卖水果从院子里出来上坡，可能需要很多的力气，屁股能撅到天上。她家隔壁，以前住着一对姐弟，后来常年不见姐姐，弟弟快要成人了，整天往头发上打摩丝，是姐姐从大上海给他带回来的。

一九八五年，王敏小学毕业了，不上初中她也没事干，于是勉强又上了初中。

初二，有一天，她看到隔壁来了一个时髦漂亮的女人，还有一个穿背带裤的男人，样子都很光鲜照人，她以为是隔壁家的姐姐和父亲回来了。她下午放学后便顺着一个废弃的木门爬到墙上往隔壁院子里看一眼，想看看那边还有什么光鲜的事物。她的母亲这时间正是生意好的时候，姥姥太老，这个家她便做主了，她每天需看一眼后才会去厨房里给一家人准备晚餐。

家里有七口人，两个弟弟，两个妹妹，加上姥姥、妈妈和她。小妹妹三岁时本来送了人，送出去两年人家又给送回来了，那人家自己能生了，还是个男孩。小妹妹这年也五岁了。大弟弟小学毕业就已出去做工，在什么厂刷瓶子。二弟弟和大妹妹都在五年级。明年，这关键的一年，他们两个是上初中还是都出来做工是个很让一家人头痛的事。都不愿跟着母亲上街卖水果，觉得挺丢人，抬眼低头都是同学，都是同学的哥哥姐姐和家长。

时间长了，都知道了，隔壁回来的时髦女人确实是姐姐，但那爱穿背带裤的男人不是他们的父亲，却是姐姐的老公。

他们住了半年多又走了，姐姐应该是留了不少钱财给弟弟，弟弟从此衣着鲜亮，当年的秋天就穿上了皮夹克。样子打扮得像可以说媳妇的模样。

时有不同的女人来他家，他们跳贴面舞，放港台流行歌曲，也嬉闹，大声又神秘地讲话。王敏见过他家的垃圾，里面有黑色的胶片碎片。

他们家的房子不久被一对做服装生意的年轻夫妻租去，那个弟弟留了两间西厢房自己住。四间东厢房两间给做工的女生住，两间做板房。王敏在墙这边能看到板房里大捆大捆的布匹。不是做时尚服装的布匹，是做运动衫和秋衣的布匹。王敏要读完初三的时候不读了，去做了女工。她什么也不会，又是个跛脚，去了只能剪线头，叠衣服做包装。

因为她出来做工了，二弟弟和大妹妹的事也解决了，他们继续上学，都觉得要想以后好找工作至少要读完初中吧。

王敏还是学会了踩电瓶车，跛脚有什么关系，肢体配合好了，一样可以踩脚踏板。只是别人怎么也不能理解她的节奏罢了。

进入二十世纪九十年代，外地招工来到了这个叫泉湾的县城，王敏被一个服装厂招走了，告别了团结巷，黑胶片、留声机、服装厂，这些成了她的过去。

团结巷依然存在，这个小角落仍旧没有人来开发，尽管这个小城眼下像个大工地到处在建高楼，隔壁像她家一样还是三十年前建的旧房子。

一个刚出监不久的男人在用心打扫他的院子。别看他现在依旧落魄，因为时代的恩惠，他将要发达了，这个小城终将会开发到这里，他是这一大片住宅的继承人也就是财富的继承人。

他四十五岁，有过妻，入监后妻便走了。她的小妹妹已经嫁人，这个因她的小妹妹被她送进监狱的人，出来后，仍是把自己收拾得干干净净。早晨用水洒过院子，然后扫地，然后再洒上一层水。打扫过后，有红砖的地方红艳艳的。黄土地也鲜亮，散发着王敏童年记忆里的味道。

她的家分租了出去，她这么突然归来，一时只好去租了一间房，跟她家差不多的房子，八十元一个月。太便宜了。她不想往远住，她在等着一个读初三的孩子家庭期末了搬出去，她便搬回来。她隔三差五是回家看看的。

春天，季末，桐树花落了一地，她到门口没急着进去，站在桐树下等桐花一朵一朵地落下来。她捡着一朵，另一朵也掉到了她的眼前。花瓣花蒂还都是鲜的，揪开，放嘴里尝尝还存有蜜甜。后面的树林也有桐树，她想着过去看看。起身走两步躲开障碍物望过去，是的，老杨树都砍了，种了新的杨树，看上去也就四五年的长势。护城坝下面的几棵桐树还在，很粗了，如果它的主人还记得它，随时可以砍了当木料，那么粗，就是卖了也值钱。但是它们的主人是谁没人能说得清，说是政府的，从没人过问，说是哪一户人家的，也没个依据，有些边角的地面因为征收多少年都说不清属于谁。没人过问，这些树还能继续活，要是一人动手了，会有许多人来争。那样，到最后谁也争不到，还不如让它接着长。那两间茅房也还在，没有翻新过，有一个茅房可能墙倒过，新垒的部分砖缝填的是水泥，以前是黄土。顶上有两个破洞，看样子早没有人往这里来了。也或者晴天有一时急的还往这里来。这些，王敏回来的那天就看到了，好几天过去了，感觉还是不真实，每次过来都要站门口看看，又疑惑一会儿。团结巷上有两所新建的公厕，白瓷砖墙身，绿竹子节瓷瓦顶篷，比她家的房子精神多了，她这几天也是往那里去。对于旧的记忆她一时半会儿还不想去碰，她得先梳理接下来的日子怎么安排。

中考结束后，便有一户租客搬了出去。这间房曾是两个弟弟住的，撕去租客贴的一层周杰伦做的香飘飘奶茶的广告纸，里面还有兄弟两人贴的明星画。男孩的房间，女星画更多，从大弟弟喜欢的孟庭苇，到二弟弟喜欢的张柏芝，各自说明着当年兄弟二人的空间占有。这些就不撕了，都是当年用稀饭粘上的，撕不掉的。王敏想。一个人忙了一阵子，又思想了一会儿那些年月，最后把她能挪动的东西都清了出去，便出门找人把这间屋子刷上大白。刷过大白，门窗都没换，没过几天就住了进去。她的习惯依然是踩梯爬墙往邻居家看。这个梯子早不是以前的旧门板，是个正儿八经的木梯子，不知谁摆在院子里的。

他几乎整天待在院子里，初夏的傍晚，他还像春天一样洒水扫院，然后搬出躺椅和茶几出来喝茶。他的衣着依旧是那样的干净，T恤，中长裤，不管是坐着还是半躺着从不赤脚跷起来。

他看上去一点也不像个坏人，他身上仍留有二十世纪九十年代初模仿港台衣着打扮的气息，也就是英伦味。说他像梁朝伟也不过分，只是年纪小一点，总体看起来就是那个意思。

王敏的大弟弟来看过她，跟她商量点事。二弟弟和大妹妹也来看过她，唯独小妹妹没来过。他们现在都在这个城里，曾经也都像她一样出去打过工，成家立业后又都回到了这里。

大弟弟跟她说母亲忌日那天二弟弟、大妹妹都会回来，王敏说好，心里也就有底了。

待这天到了，祭完母亲，顺带看过姥姥，又是饭罢，王敏抬眼望望大弟弟说，"玲玲还恨着我吗？"她知道二弟弟和大妹妹这对双胞胎心眼一致，除了彼此关心，从不过问家里的大小事，所以也不问他们。现在他俩一个在化肥厂上班，一个嫁给了化肥厂的职工，生活都相当安稳。

"恨的吧！她那样的心劲，怎能不恨。"大弟弟抽烟，吐了一口烟子。

"喔，是得恨的。"王敏从弟弟的烟盒里抽出一根。大弟弟给她点上火，欲言又止的。

"不说这个了，你们想过盖楼吗，一家一层，可以一起住，要是不想住一块过几年拆迁也是一笔不小的赔偿。"她依旧是一家之主的口吻，讲了这个时代的大趋势，一个城市要发展，会如何圈地，如何拆迁，如何赔偿，总之那心思还是为大家着想的。

"我和晶晶肯定不回来住，我们都有房子，要是盖我们俩出份子，但是也拿不出来多了，孩子都在上学，用钱。但话又说回来，要是拆迁赔偿也不能按我们出的份子分，这事可不能当买卖做。"二弟弟亮亮的嘴还是不饶人，总是先声夺人。

"大锋呢？"

"姐说了算。盖了我就回来住，我们那房小，两个孩子住不下。到时怎么分也是姐说了算。"

她想，大弟弟跟她还是贴心的，毕竟同心协力支撑过这个家，这都给她撑着台呢。这话说撑台也妥当，可见大锋是用心度量过她的情况的，知道她定是有钱才敢提盖房子这件大事。

她看看大弟弟便笑笑，又看看二弟弟和大妹妹，说："一个都不会亏了你们，你们两个读书都是我跟大锋供着读的，你俩少得点也是合理。你们还有一个妹妹，她出来得早，得对得起她。盖六层，一楼空着，每家一层，以后拆迁赔偿也按这个分。你们三家出份额一样，我欠玲玲的，我出她的一份。都没意见，就规划规划，秋就盖上，看这个城这种发展，盖房宜早不宜晚。"

"我们没意见。"

"我们没意见。"

亮亮说完，晶晶也跟着说。这双胞胎兄妹俩这年也是三十多岁的人了。大锋小王敏两岁，三十六或是三十七了。

夏天，王敏也是穿裤裙，长长的，拖着地。她一条腿做过增高手术，从小得过小儿麻痹症的两条腿几乎一样了。她所有的鞋都是定制的，短的那只脚又穿了内增高鞋，走起来不经意难看出她是个跛足。

九月二十二号，王敏生日，她收到一双高跟鞋，是玲玲叫快递送来的。王敏小心翼翼地打开试穿，她做好了心理准备，当两只脚穿进鞋里她的心里还是咯噔了一声，如预期，她又是个跛足的女人，虽然不会像从前那么明显。

她穿着在房间走了一圈，找了找跛足的感觉，又特意穿了一条中裙去赴自己的生日宴。

玲玲不出席母亲与姥姥的祭祀，是因为她的心底对她们有深深的恨，哥哥姐姐也都能原谅。但王敏的生日玲玲应该出席，家中再没有谁像这个大姐一样为她操碎了心。在某种程度上，这个大姐是担当了铃铃从出生到成人期间父母亲的角色的。尤其在姥姥和母亲去世后，古语中所谓的"长兄为大"，在她这里也就是"长姐为大"了，为她拿了不少主意。开餐前玲玲没到，王敏心里是有些不快的。这种不快她也没掩饰，大锋、亮亮和晶晶都看在眼里，劝菜上难免也就隐藏着些谨慎。这让姊妹间的亲情多少也就有了些陡峭的寒冷。

这样的气氛下，饭吃到一半，玲玲终是来了，也没跟王敏打招呼，看清了空位，知道是为自己留的，直接坐在位子上开筷就吃。没有其他人，就他们五个，家属和后辈们都没让来。很好，很好，就五个好，王敏听大弟这么安排，当时这么说。她想，大弟是知道她的。

玲玲来后，大锋忙帮着撕一次性包装碗筷，绕了两个人拿茶壶倒茶。玲玲也不谢，大锋那样子也不要人谢，神情很安妥，实像了服侍过三代主子的老管家脸上才有的景致。

　　王敏长发披肩，吃饭时用个什么在脑后一挽。晶晶打扮了，她本来心里畏着大姐，又想还要在她这里得好，嘴也甜，一口一个大姐地叫着。玲玲没打扮，脸也没洗，家常的衣服上散发着水果味。她一直吃，没看过其他人一眼，晶晶不停地给她夹菜，"给我们家最美最乖的玲玲一个鸡腿……"。任晶晶怎么甜言蜜语她只是接着菜，不说一句话。

　　玲玲继承了他们母亲的事业，卖水果。早几年嫁给了城东的一个跛脚男人，生了一个男孩，叫寰宇。

　　生日宴进尾声了，待大锋摆好蛋糕，玲玲抬头问王敏："大姐，你不想知道我的孩子叫什么名字吗？"

　　王敏说："我知道，上次回来就听大锋说了。"

　　"小名叫寰宇。大名叫郑寰宇。"这个晚上，这是玲玲唯一的一次正视着王敏的眼睛说话。

　　"喔，我知道，我知道。也是叫寰宇。"

　　王敏说完，大家都不好吭声。她脸上一怔一怔的表情大锋看在眼里，他知道这个姐姐的疼痛在哪里，却也无奈何。亮亮和晶晶也是看见了的，多少是有点担心大姐砸起碗来，亮亮只是抿着嘴低着头，晶晶用纸巾一直抹着嘴，也像是捂着叫自己不要作声。就这样僵持了半响，还是亮亮没忍住出来圆场，叫晶晶把剩下的果汁给大家分了。晶晶是听亮亮的，嘴里一边嘟囔二哥爱使唤她，一边借势开心地笑，瞬间俩人身上散发出来的亲昵劲生生地把玲玲的冰冷给压了下去。王敏不知道他们俩身上的势利劲哪儿学来的，她不喜欢，但他们俩身上这种插科打诨的东西她是爱的，多少年了，不是有他们这对双胞胎这么闹着，这个家庭哪还有一点温暖味儿呢！

玲玲抬头看看二哥二姐后又把头低了下去，她的脸上看不出恼也看不出其他的什么。但这么一闹，气氛就好起来了，之前那种陡峭的寒意没有了。就是场面轻松了，平常了，每个身体都像是一家人一起吃饭那样松懈下来。

餐罢，王敏特意早起去上趟洗手间，回来时没回自己的座位上，直接站在门口等玲玲起来，她要让玲玲看到她脚下穿着她送的鞋子。她还故意走上两步，让玲玲看到她跛脚的步子。

她希望玲玲心里在讥笑她，说"你个跛子！"，玲玲对她无来由的恨常常也就是这样表现出来。挖苦一下，讥笑一声。叫她解释，她又解释不出个理由，急了就嚷嚷："你们嫌我是多余的，你们干吗还要我？干脆让我死在路边喂野狗好了！"

玲玲打完包，经过她特意低头看了一眼她的鞋子，冷冷地说："还合脚吧？"

王敏走前一步，说："合脚。这个高度也好。再高了我穿不了。"王敏说这话是微微笑着温和着说的，像个慈爱的母亲那样。

听大姐这么说，玲玲这才满意地笑一下。只一下，转瞬即逝。她身上明显散发着的水果味——苹果味、菠萝味、西瓜味也都笑了，跟着它们的主人玲玲一起袭击着王敏。这样强烈的欺凌，把王敏呛得想打喷嚏，但她脸上较了一下劲还是给忍下去了。依然笑笑的。王敏这时也想到母亲以前是没有卖过菠萝的，也就是近些年吧，这个小城才出现菠萝。

玲玲这一笑，算是和解了吗？王敏不敢确定，她知道自己能接受这个小妹妹对她的恨，这是妹妹的命运，也是她的命运，就是，谁让她是老大呢！而对这个妹妹的补偿就是承受她一定范围内的报复和埋怨。于双方适当的话，她也无怨无悔，她只是需要常提醒自己拿出点不卑不亢的态度应对它。不卑不是无愧，不亢不是不受。这态度是让小妹妹知道她可以退让，但不必要得寸进尺。真要那样，这亲情也只好散了，人间一世并不是非要有割舍不了的东西最终要把它带进坟墓。

不管有没有和解吧，就是说，王敏对玲玲的态度还是接受的，以后也准备接受下去。还是那个说法，谁让她是老大呢！

五个人一起走到公交站，城内公交，一块钱一人，不管你是坐一站还是坐完全线。晶晶娇滴滴地说："哥，我没有零钱。"她若只叫一个"哥"字，一般是叫二哥亮亮，大锋早习惯了，所以并不去应。亮亮说他也没有。大锋说他有个五块的。玲玲说她有，说她多的是一块钱的钢镚。说完，随便地在腰包里一抓就是五个出来，从站在她旁边的大哥起一人一个发给大家。王敏伸手接了一个，她等大家都上车走了自己才上车。投完硬币，闻了闻自己的掌心，她觉得有股水果味。复杂的水果味，不能断定是哪一种，夹杂在不锈钢的金属味里。

从春上回来到现在，眼看着要入秋了，几个月里，王敏一直在想怎么着去隔壁一趟。没住回来之前就在想这事，这时也住下两个月了，王敏想，去一趟吧，想多少假设都没用，不面对着面，永远也不知道会是个什么情况。

比傍晚还早一点的时候，王敏换上了玲玲送的那双鞋，穿了一件盖脚的长裤裙让自己不经意间从家里走出来，然后出了院门拐到寰宇家门口。他家门前的那棵大槐树锯了，留下的木桩子已经开裂、腐朽，门却还是那两扇大门，底部镶的铜钉稀落还有几颗。

她没有敲门，而是径直走到门口推开了门。他不是躺在躺椅里，而是像样地坐在那里冲茶。说他在冲茶又像在走神，就是手上的功夫使着，魂不在身上。或者说他的魂是错位的，在他的脖子以上，也不服帖头部，以一个人形的样子屈着腿踩着他的腰板反坐在他的肩上。

门开，王敏走近几步，他才抬头看进来的人。只是一眼，就把目光穿过王敏看她背后那扇没有关上的门。

王敏意识到了，折身去关门。寰宇看到王敏跛足的背影缓缓地从坐着站了起来。等王敏又折回来到他跟前，他才说："是你。"

"是我。我出来走走，走到你门口就想过来看看。"说完这句她忙又补充一句，"我知道你在院子里。"她想以最自然的神态跟他说话。

"我以为不是你。"

王敏听到这句，稍微迟疑了一下才明白他的意思。心里说，"是的，他以为不是。"

"怕你认不出来，特意换了双鞋子。我想，一个跛子走路还是好认的。"

寰宇递过来一杯茶，嘴上有释然的笑，说："说话还是不饶人。"

"以前是不饶人，现在是不饶自己。"

"没必要。都过去了。就是还没有过去的，也会过去的。"

王敏心里咯噔一声，她没想到话题一下子就进到这里来了。她不想这么谈下去了，忙换了个语气和话题："那边要盖房子，中间的这道墙可能要拆一部分，想过来跟你商量一下。要是不同意拆，我们让两尺出来再盖。"

"干吗要让，你们要让，回头我也得让，这样一来，以后这两家中间就会空出来四尺。空那么大一个缝子没必要。"

"那我们就先拆一部分，回头那边的房子盖好了，就把墙接上。"

"都成。怎么方便怎么办。"

王敏没料到谈话这么顺利，端起茶杯捧着，抬头看了半天他们头上的那棵梧桐树。她曾经问过寰宇，悬铃木是不是法国梧桐树。寰宇说是。又说也有人认为悬铃木要高，枝向上长，法国梧桐树长不了那么高，枝是伞状的。说这话时，寰宇还只是个多少有点喜欢卖弄学识的少年。现在他们眼看着就要进中年的人，那样说话的神情再是不会出现了。

"别瞧不起咱们这里的泡桐树，其实比这外来的梧桐树木质用处大。你知道吗，中国最好的泡桐树在河南兰考一带，是世界上最好的琴箱用料。桐树的木料样子看起来泡、脆，实际很牢固不变形，也正是因为这特质，木质才够干够轻。又干又脆的木质，你想想那琴声该有多清脆多响亮！"这段话还是他们在少年时期的一段对话，王敏知道寰宇家的那棵梧桐叫法国梧桐，觉得这名字洋气。而她们家门口的那棵桐树是泡桐，名字听起来就不好听。

他们虽是邻居，因为寰宇他们是半道搬来，两家没有什么来往。也因为年龄差着几岁没在一起玩过，就是平时见面了也不说话。随着人慢慢长大，读初一了，王敏一次在放学的路上问寰宇，"你们家的那棵树是叫法国梧桐吗？"

寰宇这时已是高二的学生，身材因为长得太快而不均匀，腿很长，胳膊也长，上身和头却好像慢了半拍。寰宇站在团结巷里要拐进自家门之前回头看了一眼等在那里的王敏，说："是。是法国梧桐。"王敏还想说什么，他低头往前走了。后来他们时不时地打过招呼，有过几次简单的对话。

从第一次说话约摸半年后，一个黄昏，王敏在护城坝下面的那个茅房里解手，听到外面有人进来，还没待她把身上的事情处理完，寰宇就进去了，她急着站起来提衣服，寰宇看了她个正着。

王敏以为寰宇会羞于见她，后来寰宇退学了，王敏总在傍晚时看见他。他会停下来挑逗似的看王敏。一次，寰宇把她堵在护城坝下的茅房里，几乎是强行摸了她的胸部。她看到寰宇是失望的，她的胸还太小，寰宇那双经常打篮球的手很大。

王敏退学了，去当了一名女工。白天在寰宇家的院子里上班，晚上回自己家去。那么多的女孩子挤在一个院子里，王敏似乎明白了寰宇毛毛躁躁魂不守舍的样子是为的什么。她去过几次

秦/媛/媛/的/夏/然/然

寰宇住的屋子，寰宇把她的衣服撩起来摸她的身子，她让他摸，有时把她弄疼了也不吭一声。

寰宇不光摸她，还摸其他的女孩子，这让她受不了，这让她觉得寰宇像她母亲嘴里的父亲形象，流氓。

那个流氓，在她母亲怀上玲玲之后的一个孩子时，不是去外面找人，就是把她抱到自己的床上。王敏那时还什么都不懂，只知道父亲抱她了就不往外去了。母亲发现后就跟他打了一架，胎也掉了，那个流氓便在她母亲掉胎的那一刻逃走了。一年后，玲玲被送了出去，这之前这个最小的妹妹已经会叫爸爸妈妈了。玲玲一叫爸爸，他们的母亲不管在做什么，都会歇斯底里地冲过去撕她的嘴。姥姥这时已经快不行了，上厕所都得王敏扶着。她使唤王敏去护城坝外的一个村上叫来一个远房亲戚，把玲玲抱走。三岁多的玲玲精灵一样，哄不走她，最后还是王敏跟那个亲戚同路去了，玲玲才信了那人。

待租房的租约都到了，王敏家的房子很快就被推倒了。全家只有一件贵重的东西，姥姥的一个黑樟木箱子，一米高，一米宽，一米二长，上面雕龙刻凤，一看就是件嫁妆。樟木也是这一带没有的，听说还是姥姥的母亲从江南陪嫁过来的东西。王敏把这件贵重的物品抬到寰宇家，自己也搬了过来住。说是租寰宇家一间房，寰宇却怎么着也不收这个钱。将是中年人了，人生走了一半，没什么好意气用事的了。不收就不收吧，也没有必要因此争执，或者揭老底冷嘲热讽。

王敏除了他家，也不是没地方去，团结巷另一头就有一户人家也是放租出去的，她完全可以去租一间，等待一年。

这个年纪，心底的仇恨要是在夜间升起来，也就在夜间化解。看着黎明到来，就觉得没什么是过不去的，除非打定主意要跟自己过不去。真是那样了，事情更糟了也还是得自己去面对。放下，盯住眼下的日子别跑了，无疑是能活下去最好的路途。

姥姥、母亲相继死后，最小的玲玲便没了人管教，大锋那个面脾气管不了她，亮亮和晶晶在读复习班，要考大学，不愿耗精力管闲事，能管住玲玲的只能是王敏。可王敏在外刚接手一家小小的美容店，只有她一个人，生意常常忙不过来，听说了她许多事也只能干着急，她回不去，因为还有亮亮和晶晶等着她赚学费。大锋从刷瓶子换了工作做生产，工作三班倒，一个看不住就把玲玲看丢了。他能使的法子，只有把她堵在家里，坐在门口不让她出去。不知哪一年，玲玲吃上了摇头丸，也帮人卖，结交的人可想而知。她在迪厅经常遇着寰宇，寰宇并不吃，只是喜欢跟着哥们儿的乐队泡厅子。这个乐队初创时他是贝斯手，也打过鼓，有时乐队的兄弟忙不过来，他也会上去充当鼓手。上台后的他蜕去平日里的忧郁，自有另一种的风流与朝气。玲玲总找他讨酒喝，跟人说寰宇是她大姐的男朋友，而她大姐是个像周慧敏一样漂亮的跛足。她说完还会像朗诵诗歌那样重复一下，"啊，漂亮的跛足"。寰宇不说话，由她把他桌上的酒瓶或是杯里的酒拿去喝。一个小的县城，只有那么几家迪厅，他们总是碰面，玲玲喝醉了哭着扑在他身上，他也就免不了顺路把玲玲背回家。玲玲这时才多大呢，也就是虚岁十五六岁。香港回归前，整个社会，大江南北，似乎一片欣欣向荣，潮流不停地翻新，总有新鲜的事物你还不知道它是怎么回事就已经流行开了。人的观念也在不停地翻新，一个小县城多少年积累的价值观突然间全变了，所谓笑贫不笑娼应该就是从这个时候开始的。

王敏不得不回来是因为玲玲小产了，她不知道。王敏问她跟的谁，玲玲回"我哪里知道，跟那么多的人上过床"。王敏不顾玲玲还是躺在床上坐小月子的人，狠狠地抽了她一个巴掌。玲玲突然就癫狂了起来，"小时候为什么不把我打死？你们留着我，就是为了打我，你们撕我的嘴，你们就是为了撕我的嘴……"王敏把她按在床上，骑在她身上让她安静下来。然后王敏搂着这个最小的妹妹说："大姐再也不打你了，大姐打你不对，大姐向你道歉！"玲玲癫笑，口含白沫，直笑到突然睡着了。

终究还是个孩子，玲玲在招出是寰宇之后听从了大姐的主意，配合大姐把寰宇告了。寰宇丝毫没有反驳，认了。他最后一次见王敏时说，"我认了。对，是我。我也刚好想进牢房里去，我在这个世界活够了。老子早就想躲个清静。"

王敏这时心中的恨是说不清的，她恨寰宇时眼前出现的都是父亲那个流氓男人，她想把这个人按在地上斩碎了他，她想把光溜溜的母亲从他的身子底下拉出来，要是她再伤心一点能连母亲一起斩了。她那时那么想时不由自主地护着自己的下体……

这件事弄得满城风雨，家有小女孩的人家这才知道要提防色狼，提防知根知底的邻居。这才知道要给孩子上一堂生理课。他们讨论开了，这堂课该是家庭上还是学校上？一个母亲该是直言不讳地讲明白男女之事，还是捂着最要害的环节？

寰宇的妻子在消息出来之前就搬走了，据说从哪里来又回了哪里去，跟了另一个混子男人过去了。

王敏平时出门办事是不跛脚的，她把自己修饰得很好，形体上还是一个未生育的女人身段，因为开美容院出身，也知道怎么保养肌肤。总之她怎么看都是好好的，在团结巷新旧的巷子里穿行，很是有点富态的样子。这个巷子的老住户多半迁去新区了，留着少有的几户老邻居也都是上了年纪的老人，他们的眼睛蒙眬，你不告诉他们你是谁，他们是不敢认的。说了反吓他们一跳，说，喔，大敏啊，你回来了啊。随后便是一顿感叹："你把几个弟弟妹妹供大不容易啊！"都是记得那场事故的，还有要往这上面聊的，王敏多是不愿意了，说，都过去了，人要往前过，没有往后翻的理儿。那貌似热心肠的大娘听她这话便觉得时间把这孩子拉扯大了，这说的都是大人话哩。怎么不是呢，这位大娘没有细算，细算下来就知道多少年的时光都已经过去了。或者人都是这样，不关乎自己的，又如何真正舍得去操那一份心？

出去一天，回到寰宇家，那边工地上的活也都停了下来。寰宇也早就扫过了院子，坐在那棵梧桐树下自得一身安宁与清凉。

两个人彼此都不提前事，偶尔说说王敏家房子的进展。有时王敏也会听听寰宇的意见，什么细节处要怎么弄。

反复谈着这些，有些话也都知道已经说过多少回了，像窗户怎么留，门框怎么处理，但话一旦起了头，还是会说说。说了，歇话时，王敏会借着黄昏的余晖打量寰宇脸上的神情。寰宇是那样的木然，面上完全没有反映出岁月的伤痕。

从搬进寰宇家，这么多天相处下来，王敏心里早已经准备好了谈论这件事，她试探着说："我是知道玲玲的，那件事，肯定有玲玲的不是。"她说着观察着寰宇，但这突然的话题似乎并没有惊着寰宇，或者他在心里也早已有所准备，他听着没有抬头，依然在冲茶。王敏见他一时不搭话，就看着他，知道他手掌里握着的那把红泥壶盖上摔了一个口子。喝功夫茶并不是这个地方的习惯，听说他出狱一年多也没有外出过，不知哪里得来的这个习惯。茶是上等的好茶，出水时便能闻到香。香也不浓，先是清香，后才醉人。寰宇之前说过这个是岩茶。王敏也知道岩茶，福建武夷山的特产。

　　寰宇不应她，她也想继续说下去："你还是恨我们的吧？"

　　"说实话吧，真不恨。我想进牢房才进的，我不想进，那件事弄不进去我。事实上进了牢房后，情况确实如我所想，因为在里面自己思想的时间多，人心得到许多的观照，很多事情更容易看得明白。再说，我在里面还可以专心地弹曲，里面的人是要比外面的懂得尊重的。"

　　寰宇这话让王敏陡然间生出一丝懊恼来，心想，怎么说，即使不全是你的责任，你使一个小女孩儿出事了就没有一点儿歉意？王敏心里不悦，想着我都原谅了你，不计前嫌跟你继续做邻居，你倒大言不惭起来。

　　王敏看着他，压着情绪不言语。当然，她也在思想寰宇说的在牢里到底是个什么状况，怎么反而"里面的人是要比外面的懂得尊重的"？

　　"好吧，都过去了我也就说说。我没有侵犯过玲玲。我是送过她几次回去，都是喝了不少，我也跟她一起在一个床上睡过，是她又哭又闹，不让我走。当时我只是想她是你的妹妹，大锋又管不住她，她要是肯依我，我倒是愿意帮忙看着她不让她太过了。但我真没有跟她发生什么。玲玲心里是有问题的，我进去那天你也跟我说过，她有癔症……你明明知道她有病，你还信她的……要是怪，我也是怪你这个。还是那句话，是我想进牢房了才进。"寰宇说话时脾气时怒时收，话说完，倒又静了。

"她去找过我爸，她跟我说见到过他，说他过得很好，是个很有钱的人。我不信她这话。玲玲的问题太多，被母亲抛弃，又被别人送了回来，母亲那时已经生病了，除了跟买水果的人说话，回家不说一句话。玲玲是我带大的，可是后来我又走了，我不该在那个时候离开她。她至今恨我。都以为她恨我是因为我让她的事弄得路人皆知，这只是其一。其二，她还恨我离开她出去打工，这让她没有了依靠。说句话你别见怪，玲玲一面恨着我，另一面又很高兴我把她的事弄得满城都知道，这样她心里反而踏实了，谁都可怜她，谁都同情她，对她很好。她觉得大家都在乎她。她现在在东城那边跟她的邻居相处得很好，就是跟我们一家人不好。你说没有侵犯过玲玲，我一时不知道怎么面对你。"

王敏抽起了烟，心里犹豫。

寰宇起来走走，像似被王敏的质疑惹恼了，而又不想费劲解释，当他再次走到王敏身后时，突然从后面抱住了她，强吻着王敏的耳朵喃喃说话。王敏不明所以，想要挣扎，心里便气了，说："你怎么这样对我？"

王敏这么一说，寰宇便撒手了，说："我以前就是这样对你的！只是那时不知道要怎么做，要搁到后来，你早就是我的人了。哪还轮到什么草包男人帮你接手美容店才收了你。"

王敏听他这么说不知道说什么好，心里琢磨着他对她在外的事可能是有所耳闻的。王敏不知道寰宇知道她多少，但想他知道的部分未必就是事实。她是爱钱，因为她需要钱，需要担当起一个家庭的责任，需要担负起弟弟妹妹的爹娘的责任，供养他们读书，将来上了大学出人头地。她开着美容店，跟了一个怜悯她像她一样跛脚的男人，后来也做过零散的非正当生意。就这样，直到她发现他老了，又突然发现弟弟妹妹不需要她来赚钱供养了，她决定结束这段与他扯不清道不明的关系。是啊，二十多年了，施与受都已麻木、疲惫不堪。她心里想到这，一时非常感慨，不自觉端正了坐姿。她并不确定眼前的寰宇这样突然的是怎么了。

寰宇看着王敏，可能以为王敏端正了坐姿是要与他撇清什么。突然又恼怒地说："我不知道我是不是恨你，我们都是从小就缺少教养的人，那个时代那个年纪，我们又懂什么？就知道那是一个花红柳绿的时代，好像什么事都是新鲜的，没有对错。就像你后面成了有钱人，你供着弟弟妹妹上学，说着你坏话的人转眼又都赞美你，伟大呀，不容易呀！我不知道你那样是对还是错，其实我做的事情并不比你好到哪里去，我憎恨我姐姐，我使劲花她的钱——"（王敏突然哭了，低下了头）"是啊，还说这个干吗？像你仇恨我，我心里也仇恨你……"寰宇不知是觉察出自己把话说乱了，还是因为王敏哭了，嘴里的话为难地停住了。

王敏默默地哭。寰宇许久又缓和着语气接着说："我以为这一切都是因为我们缺少教养。你的父亲欺负你，我也被什么欺负着，我分不清是非，我看着一个男人那样对我的姐姐，我姐姐看到我在门后看他们，也没有叫那个男人停下来。她的眼神很复杂，有承受，有舒适，我不知道她是什么意思。总之，我们被那些年毁了。我们都处理不了生理的诱导和那个社会给我们的愚蠢启蒙，我们最终落下了悔恨，只好以暴力中断那么继续下去。你是，我是，玲玲是，大锋也是。要说，我们这几个人，只有亮亮和晶晶是健康的，他们在很小的时候就已经知道自己要什么，知道怎么处理自己遇到的问题。"寰宇有些哽咽了。

"你不行，大锋不行，我也不行。我跟姐姐还是很小的时候，母亲宁死也要离开得了肺气肿的父亲，一心回到她出生的大城市去。我们不懂她为什么不怕父亲打她，打得她满脸是血。她忍着，她不还手。后来我们搬到这里，没想到这是一个更糟的地方，大人没有正经的工作可以做，也不像城外的农民有田种，小孩子除了读一点书不知道该干什么。不分年纪大小的男孩子挤在录像厅里当众手淫，没有人不会这个，我跟你说过，那是一个鬼地方……"寰宇实在说不下去了，他显然事先没有梳理过这番话。好像这些话对他来说太突然，他一时不能掌控。

他们面对着面，王敏到底是把哭泣忍下了，安静地坐着。寰宇说的这些，王敏都从中经历过，她对那个时代没什么好说的，父亲走后，母亲和大弟弟两个人挣钱养一家人。在他们家，晚餐常常是限量的，一个人只能吃一个馒头，亮亮每回多吃都会被母亲打上一顿。而她平常是不能跟同学玩的，偶尔一两次，母亲见她玩得忘乎所以高兴过了头，会无端端打骂她，说她忘了自己是谁，想当凤凰……唉，像寰宇说的"还提这个干吗"，不是都过去了吗？

　　王敏安静下来后，寰宇还在说，她也未劝阻寰宇，气氛僵着。也可能是王敏安静了下来，让寰宇在艰难的叙述中慢慢地也安静了。这时刻他们仿佛一下子回到了少年时，无论寰宇多么暴躁，当面对平静的王敏他便能静下来。寰宇曾也问过王敏，你为什么总能这么平静，王敏说，忍。

　　安静之后的寰宇身体放松了，借着晚暮，天色低垂，彼此都看不出对方的尴尬。王敏觉得能体谅寰宇，这体谅并非来自自身的遭遇，而是因为时间，他们都已从少年走向了中年。如果说少年时她能"忍"着与这个世界相处，而现在，她算得上是坦然面对了。过去多么不堪的经历，她也已经抛弃。她不要什么大福大贵，她回到这里来，就是想安安稳稳地过些日子。那些不知道要为什么付出的，她也都已付出，她因此好像拥有了亲情。但仔细想想，这亲情又跟她有多大关系呢。每个弟弟妹妹都在过着自己的日子，她看似还像这个大家庭中的家长，可是谁少了她都一样把日子过得好好的。这样抖尘埃一样，把身上的这些似有可无的责任抖落掉，如果心里还有一份惦念的——她想，应该就是面前的寰宇了！就是，人一旦活到一定份上，心里的那个疙瘩一定要解开，多难的问题一定要去面对，什么结果不重要，重要的是它可能从此就有了结果，或与你无关了，一个人也就可以轻轻松松地上路了。

　　这样冷静的时刻，彼此都知道对方的身体里未必还是少年时代的那个人，未必还是少年时期的爱——尽管现在仍然说不清道不明那是否是爱，可能因为情境相似，那种冲动依然在。他们一时谁也没有动弹，也都知道以前的伤痕没有完全过去，但是真的没有必要再去纠缠了。这时的他们，看似静止了，因为什么，肉体已经陷入了另一种干扰。也或者是两个孤独肉体的神启。但这干扰是他们明晰的，能承受的，哪怕仍然有错，也能明明白白地去错。

明明白白地开始和接受，清清亮亮地经过。事后，寰宇像溺水的人终于爬到岸上，意味深长地说："你不要穿玲玲送的那双鞋子了，我们都无需回到过去。就是这个巷子还是原来的样子也不能把我们带回过去。"

海滩的上空

1

　　妈妈去世之后，我找到她出生的地方，一个海边的村子。

　　这个村子以前很落后，妈妈出生的时候，家家户户以打鱼为生。妈妈长大些情况好一些，开始有人走出去，开始有穿着制服的工程队来海边勘察测量，长久不走。等不远处新建了一个小港口，有了可以连接外面的开山路，还有人专门过来看海。他们沿着海岸线来到这个村子，再爬上虎牙山，去看更宽广更辽阔的大海。他们说，原来这才是大海。这时有人尝试着直接把海鲜兜售给他们，小心翼翼地问他们去城里的路，问他们到城里后在哪里能卖掉海鲜。

最早来看海的人讲白话、讲客家话，大家还能听懂。渐渐地来了一些说话听不懂的人，来的多了，村里人才知道外面真的改革开放了，之前的种种传说才算落了实处。他们讲普通话，带着四川、东北、河南以及福建、江浙的口音。他们把来这边称为"下海"，既然是下海，便想着看看真正的海是什么样的。

随着来的人多，村里人开始活泛了，各显灵通，有些人进城，有些人再渡过香港和南洋。能走的差不多都走了，不能走的也合算着怎么才能富裕起来。

我外公没有儿子，只有两个女儿，妈妈是老二，性格开朗，会走路就随外公出海打鱼，有人要进城卖海鲜了，外公又让妈妈随人去城里。初中刚毕业的大姨也想进城，外公不让她去，觉得她还是在家看家好，因为她将要招赘持家续香火，不好出去抛头露面。妈妈负责进城后，大姨就要到船上帮外公外婆捡鱼。大姨刚开始还好，见鱼在城里卖得好价钱，就想着城里人是很有钱的，舍得掏一身衣服的钱买一条鱼吃。

后来大姨终于进了城，在卖完鱼后跟人说去厕所，挎着一个布袋消失了。同去的人想着大姨是走丢了，在城里找了些天，终是没找着。村里人再进城卖鱼，外公也不让妈妈随他们去城里卖鱼，路很遥远，翻山越岭，他怕我妈妈也会丢，从此把鱼兑给港口那边专门收生鲜的冷库。后来妈妈发现大姨带走了衣服和鞋，大家才知道大姨的那个布袋里不单装着一次卖鱼的钱，还有她偷偷装进去的一套衣服和一双她自己给自己做的鞋。外公有些懊恼，给大姨读那么多的书，不承想计划了这么多年的事情就这样落了空。但他对大姨还抱有希望，希望大姨很快会回来。一次他跟外婆没有回港，半月后船被另一个渔村的人简易修复后送过来，只剩一个船架，上面的零碎都没有了，说是可能沉了海底。那些零碎妈妈可以再置，但是妈妈一个人下不了海，就把船卖了进了城。

2

这时已经是二〇一二年，村委已经把十几公里的海岸线圈起来开发旅游。停车收费，旅客去海滩玩收费，租太阳伞收费，租烧烤摊收费。这是集体经营，村民年终分红。除此之外村里人还专门盖起楼房装修成小旅馆经营赚钱。

外公为大姨招婿建的三间红沙土房屋早已坍塌，除了最东边的一间，其他只剩了墙根。有人在里面养鸭，我回来之后不能在这里住宿。

我找到村委，跟他们说我想要留在这里生活时，这才知道妈妈曾经回来过，这点妈妈临终前没有告诉我。听说那次也是她唯一一次回来，回来办户口本。那时我已经出生，她除了把我的户口落进城市，还给我在这个村里落了户。户主是妈妈，我是她的女儿，父亲栏空缺。另一个户口本上也是这样写的。以前的村里分红我拿不到，他们没有给我解释原因，我也不想追究。这一切都比我预想的要好了，我没想到回到这里来还可以有这么多油水可捞。我的分红将从二〇一二年这一年开始算起。外公家的房子没有了，宅地还算我的，他们按宅地和人口分红。至于我住的地方，村委安排我临时住进小学的教师楼去。按说这个他们是不用管的，或许是他们觉得我是孤儿了，有照顾我的义务。教师楼是二十世纪九十年代初的房子，两排两层的青砖房，看得出房子的结构改动过，围墙也应该是后来砌的，用以隔断独立成两个小院子。两个院子的大门一个朝东一个朝西，连着院门盖着走廊，与原来的楼房形成一个九十度角的连廊。

因为盖了一间走廊出来，院子只有两个房间的宽度，又很浅，院子显得并不大方。二楼还保留着原貌，一个一个房间里面堆放着学校的杂物。我被安排在临时清理出来的二楼房间，我的楼下是一位从上面分配下来的体育老师。他隔壁的一楼院子里住着一对中年夫妇，听说还有初中部的时候，男的教数学和地理，后来只剩小学后，教了整个小学的自然课。又过了一些年，自然课也取消了，改成科学课，他又教了整个小学的科学课。

因为那个港口，炸山路从村子旁边经过，村子曾经繁荣过。又因为几座大山开了隧道，新修的高速公路不经过村子，村子又没落了下去。这也就是为什么曾经有过初中后来又没有了。

女的不知道怎么了，坐在轮椅上，平时在房间里不出来，要男老师放学了才推她出来在院子里看看。就是看看，若无其事。看天气的情况，有时在院子里的时间长，有时在院子里的时间短。我刚住下来那几天无趣，总是要在二楼偷偷地看他们的动静，看他们那边像布景一样的生活，接近无声，气息难以捕捉。

这排楼的前面还有一排新楼，看上去也是住宿区，应该住的都是老师或教工。再往前就是新盖的教学楼了，教学楼的教室宽敞明亮，楼层间的校训大字红艳艳的，像刚贴上去的一样。

　　整个村里，跟我有关系的人，是一个叫长洪的远房阿叔，是我外公堂兄弟的儿子，他少年时跟人下过南洋，在那里做黑市劳工，他受不了苦也受不了辱，一个人又偷渡回来了。他差不多聋了，很少外出。这很好，我们会相安无事，于我一切可以自由自在。

　　妈妈得宫颈癌而死，她可能也没有想过会得这个病，她走得很匆忙，入院后才由医院通知学校，我才知道。她走后，好像对我并没有造成影响，我什么事也不用做，有个看着眼熟的男的料理她的后事，我只负责听他的安排，最后把妈妈的骨灰捧去一个地方就好了。我是回到学校后才觉出妈妈的走对我来说意味着什么，没有人再往我的卡里打钱。后来连我的饭卡也不能打饭时，学校提出让我写个申请给我免费，我写道："我妈妈死了，没有人给我钱了。"但写完我就撕掉了，从学校里逃了出来。好在妈妈在城里给我留了房子，我回来这里前把城里的房子租了出去，就是没有这边的油水，如果我不乱花钱，那个租金也够我基本生存。

　　我在读职专二年级，把房子租出去有了钱我也不想回去上了，我不可能毕业了去干一份什么工作，我什么也没有学好，不然，妈妈不会花钱把我送到一个离城市很远的封闭学校读书。现在她去世了，没人管我了，我可以自己做主不上学了。

　　我猜测过那个眼熟的男的是不是我的爸爸，但也仅作猜测，他没有表达，我也不好去认。我叫过好几个人爸爸，没有一个是我的亲爸爸。他肯定也是这种情况。我读初中时就寄宿在学校，周六日也不回，只过节或放假了我才回家，才得以见着每个时期的爸爸。一个爸爸还不等我见几次就消失了，下次再回去，又是一个新的爸爸。

3

很快，我在海滩上认识了一些年轻人，叫阿文的男孩是村里第一批去香港的第三代。他们在那边生活得并不十分如意，几代人住着廉租房。他的父辈还好些，有工作在做，像他这个年龄段的年轻人找不到工作。他的爷爷和爸爸辈不好意思回来，他不介意，他回来盖了楼房经营起小旅馆。因为他我还认识了他的堂哥，在这里还没有限制盖房前就已经从香港回来盖房，然后把房子成栋成栋地租给别人经营旅馆。他堂哥回来后认识了一个年纪相仿的朋友，是在这个村子里长大的，出去读了书又回来这里教书。也就是我楼下的体育老师，他们都叫他阿坤，我也跟着叫他阿坤。

认识阿坤后我把挑染的绿色灰色橙色的长头发剪了，留了一个小男生发型，短短黑黑的新长出的头发紧贴着头皮，摸起来又顺滑又单薄。一次在海滩玩，他教我打排球。我在高中时打过篮球，排球我不会，但我喜欢他从我背后环着我端起我的手臂教我颠球。

阿文本来一直想追求我，等阿文向我表白时，我已经跟阿坤睡过了。海滩上，他的家里，以及周边的几座山上。阿文见过阿坤把我夹在腋下走路，说我不害臊，跟能叫阿叔的人睡就讨厌起我，再也不跟我玩了。可这有什么呢，我终究要与男人过日子，阿坤壮实、高大，是我理想的外形。

阿坤家的兄弟很多，以前不敢占地，等看清形势去开荒种田上面又有了限制，只能按门户分地。他跟四哥一起才分到一块小宅地，而我自己就有一块很大的宅地。他说，他把他的那份宅地给四哥，找四哥要些钱来在我的宅地上盖一栋房子，这样，我们也可以经营起旅馆来。而他再也不要在学校当什么体育老师了，都是他妈的外来工的儿女，经营旅馆人的儿女，在周边种菜人的儿女，给旅馆打工人的儿女。本村人有钱的早携家带口地住进了城里，孩子也都在城里读书。这时，我不应该告诉阿坤妈妈在城里给我留了房子，他知道后叫我把妈妈在城市里的房子卖掉，这样我们可以立刻盖起房子来。我不想卖妈妈的房子，虽然只是小小的两室一厅，我还是很留恋那个地方。我小时候楼下有个滑滑梯，妈妈回家很晚的时候，我在屋里怕黑，会躺去滑滑梯的滑筒里睡觉。虽然滑滑梯换了一拨又一拨，最后周边还增加了成人的健身器材，但我还是喜欢那里。所以我在城里的房子不能卖，妈妈去世后，那个地方是我唯一想起来身上一热的地方。我还拿捏不准这种感觉，捉摸不到它真正的用意，这种神秘支撑着我。

我曾经憎恨过妈妈，现在我在释放这种感情。释放让我的身体有一种轻盈感，或者我是爱着那个地方的，这感情甚至让我喜欢上天下所有的滑滑梯，蓝的，红的，绿的，我想，就是有黑色的滑滑梯我也会喜欢上。

我喜欢阿坤从我背后环着我端起我的手臂教我颠球，那个时刻，我会被他宽厚的胸膛包裹，像一个人肉滑梯筒。他好像看出我不想好好学，有时会强制我学，有时会挑逗我。说起来很怪，以前在学校我是要故意与男的公众亲热，这时我知道害羞了，他把我按在海滩上假装抬起我的腿时，我非常恼怒。但我推不开他，他问我要不要好好学，我只好说要。阿坤这时已经不想去学校上课了，很不在乎在外面的形象，他希望学校能炒他鱿鱼把他退回去，这样他若不接受新的单位就可以长期挂着职不用再上班。

二〇一二年底，我分到了上万块的分红。听阿坤说其他地方的农民一年可以有几十万分红。将来这个村子再开发，把土地都卖了我们每一个人都会是百万千万的富翁。要是村委还能留着海滩经营，我们还能长久地吃分红。阿坤说他准备辞职了，他要竞选村干部，当村书记。那个狗屁的体育老师他早就不要做了，他当年考学是为了不要回来这个穷地方，虽然成绩不好，还是靠体育考上了一所大学。谁知社会变化这么快，待他毕业，上班几年，这个村子一下子这么值钱，他再回到这个村子来是想着等开发到这里，他就有钱了。但他的兄弟没有分给他独立的一片宅地，只分摊了其他兄弟的三分之一，理由是一家人的钱都供他上学了。他的宅地太小，不能独立建房，只能等他四哥家起房时依附那边的宅地起上来两间。他的选择也总是在变，他又想盖一栋楼又想竞选村干部。他竞选村干部是想带领村民更快速地富裕起来，让这里的每一寸土地贵比黄金，让每家每户都能成为富翁。

但不管怎样，他还是不时陪我到海滩上练球。这边的春季暖和，还是三四月，周六日游客已经多了起来。我们会避开人多的时间，清晨或是黄昏到海滩上打球，累了就躺在晒了一天的沙子上休息。阿坤也会一跃而起扑到涨潮的海水里去，跟海浪顶立而去。我满足地看着他做这一切。有时会看不见他了，只见变黑的海水像海妖张开的大口吞食着海滩以及残留在海滩上的人影。那是游客遗留下的影子，若有还无。那些影子并不会躲闪，被海妖的大口吸进去时像一缕雾一样扭曲。有时等大海和天空全部变黑，我也会看到船上的外公外婆，本来好端端地坐着，一下子就侧翻在海里。

　　我没见过外公外婆，妈妈也没有他们的照片，不管我多么用力想象他们什么样子，也只能看到两个影子。

　　这片海滩因为开发旅游已经不允许打鱼的船只停靠，村里尚有几艘打鱼的船停在了虎牙山那边。我让阿坤带我去过虎牙山，我们第一次发生关系也是在那里。认识路后，我自己后来也去过，我就是想安安静静地等待渔船归来，看他们捡鱼上岸。有一次等他们捡完鱼，抬着几箱海鲜装车之后，我去到那边湿淋淋的海滩上，闻到了一股从来也没有闻到过的剧烈的海腥味。我忍着海腥，把翻海草的手放在嘴里吸吮，好像从脚底上来的海咸味涌到了我的胸口，然后那股咸从喉咙里喷薄而出。那时大海已经涨潮，从虎牙山回来的路被潮水漫住了，我在虎牙山上过了一夜。以前去虎牙山那边的港湾，只能乘船。虎牙山的海岸线是近些年炸山后才有的，除了探险的人留下的标记，还没有普通游客来过。我躲在一个浅洞里睡觉，看着月亮落下去太阳升起来才敢从那个浅洞里出来。天亮后我四处查看，很庆幸我选择的是一个浅洞过夜。我后来看到了两个山洞，能容下一头大象走过。里面宽宽窄窄，还有水流，越走越暗，想想要是进了这样的山洞，我还一阵后怕。深夜之后，怕是一滴水滴下都要吓我一跳。

4

五月的村里竞选，阿坤落选。他再度劝我卖掉城里的房子，用这笔钱盖楼。我们为此争吵。他骂我，"你个小婊子！"我脸上一热，即刻想起我有好几个爸爸的事。我恼羞成怒，狠狠地朝他飞起一脚。他像教我做颠球动作一样，一下子看出我的肢体动作不对，一抬手接住了我的脚。他只稍稍一使劲就把我掀倒了。我仰翻在地，头疼剧烈，太阳像一团黑火一样向我的脸上扑来。

第二天起阿坤不再理我，他去找隔壁的男老师下棋。我一时不知道如何处理这种关系，天黑后我回来这里，虽然各自无话，毕竟还是在一张床上过了一夜。早上他出门也未与我说话，我只好自觉搬到了二楼自己的房间里去。我站在二楼的走廊上可以看到他们在院子里下棋。

男老师姓张，阿坤叫他张老师。张老师看上去更像个教语文的，冬天里会搬出案台在院里写大字。他的妻子姓虞，叫虞姬。阿坤叫她虞老师。我只跟虞老师打过一次照面，还是我刚跟阿坤交往那会儿，张老师推她出来散步，她远远地说："阿坤，有空来家里跟张老师下棋啊！"

阿坤呵呵地笑，把搭着我肩头上的手放下去，说："好的好的虞老师,我明天就去找张老师下棋。"看得出,阿坤敬重他们。张老师笑笑地举目推着虞老师向前走,好像虞老师跟阿坤对话跟他没有什么关系。那次我就觉得他像个语文老师。我小时候在家里附近的地方读小学时,有一位语文老师就是他的那种神情,身子端端正正,穿着干净的棉衫,回应人问候时总是笑笑的一张脸。他的儿子很大了,有他那么高,跟他一起走路,他像棵树,他的儿子像拴在他身上的绵羊,围着他拍球,左右地转。我一直以为好父亲就是那个样子的,是一棵大树,是一座行走的山,风吹鸟停他都丝毫不动。

虞老师还是坐在轮椅上,手摆在腿上也不做什么。她的脸偏向的地方我也跟着看,只见正午耀眼的阳光猛地一下,下了他们家门前的一层台阶,下午的太阳就开始偏斜了。

已到五月,天气说热一下子非常闷热,阿坤跟张老师不在院子里下棋后,小桌子抬到了走廊上,我就看不到阿坤了。他们平时很少说话,我很难听到他们下棋的动静。虞老师也不出来晒太阳了,她要在西边走廊下我才能看到她。虞老师从不自己摇轮椅,她想挪动,都是张老师去推。虞老师静谧的样子好像女王在她的宫殿,又放心又自如。她的样子让我无法想象她使出浑身的蛮力摇轮椅的样子。虞老师也不是什么都不自己动手做,还在我跟阿坤交往的时候,我上二楼拿东西见过她在院子对着一个地方剪头发,我想她面对的什么地方肯定有一面镜子。

阿坤又去了学校的食堂吃饭,我一个人去村子里吃快餐。阿文堂哥家开着一家海鲜餐厅,他常在那里帮忙,见我总是一个人出来吃饭，远远地抽烟看我。

　　"说不定我能帮你找到你大姨。"一次阿文拦着我说。我这时头发已经长长，梳着凌乱的丸子头，穿带帽的卫衣，因为天气热，我也穿起了热裤。雨后地上湿的时候，走在路上我总有打赤脚的冲动，所以我常常提着鞋，远远见着长辈了才会穿上。

　　我看见阿文则不会，依然是提着鞋。

　　"你什么意思？"

　　"我打听到你大姨的消息。"

　　"我大姨？"我心跳起来。我不知道这心跳是因为听到了有大姨的消息，还是因为我好长时间没跟人说过话了。

　　"嗨嘅。但嗨……"

　　"你别跟我讲白话，我不会听。"我其实是会听的，只是讲得不好。我小时候妈妈是跟我讲白话的。

　　"好吧，你大姨叫陈锦华对吧，八五年从这里去广州，同年底又回到鹿丹港去了香港。然后去了南洋。好吧，告诉你吧，你大姨现在在新加坡，是我二舅母。"

　　"不是八五年，是八四年。"阿文说错了时间，我立即纠正他。但我不觉得这纠正有什么意义。于是不作声了。

　　阿文显然没预料到我对这事是默然的，问我："你不想找你大姨？不过也好，你大姨不是富太，知道你回来分红，说不定会回来跟你争的。"

　　我看着阿文，不知道他为什么会想这些事情，但能感觉到他得到这个消息很得意。我想到其他事上去，不想让他觉得我对他的一腔热情太冷漠。于是想着与他搭话："我不怕她跟我争，这些该是我的，她拿不去的。"

"好像的确是这样。跟你说，我请我家姐问过她了，她好像也没说要回来。但是这里往后肯定会开发起来，村委会卖地皮，港口要重建，虎山村和虎牙山都有可能开发旅游，你还是要为自己着想，在她回来之前做些事情，就是真开发起来了你也能得些好处。这样吧，我把她的手机号给你，你听听她的口气。"

我想我没有要联系她的心，为了不让阿文太失望，还是记录了那个我叫大姨的人的电话。存入手机的时候，我想了想用什么名字保存，大姨？不，还是写陈锦华吧。当输入完这个名字，我想到手机里储存的另一个相似的名字，陈锦春。我在通讯录里搜索，陈锦华这个名字与陈锦春挨在一起。这时，我犹豫了一下，想到她们的关系皱了一下眉头，阿文可能以为我难过了，想过来安慰我，被我一下子甩开了。之后我又有些后悔，我应该趁他还怜悯我时跟他活络下感情，这样我或者能与他交往，将来也有人帮助我。我也想过主动去找阿文示意他可以追求我，可是我心底还是不喜欢小的男生，我以前交往过的男人要么大我一届两届，要么是学校的老师。虽然阿文大我五岁，二十多岁了，可他柔柔弱弱的看起来还像个小男生。

5

游客多起来，村里的小旅馆小客栈住满了人，海滩上看海的游客离开之后，太阳伞收起之后，住在村里的游客会来到海边烧烤，来到海滩上散步。那天我从虎牙山回来，见几个游客在打排球，我坐在一边看，一个男孩在换场地后说："看你一直在看，你也来打吧。"

我心里还在犹豫时，身子已经站起来了，走去男孩的一边。本来他一对二打一男一女还赢，我加入后，他赢的次数少了。我说："不好意思，我连累你输球，我还是不打了吧。"

男孩说："打着玩的，输赢不是目的。一起打吧，两个人打，我能喘口气。"

我们都打累了停下来休息时，我觉出男孩是喜欢我的，他试探着跟我说话，脚在沙子里使劲往下抠，这动作总打断他的话，使他不知道接下来要说什么。后来那一对男女走了，男孩也没有要走的意思。我跟男孩在海边坐到天完全黑下来，他说："我要回去了。"我等待他主动要我的联系方式，或问我要不要一起回去。他没说这些，我只好说："好的。"我站起来，看着他拿起背包背上走开。海边的游客还有很多，他那么离开，我一个人留在海滩上还是觉得很孤单，我希望他能回过头来看我。

我无趣地躺在海滩上，看星星一颗一颗从天空冒出头来，但可怜的它们谁也动不了，只能原地不动，伸长脖子四处张望。他回来了，站在我身边，然后像我一样躺着。他问我在这里住多久，我说，会住一阵子。他说他明天一早就走，跟同事去另一个地方参加公司的拓展训练。他问我，能要你的电话吗？我想说能。又想着他是游客，只是来这里玩的，又说不能。我说完，男孩没有回应，一会儿男孩起身走了。他往前走，我坐回原地，好像他没有回来过。男孩比阿文壮实，比我也高很多，快要有阿坤高了。但他跟阿坤又不一样，一开口说话总要先低下头再抬起来。可能是他那个样子让我觉得他也像个小男生。但是我后来又想想，觉得他还是不错的。

第二天一早，我到村里的停车场去，试试看能否再见着他，后来我并没有看见有团队的大客车离开。我回到学校教师楼去敲阿坤的门，怎么也没有人应。我又去敲张老师家的门，张老师来开门。我说阿坤不见了，张老师说："阿坤早就走了呀，走半个来月了吧！"

"他去哪里了？"

"深圳。"

"他说去做什么吗？"

"去跟一个人合伙开健身房吧。"

"你有他新的电话吗？"

"他换了电话吗？他没说他换了电话。"

我一时没有回应张老师的话，低着头站在门口。过一会儿了，张老师说："你要进来吗？"我不知道他是表示要我走的意思，还是真的邀请我。我抬起头看他，看着他稳重地站在门里，我点了点头。这样，我第一次走进了张老师家的院子。以前都是站在二楼偷偷地朝这里看，得以身临其境，才发现院子比看着大，也很整洁，地面青砖的缝隙里冒着细碎的小草也是整整齐齐的，好像统一播下的种子，又统一发了芽。

"你先在这坐一会儿，虞老师还在屋里，等会儿她才能出来。"张老师指着走廊上的座椅跟我说。

我不明白他的意思，只好听吩咐坐下。一会儿他端出一杯水来给我，清清淡淡的一杯水，我喝起来才知道是一杯茶水。几乎看不出茶水的颜色，要端到嘴边闻到茶香才使人留意到淡淡的黄绿色。

喝完这杯茶水，我觉出我的举动唐突，还不等虞老师出来，悄悄地离开了。

6

我没跟任何人打招呼，一点一滴地从教师楼搬走了我的大部分行李，只留了一套生活用品在这里。当我在一家外来人开的旅馆住下来，经常在村子里走动，才觉出对这个村子的陌生感。我也时常去外公的宅地看看，并不敢白天去，我怕遇着在那里养鸭的人。那是一个老太太，讲一口本地的白话，对我又热情又警惕，她之前见我几次总说她很快就会把鸭子清走，却总是没做。她说多了，我觉得那些话很假，可是我又不想揭穿她那些话说过很多次了。外公家的门窗都没有了，大门被一块块废弃的木板堵着，就是屋里的顶梁柱，有两个房间也完全没有了。仅剩的一间有顶的房间，鸭粪成堆，我投一块拳头大的石头进去，几只鸭子吓得嘎嘎嘎地飞出来，又不知该往哪里去。每逢这个时候，我非常有兴趣猜测哪一个是妈妈和大姨住过的房间。

我的生活非常无聊，在旅馆里待累了回教师楼来，在这边累了又回去旅馆里。我一天里最重要的事就是下楼吃饭，有时实在饭也不想吃，干脆一天都不吃了。

开始我不想去海边，我怕想起阿坤。但想念并不因我不去海边就不升起。我想明白这件事后，又去海边了。这时我发现想念也会消耗，当我坐在海滩上使出浑身的力气想念阿坤时，想念会像一缕烟一样慢慢从我的天门溜走。这缕烟别人看不见，就是我自己也不能轻易感受得到，要等我无趣极了，身体很累了，再从我身体里出去一丝气力都会使我筋疲力尽时，我才能感受到天门的地方有东西丝丝缕缕地往外冒。我想那或者就是我消耗掉的想念。

天气太闷热了，随时身上都要冒着细密的汗珠。难耐极了，我会赤脚在屋子里走。这时，往往会有一场畅快淋漓的大雨。待雨下够一阵，渐渐小了，之前飘进来的雨在走廊上积了一层水。我便在那层水里用力地踩踏，直到脚疼了。我停下来看下着雨的大海方向，海上面的天空比这边的天空更阴沉，一团白云跟很大一片的黑云相撞，白云像是被大货车挤压的小面包车，变了形状，往自己的身体里后退。白云变了形，示弱了下来，像无力的瀑布从自己的身体里顺流而下。

我尝试翻越掉了漆的栏杆，骑上去后我又想不到我要做什么。我骑在上面不动时看见了张老师从外面回来，看他从远处拐到家门口，看他推开门收伞进门。他进来后把门关上，往走廊下的横杆上挂雨伞的时候看见了我。他一改往常稳重的样子，惊慌地走到院子里冲我喊："乐乐，乐乐……"可能他也不知道我要干什么，喊叫的话并没有说下去，只是叫我的名字。

张老师很快地从他们那边上了二楼，到了我的面前。

这时我自己下来了，他好像比我还后怕，蹚着水过来拉我，直到把我拉到我的屋里才松开我的胳膊。我还是木然的，一直盯着他看。我看他放开了我的手，就盯着自己的手看，我的手还停在他放开的半空中。我就那么一直僵着手臂，张老师又把我的手臂给放下，我一把抓住了他的手。我往他的身上贴，把脸放在他的胸前。他穿着短袖衬衫，身上出了汗，衬衫上有淡淡的洗衣液的味道。熏衣草的味道。

他举起手尝试着抱抱我。轻轻的力气，我起初觉得是抱，随后又分不清是抱还是把我往外推。我抱着他，想紧紧地抱着他，可是我又不敢。他把我裙子背后敞开的拉链往上拉，拉好，说："你坐下来吧。"

我想我并没有跳下去的意思，可是我不想告诉他，我不想开口说话。我的房间闷热又潮湿，还有一阵一阵的霉味。张老师可能以为我一直住在这里，当他观察一遍我的房间后，回去拿了一台风扇过来。他来来回回地走了三趟，带来很多东西，热水壶，小凳子，干爽的衣服，床单，台灯，书。衣服显然是虞老师的，有些旧，但很干爽柔软。书是一本叫《我要去旅行》的翻译书，封面是一个女孩背着背包的背影。看背影脚下的影子，好像女孩行走的这天骄阳当头，好像阳春三月，又好像北方的初秋。我唯一的一次离开我住的城市就是在初秋去的北方，我想按照妈妈写废的一张快递单上的地址去看看没有写出的那个收件人是谁。我找到了那个地址，在北方一个老旧的四合院里，里面住着许多的人，房檐下杂乱无序地排满了自行车、炉子和矮柜子。这里住的人太多，没有人过问我是谁。我在院子里的一个石凳子前坐了两天，他们经过我像看一个新搬进来的邻居。

我没有拒绝张老师拿来的这些东西，他也没有解释这些东西是否经过虞老师的同意。我想这些都不重要，可能他想让我感受到一种关怀就够了，而我，确实感受到了。

阴雨的天气一时并没有晴，我住在这里没有去旅馆。天终于放晴时是周六，海滩有许许多多的人，雨停后的海清澈起来，但浪依然很大，涨潮后，浪能打到阿坤教我打球的地方。

我退了旅馆，重新住回了教师楼。我还是像以前那样偷看张老师和虞老师的院子。他们还像以前一样生活，张老师傍晚推虞老师出去散步，会偶尔朝我这边的阳台看一眼。有时他们回来张老师把虞老师停在院子里，虞老师也会朝我这边的阳台看。我这时多是躲在窗户里面，不让他们看见我。

好天气的晚上，他们也会坐在院子里，张老师会在虞老师的脚下点上艾草，时不时地还要把艾草的烟子往虞老师的轮椅下扇。他们交谈的内容我听不清，我只听到平平常常的声音，有时一问一答，有时就只是张老师问虞老师话。什么时候，他们坐累了进了屋里，我才会走到阳台上站一会儿。

7

我可能还在想念阿坤，也可能是不知道接下来的生活要怎么过。有一天远远地看见阿文，我跑过去拉住他说："阿文，我做你的女朋友吧！"

阿文一脸惊诧，躲开一步，说："你知道我有女朋友的。"

"没关系，我想做你的女朋友。"我心虚，但装着毫不胆怯地盯着他说。

"乐乐，我已经不喜欢你了。"阿文低下了头。

"没关系呀，你不喜欢我也可以做我的男朋友的。你以前不是发短信跟我说你觉得我的膝盖很美吗？我知道你其实是想睡我的，你做我的男朋友就可以睡我了。"我啃着手指甲说。

阿文低下头从我的脚一点一点地往我的身上看，一直看到我的脸上。他笑了一下，过来摸我的嘴。他问我："你又住回学校那边了？"

我说是啊。

他说，去我的旅馆吧。

我跟着他一起去了他的旅馆。

他不打算甩掉他的女朋友。他的女朋友是湖南人，很奇怪的，说着一口港台普通话。她开始可能不知道阿文带我上去做什么，后来就知道了。知道了却也不管我们。她叫阿茹，梁静茹的茹。她长得像梁静茹，太像了，闭眼时惊恐时，就连笑时露出的牙齿都像。连声音也像。她无趣时在旅馆前台坐着唱梁静茹的歌，淡淡的忧伤也像。她并不把我放在眼里，看见我当没看见一样。她已经是旅馆的"老板娘"，管着前台，就连阿文第一次把我带到他们的旅馆都是她给的房卡。

我跟阿文好了一阵子，谁也不说谁什么，只是一次阿文说："你肯定会走的。"

"阿茹不会走？"

"她走不走都没有关系，她帮我做事，我就养她。"阿文跟我在一起时讲白话,他早就知道我能听懂,有时我也主动跟他讲白话。我们都讲白话时,好像从小就是街坊邻居。

阿文到底还喜不喜欢阿茹呢,我不想知道,我只知道他们俩闹翻了,关系僵着,不进不退。阿茹跟阿文一样大,开始是住在他旅馆的客人,后来帮阿文打工,再后来她跟阿文说:"我都是你的人了,我不要工资了,我给你管旅馆,钱还是你的,我用钱时你给我钱花。"

阿文又说:"你要是不走,你不用给我干活我也养你。"

阿文说这话时我还没想到我会走,那时,他翻着我的身体,把我面向窗台。我不喜欢他把窗帘拉开一条缝,让我们的样子映在玻璃上。他不知道我透过玻璃能看见我们叠在一起的样子,也能看到对面的楼顶上坐着妈妈。渐渐地我不喜欢去他的旅馆了,还是常常在教师楼的二楼偷偷看张老师和虞老师他们的院子。

这里的夏天总是下雨,下过就晴。要是上午下了比较透的雨,下午就会凉爽些。我已经很久不去找阿文了,他找我几次我不下楼他也不来了。这天小学第一节课后就开始下雨,一直下到上午放学。老天爷很体谅上学的孩子一样,让孩子回家吃了饭来上学后又开始下。路被洗得很干净,浸不下去也流不走的雨水形成许多多的水坑。放学时雨小了,雨坑平静,开始明亮,只有树下还有水滴落到雨洼里,荡起一圈一圈的涟漪。这天,傍晚时很难得地吹起凉风,虽然空气还很潮湿,但风吹到皮肤上已经很清爽了。

我心情大好,从一个房间里搬出一张废弃的课桌,用水洗干净了放在阳台上用来坐。张老师看见我坐在二楼的阳台上问我：
"乐乐，你去海滩吗？虞老师要去海滩，你能帮忙吗？"

"好呀！"我心跳起来，一点也没有停顿，直接奔跑下楼朝他
们的院子跑去。

我去到下面，他们还在准备东西。可能因为风有些凉，张老
师为虞老师备了丝质的披肩。

我们一起朝外面走，起初我不知道怎样帮忙，我说我推虞老
师吧，张老师说不用，说他顺手。虞老师也说不用，说张老师顺
手。他们两个人说着一样的话，他们不觉得。

我跟随了一路，一个人走反而没有他们快。他们匀速地向
前，我有时要小跑着追一追。到了海边，我才算真正帮得上手，
跟张老师一边一人抬着虞老师下台阶到海滩上。

轮椅并不好在海滩上推行，张老师只是把虞老师停在一个
地方。他们竟然需要我的帮助，我一下子很开心，甩开夹趾拖就
冲到了海水里。我一直往海里去，想象着像一头鲨鱼或是一条石
斑鱼去往深海，直到又一个浪潮打到了我的热裤上我才停下来。
我停了下来回头看他们，他们欣喜地看着我像看着他们的女儿。
我跑到张老师的身边，听他叫我不要进海里太深，冲他嘻嘻地
笑着。

我开始往张老师他们的院子里去，让张老师教我下棋。原来
虞老师是会弹钢琴的，她问我要不要学琴，我说不要，她弹了两
首，我不知道是什么曲子，很抒情。我没有跟虞老师学琴，也没
有告诉虞老师是因为我更喜欢跟张老师学下棋，喜欢他衣服上淡
淡的洗衣液的味道。熏衣草的味道。

那时想到这里，我突然想起虞老师的衣服上也有这种味道，刚从洗衣机里拿出来熨烫的湿衣服上，刚从院子里收回的晒干的衣服上。后来我再闻到这种味道就想哭泣。我还留意到虞老师在家时大多是自己移动轮椅，移动轮椅洗菜煮饭熨衣，这些设施都是为她量身订做的，高度刚好，操作台下的宽度也刚好放下她的轮椅。另外，他们家有两个卫生间，有一个是虞老师专用，张老师上卫生间则是去另一个。我也去另一个，从不敢去虞老师专用的卫生间，我只偷偷地看那些从外面就能看到的横着竖着的扶手架。

过完炎热的夏天，立秋后，开始有凉风吹起，我在二楼的阳台上坐着。我还是坐在那张课桌上，打盹时，书和鞋子掉下一楼，阿坤的家里。我想，这是很好的机会，我跳下去看一看那里。

我到张老师家借晾衣绳，虞老师让我去解。解完我并没有马上就走，我说张老师快下课了吧？虞老师问我要张老师帮忙吗？我说是。虞老师去沏了茶，还是看不出颜色喝到嘴里满口香的茶水。喝完一杯，虞老师说："再喝一杯吧。"我说好。我又喝了一杯。虞老师问："还喝吗？"我说，好，再喝一杯。虞老师又问："你还喝吗？"我想了想，说还喝。直到这时张老师上了两节课后才回来，说跟我一起过去，他在上面看着。

绳子甩下去，我顺着绳子下去了，一层楼，三米二的高度，搁以前在学校我的性子一跳就跳下去了。现在我不想跳，我没有那些做傻事的热情了。等上来的时候，先让张老师拉上去书和鞋子，等他再把绳子丢下来我再往上爬。

我们在我的房子里待了很久，我问张老师，你怎么跟虞老师说？他说："你这不是摔到腿了吗？"我想想也是。我揉着右腿脚踝的位置。

这时，村委打来电话，说陈锦华回来了，叫我过去村委。

张老师没在意我的电话，示意他先走了。我挂了电话，咬着嘴唇，从鼻子里使劲往外出气。我的心一下子慌了，像饥饿那样空虚无力。

村子里不像夏天那么热闹，但是还是有从海滩上过来吃饭的游客以及回来住宿的人在村子里成群结队地走着。其实这时的游人也不少，只是不像夏天海滩上的人密密麻麻，村子里的人熙熙攘攘，餐馆里没有位置。这时的村子安静一些，人们走路做事可分辨节奏了。天还未黑下来，每家旅馆的招牌灯箱却已经亮起，远远地看那些街巷是要比白天更清楚村子的结构，每一条巷子的长短，以及每一家旅馆的位置和装修风格。这情景自然也不是三十多年前的乡村风格，想那时天快黑了，村子应该是另一番景象。那时的村子还未出现规则的巷子，房子从山脚下零落地散建下来，三五成群，两两结伴，有一两户人家可能是孤孤零零地自己待着。

我并不想见着陈锦华，我从来也没有想过要见到她，可眼下她出现了，我又想知道她长什么样子。我此刻脑子一片空白，没有任何选择地走去村委。陈锦华坐着，两个比我大的男孩子站着，村委的齐叔说他们是陈锦华的儿子，我认真看了看，相信应该是的，跟陈锦华很像。陈锦华比我妈妈端庄，比妈妈个头高，

秦/媛/媛/的/夏/然/然

乍一看有我妈妈的影子，经不住仔细看，我一看她那双眼睛，就知道只是眼皮像，看人的瞳孔是一点也不像的。妈妈看我是从来不转眼珠的，定定地看我，要把我看到她的身体里去。陈锦华看我，瞳孔散着光，根本没把我看进去。

我随齐叔的介绍向他们三位一一问好，说："您好。您好。您好。"

陈锦华说："我们住齐叔他们的旅馆，有些事我们在这里大致说说，明天你可以去我住的地方我们再细谈。"

"就这里说吧，明天我要出远门，去不了您住的地方了。"我掩饰着内心的慌张。

"也好，就我们几个人，这里说也方便。我比你妈妈大，按道理阿公阿婆去世了户主应该是我，但你妈妈把阿公阿婆的户头消了之后写了她是户主。现在她又去世了，但户头还没有从这里消掉。这个是早晚要消掉的，我要跟你商量的是，消除你妈妈的户头后你是单立户头还是跟我一起立一个户头？"

我听清楚了她在说什么，但我不知道会有这样的事发生。我一时不知道怎么答复她。我长时间没答复她。她好像有点等待疲惫后的烦躁，催促我说："我赶了一天的路，接下来几天还要办很多事情，你要明确态度尽早答复我，我好办事。"

我还是不吭声，看看她，看看齐叔，又看看她的两个儿子。看完他们两个我走神了，心里想他们的名字真是很有意思，一个叫迮新途，一个叫迮新程。迮这个姓我之前也没有听说过。

陈锦华站起身来，向齐叔微微低身施礼。然后站直了又跟我说："乐乐，你说你明天要出远门，不然我们可以好好叙叙旧的。

新途哥哥现在在香港工作，以后也会常常回来，你们也可以先认识一下。新程哥哥只比你大一岁，还在读书，他广东话讲不好，你可以多教教他。"

"我从没有见过你，我们有什么好叙旧的！我也从没有见过什么新途哥哥新程哥哥，以前不认识，以后也不必认识！"我无名恼怒地说。

陈锦华可能没料到我这么回她，头痉挛地摇了几下，装着镇静地说："别这么跟长辈讲话，让外人见了会觉得你没有教养。"

我一时被陈锦华的话呛着了，不知道怎么应对。

没等陈锦华说走，我转身出了村委。陈家的宗祠就在村委的旁边，我为了节省路程，穿过宗祠拐进了一条狭窄的巷子，这条巷子尽头，再拐上一条路就是村头的学校。

我想跑去张老师他们家，夜幕追捕着我，很快地跑到我的前面拦截我的去路。我只好闭着眼睛跑，想象着身体生出一团白色，像浪花一样包裹着我帮我冲出重围。

我推门而入，张老师坐在虞老师的旁边给她扇着艾草烟子，见我慌忙地冲进来只停了手中的扇子，也没说话。倒是虞老师先开口的，她说："乐乐，你不是崴到脚了吗，怎么还跑？"

我一惊，扶着一个柱子喘气。

虞老师又问："你这么急有事吗？"

我在走廊下的光亮处，比起我看他们，他们更能清楚地看清我的样子。一定是狼狈不堪的样子。

"我，我等会儿走，车在等着了，过来跟你们说一声。"我还在喘气，心里已经看见自己把东西往一个背包里收拾。我匆忙地往村外停车场走，努力瞪大眼睛看清路面，背包压着我，使我举步艰难。我想尽快走出村子，但一时又想看一看海滩，于是我拐去海滩，找到常常去的地方，尝试着对准以前躺下的地方把身子躺下去。我往天上看，见星星寥寥，甚是孤单。

秦媛媛的夏然然

1

　　文印室里，秦媛媛等待打印机出纸，感觉有人经过，抬头看，跟常主任望个正着。两个人都急了，常主任您打印呀？秦媛媛说。小秦你打印呀？常主任说。话没说完听着同声秦媛媛就觉得要坏事了，要出尴尬。正想接下来怎么说，还是常主任反应快，没有没有，找个东西。常主任走出去了。秦媛媛懊恼，怎么就是没人家反应快呢！

　　上午的时间，是大家自觉找事做的时间，默不作声地各忙各的，打印个文件，互相借个章子，找相关领导签个字。一般到了下午就没有要紧的事了，闲下来了。吃了饭，休息后无聊，张姐先没忍住，叫她，小秦呀，你不舒服去看看医生吧，我看大老板出去了。

张姐，我没事，这两天脸有点肿，人没事，等两天看看，要是还不好我再去看医生。秦媛媛说完不忘补充一句，谢谢张姐啊，也就张姐关心我了！话全部说完，秦媛媛对自己这次的反应有点满意，微微低低头，笑一下。她也知道，办公室平时数最秀丽的一张脸，最乌黑的一双眼，最浓密的黑睫毛，这时都数不上了，都像小孩子画画，分寸拿捏不好，把小公主画坏了。但有什么关系呢，她心里清楚，以后这种事情在她这里就不这么论了。

2

第二天是周四，再上一天班就又能休息了。秦媛媛比昨天有明显的不适，才上班半小时，困乏就上来了。还不想喝白水，想喝二楼西餐厅里的冻的珍珠奶茶。但上午的下班时间还没到，她不好出去买东西，心里因此有些小烦躁。她出去上了个厕所，到打印室里转了一圈，又到茶水室接了一杯水，十点才刚刚过。这时，前台朴美秀在工作群里发了个一碗白米饭的表情，秦媛媛心中一喜，马上想到中午要吃海鲜焗饭加珍珠奶茶。想到这她心里的小烦躁安静了下来。但她还不能马上点餐，她还要矜持一会儿，等有几个人点了她再点。她忍着吃海鲜焗饭加珍珠奶茶的这个美好念想，分分钟关注着工作群里的动静。她猜第一个点餐的肯定是项总裁的秘书，她一点就是两份，有时还可能帮老板和老

190   秦/媛/媛/的/夏/然/然

板的秘书一起点上。秦媛媛胜券在握，心里数着秒，果不其然，不出两分钟项总裁的秘书就要了四份套餐。接下来会是吴总、肖总或张姐。张姐一点，她们四个女的加三个商务司机就可以点了，也就不必再分先后了。丁姐点餐一般不会超出公司补助午餐二十块钱的标准，好像她吃什么都无所谓，能饱腹就好。其他人没有不超的，特别是她和常主任是要故意超出多一些的，这样显得她们虽然工资不咋地但生活还好，经济开支上不窘迫，或者这也能间接地说明她们的老公收入还不错。

　　这些小事怎么说都行，说微妙也微妙，说无聊也无聊。还是看心情吧，心情好了就比一比，什么事沉心里了十天半月也想不起来较这个劲。

　　点完餐，朴美秀报告完每家餐馆的送餐时间，紧跟着通知周六要加班，三个商务司机两个到岗待命，一个电话保持畅通随时后补。前台两个都要上班，办公室需要留两个人，张姐算一个，还需一个。

　　这种情况下多是要来重要客户，上午接待，下午开会，晚上有隆重晚宴。刚开始大家还图新鲜，想跟着见识一下一顿饭吃掉几万块钱的高档餐厅和大人物，后来兴致就慢慢淡了，不叫上桌心里落寞，叫上桌，桌上除了客人都是什么总，要么就是小姑娘秘书们，人面桃花样，分分秒秒娇滴滴，好像知道年华易逝，再不娇滴滴就晚了。何苦枯荷叶衬花红！前台的两个姑娘本来是文员级别，那时也都被介绍成办公室秘书了，只有她和常主任、张姐、丁姐像女管家，粗使的婆子。不加班，秦媛媛想，叫我我也不加班，都知道我这几天不舒服。

又一会儿，朴美秀说，你们不报名，就只好去请老板点名了。线上说话，不知道她的音容，更难知道她是否起身去了里间的老板办公室。

老板说叫常姐姐加班，秦姐姐好像这几天不舒服。报结果时，朴美秀来到大办室常主任的隔间说话，声音柔柔的，极好听。仔细听一个字是一个字，互不掺和，坚强而英勇。秦媛媛在常主任的左上位，听到后，心里准备着朴美秀找她说话。秦姐姐，我跟老板说了你这两天不太舒服，老板让你好好休息。声音也是柔柔的，极好听，说完，人就飘走了。朴美秀是朝鲜族，做过空姐，人特别美，像韩剧里走下来的一样。空姐不做来做前台文员，也怪让人奇怪的，但谁敢说什么呢，连老板娘都睁只眼闭只眼。朴美秀知道自己美，人可贵就在这里，知道自己美又让自己低调就很讨人喜欢了。嘴也甜，见谁都叫姐姐，不分职位高低。其实谁加班老板根本操心不到这一块，老板的秘书管国际大事，管美国那边上市与深圳这边结算中心的数据。朴美秀说是老板说的就是老板说的呗，这些都不过是小事，不打紧的。

秦媛媛没想加班，今非昔比，那些虚荣浮华她觉得自己很不在乎了。也可能早就不在乎了，只是当时没觉察。也可能仍在乎，只是她不想自己在乎了，累死人了。

3

女儿夏欣欣十六岁，读高一，就读的学校在附近，中午不回来，下午放学坐两站地铁回家。从读初二时，课业加重了后，开始回家晚，有时秦媛媛下班了欣欣还没回。秦媛媛算着时间会出小区门口接女儿。接到了两个人牵着手进小区，上楼，一起换拖鞋。拖鞋款式是一样的，大小也一样，都是 38 码，用以区别开的是颜色。欣欣的还是她从五岁时喜欢的粉红，秦媛媛的是湖蓝，她们有时也会换着穿，谁让两个颜色都这么好看呢。秦媛媛先换好，进了客厅，把包放在壁柜上过来接欣欣的书包。欣欣扭过身让妈妈取背包，突然做个小动作，踮脚看妈妈的脸说，老妈，怎么样？

秦媛媛没回话，抬眼瞪一下厨房，嘴里嘘一声。

欣欣一笑，没再追问下去。

诶，怎样怎样？好像更明显了耶！欣欣追到秦媛媛的房间又问。

可能排异，肿成这样！

欣欣赶快跑回房间拿来 iPad 搜原因，说正常的正常的，有的人会肿。

秦媛媛将信将疑地看欣欣搜索到的结果，是正常的，打针后水肿很正常，过几天就好了。秦媛媛放心了许多，跟欣欣去吃晚饭。

老夏这个点上不回来就肯定不回来了，爷爷先吃了晚饭下楼锻炼身体，餐桌上三个女人吃饭。

婆婆饭间搛菜时借机看了几眼秦媛媛，把菜放进嘴里后抿着咀嚼，咽下去后也是把嘴抿得紧紧的，直到再搛菜才会再张嘴。

她们刚吃完去洗碗，老夏回来了。等她们洗完碗出来老夏在看电视，欣欣坐到老夏身边说，老爸你是不是刚抽过？老夏盯着广告说，昂，半根。欣欣用手做枪指着老夏，嘴里发出 biu 的一声。

秦媛媛搭话说，欣欣，让爸爸慢慢来。

奶奶饭后下楼找爷爷去了，找到了就一起回来了。开门见儿子在家，打个招呼，吃饭了吗？以为你回来吃，你妈给你留着呢。

吃了。

这个点不上不下的，哪吃的啊！奶奶接过话说。

办公室吃的。加班，统一叫的快餐。

再吃点，我给你热去。

不吃不吃，等会儿去健身。

可别减肥，你又不胖。

不减肥，就健身。

爷爷又插上来说话，烧钱，去健身房，健身房里有的那些小公园都有，你早点回来跟我去小公园练。

好好好，我回头跟你去小公园练。老夏仍看着电视，敷衍爷爷。

一个家庭再日常不过的对话，秦媛媛知道，老夏不这么打住，再往下聊又会起争执。争执也无非是老一辈说他们不知道节省着过日子，非得烧钱去健身房。老夏健身房的卡是她给办的，她舍得出这个钱。

天气阴沉了一天，这会儿突然响起了雷声。一家人沉默了一会儿又有了新话题，说天气的事，都希望下一场大雨。但雷声滚过几个又没动静了。电视剧也放完了，又是广告，都没心思看，各自从电视前起身做自己的事去。这时爷爷刚冲完澡进了屋，奶奶的声音从屋里出来问欣欣要不要先洗，她也就习惯性这么一问，没等欣欣回应，已从房间出来抱一包衣服去了卫生间。

4

周六，欣欣补课，老夏补觉，秦媛媛一个人去了港大医院。孕前检查是在港大医院做的，但输血清和做粘连手术都是在香港做。还好，这位医生是一位闺蜜介绍的，她刚怀上。

再观察一周，要是排异减轻了，下周能做排卵准备。

秦媛媛觉得累，回家就躺下了。中途起床上厕所干呕了几声，又回去接着睡。老夏准备出门，叫她记得吃东西，秦媛媛说好，连身也没翻过来回老夏。

欣欣五点回来，见秦媛媛在吐，说这不行这不行，妈妈，我陪你去医院。

去了医院看内科急诊，有低烧，检手指血。结果出来让转妇产科。妇产科验小便，没发现什么。又让抽血做进一步检查。欣欣给爸爸打电话，叫老爸来医院陪妈妈。老夏说，谈事呢。欣欣气愤地说，你就是这样做人家老公的？！老夏怎么反应的呢，只见欣欣更愤怒地结束了电话。她脚随着一跺。欣欣本来指望老爸来接妈妈，然后看着老爸温情款款地照顾着妈妈，像电视里看到的那样，像她出生前，他们情投意合，两情相悦，因为爱情喜结良缘，最后生下她这个爱情结晶，不想最后是她自己叫的滴滴陪妈妈回的家。

回到家，欣欣把妈妈扶上床，转身时说，就没见他关心过你，跟他离婚算了。

说什么呢，小丫头片子，你知道什么呀，离了你将来怎么办啊，一堆的事，上大学，出国，工作，买房，哪一项不是钱！妈妈可不希望你为了一套房去嫁个什么人，越是女性，越要独立，你什么都有，都不缺，就不会低头于人。欣欣嘀咕什么，秦媛媛也没听，继续用俩人平时借嬉闹交心时的语气接着说，咱们是朋友是闺蜜才这么跟你说。再说，妈妈可没想过离，你爸爸很不错了，咱们没钱时，他努力工作，尽量对我好。现在他有钱了，人也闲些，开始对妈妈好了，这你应该能看得出来。一段婚姻解除，要么是过不下去，要么是，遇到了更合适的人，这两项，在爸爸妈妈这里都不是，所以为什么要离？秦媛媛避免了"出轨"一词，这个词可不是随便能跟孩子讲的，成闺蜜也不行。

那你就受着吧。欣欣听妈妈那么说，回了气话，动作倒温和了，轻轻地关了门。

秦媛媛不抬眼看欣欣的背影，她知道这孩子心里的小情绪简单不了，可也拿不准她是什么原因，又不能拿着衣架粗暴地问，比如，你才多大，整天爱情爱情离婚离婚的，你不好好学习，脑袋里到底在想些什么？网上流行说"亲生的"，但她这个"亲生的"妈妈是差点什么的。

爷爷奶奶在办签证，要去日本自由行，看看日本的马桶盖是不是真的那么好。又说顺路去台湾。十几个老太太老头子纪念高中毕业多少周年组织的活动。秦媛媛想，真有精力啊，跳舞、练剑、唱歌、爬山、背包旅游，偌大的世界不过是他们的游乐场。秦媛媛又叹，他们是真解放了啊，心中只剩下了吃喝玩乐。

秦媛媛昏昏沉睡着，醒来时天黑了。秦媛媛走到卧室阳台，听到欣欣在咯咯笑，又听，在打电话。欣欣说，我妈真不舒服，明天吧，明天上完XXX（补习机构名称）就说同学生日，去看你打球。说完又说，别露肉啊，露肉咬你。

秦媛媛清醒着，她知道这几年也没白对欣欣好，这个孩子是知道对妈妈好的，可是她已经不是小欣欣了，她马上十六周岁，是急不可待想要成年的人了。秦媛媛料定了欣欣在谈恋爱，男孩她也见过，高个，有礼貌，因为都穿校服，她是从配饰上判断，看发型、鞋子、手表、手机、项链、背包这些，他用的这些，家境不会差了的。还有脸上，皮肤的光洁是日日月月好好洗出来的，不是手一抹随便洗脸的孩子能有的好看微光，这没有好的条件、家人好的关照是不可能有的。可是他们发展到哪里了呢？最坏会发展到哪里呢？欣欣这个孩子是姥姥带大的，小学三年级姥姥去世才去了奶奶家。爷爷奶奶都有工作，为着退休前升一级多拿一些退休金，那两年多也没顾着这个孩子。六年级下学期，她才把欣欣接到深圳自己带。小升初的整个暑假，秦媛媛断断续续请了一个月的假陪女儿补课，她们母女的感情不是从欣欣一来到深圳就培养起来的，是从这年的暑假。这样磨合一年后，到欣欣十三岁，好像一年之间什么都转换好了，孩子也什么都懂了。刚开始，欣欣也知道要跟妈妈掏心，也知道要把妈妈当朋友，因为终于回到妈妈身边，也因为妈妈是跟她掏心的，是把她当朋友的，当闺蜜的，是秦媛媛教给她的一个词"忘年交"的关系。双方都掏心，都已经是朋友了，但是，就是，还是隔着什么，有什么东西不彻底。又过一年，随着欣欣对事物理解得深了，会开玩笑了，会以玩笑插科打诨地探知事了，她嬉笑地问秦媛媛，我猜爸爸不是你的初恋吧！说说你的初恋呗！秦媛媛就跟欣欣说她的初恋，隔壁村的，有两个哥哥，他最好看，脸也白，好像跟两个哥哥不是一个妈生的。真不是一个妈生的？傻子，形容，就是形容。喔喔喔，好好好，接着说，说说你们第一次约会。母女俩就这么聊天，秦媛媛想好了要更进一步地跟欣欣做朋友，做无话不说的闺蜜、姐妹、哥们，掏心掏肺的那种。但欣欣着急地追问她，亲嘴了吗？秦媛媛心里还是犹豫了，她认为不能说亲了，但为了"诚实"以待，只好说，亲了。说完，心里抹过一丝不适，或者当时也没亲，但这时若不说亲了，欣欣如何信她呢！欣欣需要的答案难道不就是亲嘴了嘛！这个孩子是以越界以大尺度来判断她跟她够不够交心的！秦媛媛发现这个，也用相同的方法问欣欣，想让她知道，你看，我跟你一样，也可以跟你越界，也可以跟你大尺度来交心。所以秦媛媛就装作无不自然的语气说，说说你男朋友呗！唉呀，有什么好说的，我们又不是真的谈恋爱了，我们都不说话，他只是让大圣跟我说他喜欢我。大圣是欣欣班上的男生，秦媛媛见过，请过他吃冰淇淋。原本秦媛媛以为欣欣的男朋友是大圣，这么聊天时才知道不是。

5

新一周，秦媛媛还是脸肿着，精神倒是好了。到了周三，水肿消下去，人又好看了。

一个什么人要来，叫她安排招待，秦媛媛借故说身体还没好，希望有人代替。一来一回都是线上说的话，朴美秀突然不说话了。她是可以这么跟公司任何人甩脾气的，只要她想这么做。中午吃饭时，去茶水间取饭，听张姐嚼话头，苗苗主管什么什么的。秦媛媛取完饭回到自己的办公桌前吃饭，不小心吃到了花椒，麻味把她刺得一激灵。有什么意思呢！让她们招待去吧，常主任也好，从秘书上来的苗苗主管也好，也该是别人的天下了。她下午要去银行，办些琐碎的事情。她现在更愿意做这些琐碎的事。

虽然张姐的话她一时还摆脱不了，她已决定不搅和了，甚至，甚至这份工作都可以不要了，安心回到家庭去。这三四年老夏发达了，房贷还完了，不需要她的这一份工资了。老夏，他的钱还不至于不给她花，他们的关系终究没坏到去离婚的地步，他们还是可以说说话的，比方老夏说，媛媛，这条领带这样搭还好吧。又如，这双鞋子你刚给我买的吧！老夏，他还是借这样生活中的细微表达着对她不忘记不忽略的，就好像说，老婆，我把你的信用卡还了，老婆，我回来了。就是，终究没撕破脸，我不知你对婚姻有过质疑，你也不提我心动摇。就是，心里的斗争也好，自己的挣扎也罢，都过去了，原来的那个人，那颗心在外面也没找到更好的去处，累了，都回来了。

秦媛媛去完银行没回公司，准备直接回家。这周要做排卵检验，打排卵针，休息好，人放轻松是她的任务。想着，她又想到欣欣，四点半，再有一会儿，欣欣要下课去补习班了。秦媛媛不想给欣欣发信息，想偷偷地观察一下她，她做好了心理准备，就是这孩子跟男朋友约了一起去补习班，路上一起吃零食都没关系，现在的孩子都发育早，接触的信息多，谈恋爱了都没关系。秦媛媛又想到欣欣都要十六周岁了。

　　秦媛媛在欣欣去补习班的必经之路上的一个小书吧里的二楼找个地方坐下，这位置正好观察十字路口，巧的话，能见欣欣走个九十度角，合起来少说五十米的路程。五十米，能发生很多动作。

　　秦媛媛无心看手机，盯着路面看。果不出她所料，欣欣跟一个男生从远处走来，他们还要拐个弯转向另一条路。先是正面，后是背影，秦媛媛看得很清楚，他们吃着什么，嬉闹着，身体撞一下，撞一下，好好走一段，又撞一下，直到背影远去。

　　秦媛媛起身结账。

　　好像很放心了，但天黑后她还是出门坐地铁到补习班的楼下等欣欣。欣欣跟男生一起出楼外，一起往地铁口走，但他们没去坐地铁，经过地铁口又往前走。直到快到下一个地铁口，他们停下来，亲吻，拥抱，缠在一起。秦媛媛几次想过去打断他们，却是咬着舌头忍了又忍，她相信欣欣会回家的。或者她在跟谁打赌。欣欣抱着男孩的脖子，男孩的手在欣欣的腰上，看动作，是欣欣更主动些。

　　秦媛媛拦了出租，祈祷着要比欣欣更早一步到家。坐上车后她头脑清醒了，人也放松了。欣欣下地铁还要走七百多米的路才到家，而她则可以坐到小区门口，她是可以比欣欣先到家的，于是，她长长地吐了一口气。

公婆不在家，老夏这几天反而回来得早了，秦媛媛问老夏吃什么，老夏说叫菜上来吧。秦媛媛说外卖到家味走了。老夏说叫小区里的餐馆连盘子端上来。秦媛媛脱了丝袜，把西服裙换了棉布裤子，把真丝衬衫也换了T恤出来，说，好啊，然后去抽屉找菜单。老夏说他看过了，菜单在沙发角柜上，叫了猪肉汤，清蒸湖鱼，又炒了俩小菜。说了又补充，你看够不够。秦媛媛说，啊，你叫过了啊！老夏说，刚才叫了，还可以加。秦媛媛眨了下眼，老夏这行为让她意外，不知怎的，她突然小心翼翼起来，动作缓慢地坐在了老夏旁边。老夏说，你这衣服是欣欣的？不是，一起买的，颜色一样，图案不一样，你看我这是长颈鹿，欣欣的，唉，这孩子长不大，自己买小熊的，叫我也买小动物的，还差点给你买大熊的。说完秦媛媛失笑。老夏认真一看，也不知道看出是长颈鹿没有。秦媛媛觉得老夏难看出来，长颈鹿的身子窝在她的右侧，头从左侧的口袋里出来的，他坐在她的右侧，哪里看得全。看过，两个人都没说话，盯着电视看。说来电视也真是个好东西，谁跟谁无趣了，又非得坐在一起，看电视就成了有趣的事。

欣欣推门进来看到他们挨着坐看电视，惊讶地说，大人谈恋爱，小孩子是不是要回避一下啊！

瞎说什么！

搁往常，秦媛媛或者会说，你也坐过来一起谈谈恋爱。但今天这话她说不出口了，被什么堵着了。

呵呵！欣欣面无表情地进了自己的房间。

欣欣还在换衣服没出来，或者换完了在屋里磨蹭，送餐的来了，果然如老夏说的，用了两层的篮子连盘子送上来。客家的原盅炖猪肉汤，清蒸湖鱼，水瓜清炒鱿鱼，牛肉炒山药片。

6

给我妈弄点好吃的，唉，这个家也就是我关心秦同学了。

又瞎说，你爸不也关心妈妈嘛，这菜你爸叫的。秦媛媛打圆场。

老夏认真吃着饭，好像不知道母女俩在因为他打嘴仗。

欣欣一直擒水瓜。水瓜滑溜溜，秦媛媛拿了勺子帮欣欣舀，又给老夏舀。欣欣看一眼爸爸，说，谢谢妈妈。秦媛媛认真地回，不用谢。一顿饭闷闷地各吃各的。吃完欣欣好像还有气，起身回屋。移回椅子时没忍住还是说了一句，本同学有事，今天请老夏同学帮秦同学洗碗吧！秦媛媛说，不用你爸洗，饭馆的碗，随便洗洗让人收去，人家回去还得洗一遍的。

老夏这时好像才反应过来，说，我洗我洗。

说起本什么什么是欣欣五岁时闹的一个笑话。欣欣随姥姥来深圳，看电视时问姥姥"本小姐"是谁。姥姥笑，说是说这话的人对自己的称呼。秦媛媛一直不在欣欣身边，难得一次周末休息了想陪欣欣玩讨欣欣欢心。但欣欣自己玩得入迷，玩具的小零件掉了也没在意。秦媛媛看见了捡了起来，本来放到玩具盒就好了，但不是想讨好孩子嘛，就说，这是欣欣的玩具吗？欣欣一愣，点了一下头。一会儿好像又反应过来了什么似的，说，请叫我"本小姐"。秦媛媛一愣，说，啊，我要叫你"本小姐"吗？秦媛媛是蒙了，不知道被什么把自己搞糊涂了，一时绕不明白。但欣欣很坚持，面无表情地说，是的，请叫我"本小姐"。秦媛媛无趣地走开了，去了厨房，找姥姥诉苦去了。姥姥听了秦媛媛的诉苦哈哈大笑，说是跟电视上学的。之后的好些年一家人讲起欣欣小时候总拿这件事开玩笑，都叫她"本小姐"。后来欣欣也学会了自嘲，让人称她为"本什么什么"。

爷爷奶奶旅游后，老夏回来得越来越早了，这微妙秦媛媛发现了，会心了，什么事更主动了。

事歇，秦媛媛说，叫什么？

老夏没吭声，抽纸抹潮湿的额头，又抹脖子，腋下。

洗洗去吧。

不想动。老了。

是老了。秦媛媛叹。

像第一个时的规矩，男的你取，女的我取。

那就还用那个。

你倒会省事！我省不了，用过了，只能再想一个。其实我想过了。诶，你想知道叫什么吗？欣欣，是欣然同意的欣欣，那这个就叫然然。夏然然好不好？

秦媛媛断断续续地说，老夏打呼噜，好像睡着了，又回说一句，好。

时间真快，爷爷奶奶旅游二十天归来的日子就到了。老夏去接，问欣欣去不去，欣欣也懂事，她不去妈妈就得去，她知道妈妈奶奶之间关系一般，就说去。可是到了楼下，欣欣在路口等老夏拿车，老夏开车过来说，你别去了，爷爷奶奶刚刚落地了，说东西太多，你去了没地方放东西，接回来了你再下来帮忙拿。

　　欣欣眼一白，停在原地看老夏说完话径直往前走。这时欣欣的手机提示灯亮了，她打开手机看信息。然后手指舞动回复信息。小区旁边就是公园，欣欣把手机关了去了公园。

　　男孩打了架，简单包扎了手坐在树下，欣欣到后，抱了男孩的头看了又看，末了吻了又吻。

　　秦媛媛做人儿媳也不会太失礼，她想着车到楼下了是要下去拿东西的，收拾好家务，提前下楼转转。她算着时间，把公园走一圈车就回来了。秦媛媛入公园的时候看到欣欣跟一个男孩准备过马路，她很自然地跟踪在后。她知道不能打草惊蛇，想看他们往哪里去。

　　过了马路，拐进松园路，欣欣他们去了一家酒店。好像两个人并不慌张，有序地办着手续。秦媛媛压着火气录了录像，跟踪了过去。但去到酒店楼梯间，见电梯下来了，秦媛媛无法知道欣欣他们停在了几层。

　　一家快捷酒店。秦媛媛向前台说明了身份，要看住宿登记，前台自然不给看。秦媛媛只好打了老夏的电话。老夏在开车，说，你说你说，我开了免提。秦媛媛一听老夏开了免提更不会说了，怕爷爷奶奶知道，说没事没事，看你们到哪了。

　　秦媛媛冷静分析了一下，欣欣跟老夏下去接爷爷奶奶的，欣欣没在车上，而老夏并不知道欣欣没回家。但欣欣肯定没跟爸爸说去哪，不然老夏会让欣欣跟妈妈说的，只要老夏这么交代了，这个孩子还不会不执行。她终究是不敢违抗爸爸妈妈的，这个孩子心里怕了，不像以前，没有爸爸妈妈还有姥姥。她从九岁多就没有姥姥了。想到这，秦媛媛给欣欣留了语音，问她在哪，说爷爷奶奶快到家了。

约摸十来分钟，欣欣从酒店出来，在门口冲手机说话。秦媛媛几乎同时收到了欣欣的语音。

妈妈，爷爷奶奶买的东西太多，爸爸说我去东西放不下。我在楼下遇着同学，我们就到公园跑步了，我现在就回去。我们在车库等吗？

一大串的话，有理有序很快说完，显现是在心里排练好的。发现得及时啊！万幸啊！秦媛媛听完语音，整个人大松散下来。不能揭穿她。要当作什么也不知道。秦媛媛没敢发语音，怕身体颤抖声音不自在。秦媛媛发的文字，告诉欣欣不急可以再玩一会儿，快到了她告诉她，到时在车库停车位等。

秦媛媛看着欣欣往公园方向走，看着欣欣入了公园北门，而她则往小区的方向走，她要找个地方好好坐一会儿。

7

期末，欣欣快考试了，她叮嘱过欣欣考好考不好都不要太在意，考好了分个尖子班，考不好分到普通班。普通班也没有关系，高二还有一年可以努力，逆袭了当然好，不逆袭还有本科可以缓冲，再考个理想的研究生也不晚，她说得轻松的，就是多玩两年呗，妈妈又不着急你赚钱养家。

欣欣当时亲吻了妈妈，也没多说话，用低低的声音说，好妈妈。剩下的情意就心照不宣了。

秦媛媛确实没想要欣欣考上名校，若孩子凭的聪慧考上的当然好，若考不上就慢慢熬，人的一生早晚都是熬。没有压力的熬是福气呢，是天真，是快乐，是幸福。她不想再看到欣欣刚到深圳那年写日记，全是姥姥我怎么办，我的好姥姥你在哪里……呃，那些稚嫩的句子看着太让人心酸了。姥姥走后的两年里，这个孩子的心里可能是苦过的，不，是肯定苦过的，当一个至亲至信的人突然失去，在一个新环境触碰到的又都是冷漠，她就会像个刺猬一样向内缩了进去……就是，再不敢放肆了，再不敢天真了，再不敢依靠谁了……秦媛媛不想想起这一段，她觉得太对不起欣欣这个孩子。想到这她自然憎恨自己，每每这个时候不免要责问自己，秦媛媛那个时候你到底在做什么，风光浮华就能使你弃一个九岁的孩子不顾？想想，她又想起，这不光是她一个人的错，还有老夏，为了分担房贷，老夏并不同意她回去照顾孩子。那时他们还不能接孩子来深圳读书，那时他们还没有深圳户口，那时还没有积分入户这个政策，孩子还只能在户籍地上学。

秦媛媛到底是没忍住，周六傍晚，老夏不在家，爷爷奶奶下午出门练唱没回来，这是秦媛媛周末最美好的时光。她慢慢地过着，算着欣欣快回到家了，躺在客厅的沙发上睡着。欣欣不一会儿回来了，见秦媛媛躺着，小心地把门往墙上靠，然后到妈妈身边查看。秦媛媛睁开眼，说，欣欣回来了！气息游离、轻薄，尾音快要听不见了。欣欣问，妈妈怎么了？又打针了？又排异了？欣欣说着，甩下书包，过来沙发边看妈妈。秦媛媛几乎没睁眼睛，只说，没事，没事。可欣欣紧张起来，也哭起来了。妈妈，你真的那么想再要一个吗？难道有我你还不够吗？你们大人到底是怎么回事，叫你们生一个就生一个，还把我一个人放老家，我那时要是有个弟弟妹妹日子也好过啊！现在我都这么大了，你们又要生二胎，你跟爸爸是觉得我不够优秀吗？是我让你们失望了吗？

秦媛媛没料到欣欣会有这样的想法，她想解释说不是，她到这个年纪了又要生二胎，是现在才许可生二胎。秦媛媛见欣欣哭了，有点装不下去了，起身握着欣欣的手，说，宝贝，不怕的，妈妈没事。妈妈有你够了。但这样说好像不能安抚欣欣，秦媛媛想了想，在腹中简单组织了一下语言又说，但妈妈觉得对不起你，你出生就把你放在老家，你那么长时间都没有跟妈妈在一起，妈妈不是称职的妈妈。妈妈是想，爸爸妈妈早晚会老的，生老病死，爸爸妈妈陪不了你的时候，你能有一个亲人。男的也好，女的也好，你终究有个最亲的人。欣欣说是不是？

欣欣不哭了，看着秦媛媛，不知道说什么好，她可能也没想到妈妈是这么想的，原来她想的跟妈妈不一样。

秦媛媛看着欣欣的表情，见欣欣慢慢从伤心中缓过来，说，你去妈妈的床头柜里拿个小瓶子，妈妈吃两粒药。

欣欣放下背包去拿了。又端了温水。也没有字，这是什么药？

缓解排异的药。倒出两粒就好。

秦嫒嫒吃完药，说睡一会儿，叫欣欣做自己的事去，不用管她了。欣欣还是坚持蹲着看着秦嫒嫒吃完药才站起来。秦嫒嫒抬头吞水送药时，看到欣欣的耳后红了一片。是什么过敏？是撕扯？还是什么？或者，她刚才那么哭并不是因为心疼她？秦嫒嫒不想弄清这个问题，这会儿这个问题问起来她真的觉得浑身不适了。

爷爷奶奶回来，秦嫒嫒去屋里躺着。小时工跟爷爷奶奶一起进门来的，提了一些菜，大声地说着话。

小时工是爷爷奶奶旅游回来后请的，每天来三小时，主要是煮饭、拖地。怎么会突然要请小时工的，秦嫒嫒也没问，他们说请，她就同意了。她自己也乐得有人煮饭洗碗打扫卫生，不用总要装得很愿意洗碗的样子。

秦嫒嫒看了看床头柜抽屉。四五个杜蕾丝散放在抽屉里。她想，欣欣那孩子应该是看见了的。

吃完晚饭，老夏还没回来，欣欣到秦嫒嫒的房间，问秦嫒嫒，妈妈有什么话要跟我说吗？

没有啊！是欣欣有话要跟妈妈说吗？

欣欣说，没有，就是没事关心关心秦同学。欣欣一下子调侃起来。秦嫒嫒一笑，说谢谢。两个人都一肚子的话，嘴上却是没话说的，都笑笑。笑了又笑。后来还是欣欣抱了抱妈妈，叫秦嫒嫒好好睡觉。

还有两天欣欣生日，紧接着就是期末考试。先是在家过了一次，欣欣又出去跟同学过了一次。秦媛媛说，不请妈妈啊！欣欣说，好吧好吧，请秦同学和夏同学出席。夏同学就免了，他那么无趣的一个人。妈妈就去一会儿，帮你们点完菜，买完单，你们慢慢玩慢慢吃，也作为家长礼貌上出席一下。

呵，我怎么这么幸运，捡到一位这么懂事的家长！欣欣用傲慢的语气说。

秦媛媛拿捏着分寸的，下午两点先去订了KTV的大包房，订了大蛋糕，订了奶茶、可乐，订了各种小吃和比萨，都是孩子们爱吃的。等这一切忙完，同学们也到齐了，秦媛媛见到了那个孩子，喔，不是初中的那一个了，又是一个新的了！地铁旁，快捷酒店，眼前的这个，还好还好，这一串的，还是同一个人。秦媛媛把事情做完，跟孩子们一一道别后离开。

不能有什么意外的，她说是作为家长礼貌上出席一下，实际也是想大家都要礼貌点，懂事点，不要闹出什么乱子。别看她没有给孩子们买酒，现在的孩子手上都有钱，她前脚走，后脚有人就去买酒都有可能。高中学生在party上偷偷喝酒，喝酒出事的不是没有，这个时代常常有人闹出些出格的事，一桩一桩，吓得人心惊肉跳。

秦媛媛出了KTV，坐了电梯下了楼。阳光正烈，她拐了一个街角，一家出国游学、留学的机构在做推广，她接了一张纸，被人引到不远处的门店内。店内冷气很足，她刚经引导坐下沙发，心里就已经明镜了，她是来乘凉的，让欣欣出国她还没有想过。这个孩子好不容易才跟她做起朋友，不能还没牢固又把她推出去。非要赶时髦让孩子出国读书，怎么也得大学后，成年了，她们的关系牢不可破了。

六点，欣欣补习班的考勤提示信息还没有到她手机上，又等了十分钟还是没有。秦媛媛打了KTV的电话，问7881房的客人走了没有？商家出于职业的原因，跟她核对了订房人的电话及付款信息，秦媛媛一一说了，KTV说客人已经走了。秦媛媛多了个心眼，问几点走的。KTV服务人员说，五点走的，秦媛媛觉得没问题啊，她订了三个钟头的房。她正想这中间的一个小时欣欣能去哪里，没提前去上课现在又在哪里。正这么想，已到了六点半，欣欣补习班打卡的考勤提示信息终于才来，秦媛媛大出一口气：虽然迟到了，终于还是去上课了！

8

因为工作无趣，秦媛媛利用工作关系之便找熟人查了老夏名下的财产，她就是一时想起那天下午，出国留学的工作人员说的父母一方名下财产证明的事想起来看看。不一会儿对方发来一条明细到秦媛媛的微信上，一辆本田，两套地址详尽的房产。两套？怎会是两套？不是为了欣欣上初中买学区房卖了原来的一套才买的现在的一套房吗？原来，那套房没有卖的！那么老夏如何有这么多钱又买了一套房的？当时老夏可是叫她写了授权由他处理那套房的，他们还去了公证处，然后关于如何评估如何卖的，她没有过问。那个时期他们的关系刚好怪怪的。秦媛媛换了衣服出门，想找个人出去坐坐聊聊天，可有什么人好叫呢，闺蜜怀了二胎在保胎。秦媛媛不想去公园，怕遇着熟人，最后只好自己一个人沿着深南大道走，使劲走。

原来老夏是防了她的，把第一套房的所有权改成了他一个人，这么多年也没告诉她事实，而她，早已忘了老夏衬衫上的口红和肩上牙齿咬过留下的淤青。那么严重，她看见时已经紫红了，然后转青，然后结了疤，然后去了痂有着牙齿宽窄的白化带。又后来粉红，慢慢地无痕。而她，一心想要再跟他生个孩子，主动、努力地促进着关系，老了老了，还穿上了情趣内衣。秦媛媛一阵恶心，几欲要吐，又吐不出来。

直接问他？他要说是爷爷奶奶的钱呢？这么撒谎还好，有时候实话比谎言更可怕。如果他照实了说是防了她一手，怕那个时候他们万一离婚什么什么的，这层窗户纸捅破了，接下来的日子还怎么过？

熬到下班，秦媛媛早准备好了先走，要卡着点地去刷下班卡。秦媛媛的行动可能太明显了，常主任从哪里回来办公室跟她擦肩而过，没料到的惊讶，说，啊，下班了啊！秦媛媛已走出了办公室门口，听到了也没回头。张姐回的常主任，说，快了吧！张姐说完，办公室从多个格子里发出一片伸懒腰的声音。不知是谁没忍住刻薄地说了句，要不我也生个二胎，休上八个月。有人接话，谁说的能休八个月？有人回话，何止八个月啊，还可以晚上班早下班，街道办上次来公司发文件还说要公司给生二胎的奖励呢！

这么好的事都有，真是活久见！

你也生一个！

瞎说什么呢，生孩子是你们年轻人的事，别扯上我们老婆子！

什么老婆子，伊能静四十六岁还生呢，你还差点。

人家是明星，保养得好，我这黄脸婆！

能不能生二胎，跟脸还真没关系。

办公室一片笑声。

秦媛媛去了一趟药店，走了七个站回家。

回到家欣欣还没回。她换了便衣，把灯又关了在床上躺着。

好像是欣欣回来，听着她换了鞋，经过客厅，拐弯，扭开门进了自己的卧室。秦媛媛起身开门，走了几步拐弯猛地把欣欣的门打开。欣欣可能正在换衣服，光着身子。秦媛媛见到返身关了门。她想不对，为什么一丝不挂？换衣服有必要一丝不挂？秦媛压着气敲门问，我可以进来吗？

你不是都进来过了吗，还问什么？

对不起，我忘记敲门，现在我可以进来吗？

可以，请进。

欣欣已经套上了便裙。便裙是针织的，粉色和灰色的撞色，很干净很好看。针织面料柔软，欣欣的上身鼓起尖尖的两起鼓包。秦媛媛拿眼看欣欣换下的衣服，她想努力识别出校服短裤里是否裹着内裤。她也想努力地从针织便裙里识别出欣欣身上有没有穿内裤。欣欣坐在床上一动不动，身子部分陷在床垫里，裙子面料在大腿根处又刚好折起皱来，秦媛媛看了又看，还是不能确认欣欣有没有穿内裤。

看得出欣欣有准备地沉着气等着秦媛媛先发声，秦媛媛看着欣欣，又低下头，等把一盒杜蕾丝放在书桌上，才大方地看着欣欣说，我只是希望你学会保护自己。我想过偷偷地放在你的抽屉里，最后还是觉得当面跟你说这事才好，照说我们是朋友，从女性的角度讲，我比你年长，应该告诉你一些更细微的事情。但我们不光是朋友，还是母女，有些话又不好讲，所以希望你自己上网查查，一个女生应该怎样保护好自己。未成年怀孕了会是什么后果。甚至是还没结婚的成年人怀孕了是什么后果。

欣欣看着秦媛媛把话说完，本来屏着气坐着，在秦媛媛讲完起身走时，忽地一起身。起了身也没做什么，看着秦媛媛离开。秦媛媛刚关上门，欣欣在后面拿了什么砸在了门上。好，终于发作了。发作好。欣欣发作了，秦媛媛反而觉得一身轻，好像是她把一身的气发泄出来了一样。

秦媛媛回卧室躺着，她也想这么发泄一回，但她要是这么对谁，又拿不准后果，想着想着默默地流了眼泪。欣欣进来了，手里拿着杜蕾丝往她床上一扔，声泪俱下地说，秦媛媛，你还说我们是闺蜜是朋友，你有什么话为什么不直接说！说着见秦媛媛也在流泪，愣了一下，走过床边来小声地问，妈妈哭了吗？秦媛媛把头歪过去。欣欣对秦媛媛的状态更没把握了，但她身体里的气并未消去，于是又忽地站起发起脾气来。秦媛媛，你欠我一个解释，你记住了！秦媛媛也觉出自己过了，是自己在气头上，如欣欣说的杜蕾丝的事情完全可以更巧妙地处理的。但她不想认错，因为她还不知道欣欣到底是怎么回事，万一她先缓和了下来，欣欣看出了她的心虚继续撒谎怎么办？秦媛媛想得认真，也因为半躺着，脖子折着，突然呛了一口气，剧烈咳嗽起来。秦媛媛咳得太厉害了，要吐了。欣欣本来还在观察，见她要吐了，害怕地道歉，说妈妈妈妈都是我不好，其实我知道你为我好，可是你用这样的方式跟我说这种事，我还是很震惊。欣欣心虚了，说，你不是说我们是朋友吗……欣欣还想说什么，又闭上了口俯下身尝试着抱秦媛媛。秦媛媛起身，抽纸巾抹着眼泪，没想到自己越抹越哭，最后真的放声哭了出来。欣欣强抱起秦媛媛，等秦媛媛缓和了一点，才抱紧了欣欣。抱着，秦媛媛平静了，欣欣说，妈妈，我还有一件事跟你说，有一年翻你的东西，看到衣柜最底下的盒子里那张协议书了，原来你想过跟爸爸离婚的。欣欣语无伦次地说，我以为单亲只是别人的事，不想也差点轮到我身上。但是后来见你们又好了，我很开心呢。

秦媛媛听着欣欣说话，听她把两件事搅和在一起，一时又闹心起来，不想厘清。她听着怀里的欣欣呼吸，一时又错觉怀里抱着的还是那个刚断奶送回老家的孩子。

9

周五，老夏回来晚了。欣欣和秦媛媛饭后出去散步，穿过马路往公园走才见到老夏的车往小区的地下停车场转弯。

欣欣说，爸爸的新车。

秦媛媛说，喜欢爸爸的新车吗？

嗯，但，还好吧，但，这部车确实比上部车好看。欣欣最近总语无伦次。

你爸爸好奇怪啊，上周说换车，这么快就换了。

爸爸说等咱们家再有个BB，也会给妈妈买部车，以后妈妈不用上班了，专门带我跟BB到处玩。

你不觉得爸爸偏心眼啊！

老实说，有点吧，但我都这么大的人了，怎么好跟一个小屁孩计较！

秦媛媛想，不是这样的，这个孩子没弄懂这之间的细微。但，喔，秦媛媛也发现了，她觉得欣欣最近总语无伦次可能跟她总用"但"什么什么有关，而她不自觉也被传染了。她还要说什么，拐弯处一阵风把公园里一种接近腐烂的花香吹送到她面前，这气味让她想到昨夜老夏碰她，她一动不动。她这几天反思了很多事情，种种反思之下，她为了要二胎培养起来的所有主动和热情被这种反思消退了。这一刻那花香惹起她种种记忆，她甚至觉得恶心，她之前竟然能做到那样献媚，那样不顾一切地与一个陌生了多少年的人肌肤相亲。这感觉让她恶心得很，想要大吐一场，想要把身体吐空了重新生长。

天黑以后

　　鹤舞很漂亮，长发过肩，齐刘海儿，弯睫毛，黑眼睛。脸型嘛，说起来也怪，跟爹妈都不像，像姑姑。你走大街上眼观六路看到的一个个小女孩的好看模样都在她身上了，现在正读幼儿园大班，跟大人说话时仰着脸，黑眼睛闪动，一脸的天真，样子很是好看。而这个年岁所有孩子的天真烂漫她也都有。

　　小伙伴们都吃饱了，服务员也已收拾好桌台，这会儿正在上冰激凌。鹤舞在小朋友堆里突然恼了，跑过来问妈妈，"妈妈，我是爸爸送你的小天使变的对不对？"

鹤舞妈妈在眉飞色舞地跟其他小朋友的家长聊天，听鹤舞这么问，停下来马上明白了这个与孩子之间隐蔽的小秘密。这是个有点让人尴尬的小秘密，但这会儿当着这么多人的面也只好装作若无其事大方地回答女儿说，"是呀"。

　　这时又跑来一个小男孩，不服气地说，"所有的小孩子都是妈妈生的，不可能是小天使变的"。说话的口吻气壮山河，要征服全世界。

　　"我就是小天使变的。我就是小天使变的。"鹤舞不服输。

　　"你也是你的妈妈生的，天下的小孩子都是妈妈生的。"来的小男孩也不服输，彼此架势都像红孩儿斗孙悟空，要一举把对方拿下。

　　小男孩是客，妈妈过来跟他说小男孩应该绅士点，要让着小女孩，说今天还是人家鹤舞的生日呢。小男孩听妈妈这么讲气势小点了，可还是要跟妈妈确认他是不是妈妈生的。妈妈肯定地说，当然了，你当然是妈妈生的。说，妈妈给你看过肚子上有个刀口的。这位妈妈说着用手比划着刀口的长度，小男孩一直盯着妈妈的脸看，直看到这里视线转到手上，才满意地熄了火气。

　　那边鹤舞也被妈妈耳语安抚好了。回了座位上等冰激凌。

　　大人也有一份冰激凌，都认真吃着，又一个小女孩过来，她的样子不像前两个孩子，她是低声下气的，柔柔弱弱的。她问妈妈，"妈妈，我也是妈妈生的对不对？"

　　"对啊，你也是妈妈生的。"

　　"大家都是妈妈生的，Sophie 为什么是小天使变的呢？"

　　"这个嘛，我等会儿问问 Sophie 的妈妈是怎么回事，你先回去自己的位子上吃冰激凌吧，你看，冰激凌都要滴到新衣服上了。"

小女孩走后，她妈妈问鹤舞的妈妈，"你怎么跟孩子解释的，Sophie 坚持自己是小天使变的以后肯定还会跟小朋友争执的，这么大了，该试着跟孩子说明白些。"

"唉呀，怎么说嘛，你要是告诉她是妈妈生的，她又会问，怎么生的，问了怎么生的又要问从哪里生的，问了从哪里生的还要问妈妈肚子里怎么会有小 baby——唉，我不就告诉她是爸爸送妈妈的小天使变的了！"说完，鹤舞妈妈暧昧地笑一下，对方也差不多的表情回笑了一下。这么彼此笑完鹤舞妈妈似乎觉得哪里还没有说清，接着又说："我跟你说啦，解释不清的。我老大当年快把我问死了，我吸取了教训才这么跟 Sophie 说。难道你们的孩子不会问从哪里生的、小孩子是怎么进到妈妈肚子里的吗？"

"会啊，就跟她说等她长大些了妈妈会慢慢告诉她的，现在说了她也理解不了，反正就是妈妈生的不会错。这个信息肯定要给到孩子。这关系到她对自己的身份认定。"

"Sophie 很固执，什么事都是马上要知道，以后再告诉她这道理讲不通的啦。"鹤舞妈妈一口的港台腔，"啦"字拉得很长。话末又反问刚才说话的那位家长，"孩子要是非打破砂锅问到底，她怎么会到妈妈的肚子里的，你怎么说？"

"我给孩子解释，在她很小很小的时候，还没有拇指姑娘大的时候，爸爸把她放到妈妈肚子里的，然后在妈妈的肚子里慢慢长大。我给孩子看过鱼卵的成长视频，她看后就理解了人也是那么长大的，先是一个小圆球，然后长出手手脚脚。总之我是坚持跟孩子说真话，实在不能讲真话的时候，至少要告诉她接近真相的话。"

话说到这，鹤舞妈妈听了就不说话了。她还想反问对方，孩子难道不会问她小小小小的时候是从哪里来的吗？不会问爸爸是怎么把她放到妈妈肚子里的吗？算了，一个个都是不服输的人，不管对错气势都扎得很大，争下去又有什么意思？一个人本能会有对身份认定的精神意识她也懂，但这话题太大了，这种场合又怎么合适讨论？她甚至觉得在这样庸常的日常生活中提这么重大的问题是轻浮的。

鹤舞的生日 party 结束后，大家各自分头取车回家。其实大多是住一个小区，因为在必胜客包场过生日，都是开车来。车也都是好车，宝马、雷克萨斯、大奔、丰田，年轻文艺些的父母也有开斯巴鲁一类的城市越野车，好像还有一家开宾利。反正都是中产阶级以上，因为孩子是国际班的同学，彼此捧个场，一起给孩子过个生日。反正是为了孩子嘛，谁也都有生日，你捧了别人的场，别人回头也捧你的场，人情都是这样相互捧来捧去暖热的。现在的家庭大多是独生子女，为了孩子不那么孤独，不单是才艺，情感投资也成了父母考虑中的必要部分。

鹤舞妈妈相对鹤舞同学的家长年纪要大些，但容颜似乎差别不大，若推算起年纪怎么说也得大上一轮。鹤舞在家里是老二，她的哥哥已读大三了，这样论起来鹤舞的妈妈怎么着也要四十开外了。

鹤舞的爸爸是机师，飞国际线，鹤舞妈妈常随机去世界的另一头玩，去得多了，鹤舞妈妈觉得美国好，所以，儿子在国内还没读高中就送去了美国。而她也是在美国陪读时怀上了鹤舞，鹤舞也就成了美国人。一位做她车险的家长介绍鹤舞妈妈时常用一个语气：香港超生洒洒水啦，跟尼位妈咪比起来都弱爆啦，人地嗨去美国生嘅啦！

鹤舞妈妈呢，听了这话总是呵呵一笑，有谦虚也有得意，说："哎呀，也是没办法啦，在国内生我老公就得下岗啦！我是提前退，我老公可提前退不了——要是下岗了，别说生老二，我们老大在美国读书看他就不方便了嘛！"

嗲。鹤舞妈妈嗲起来的样子比小她半轮一轮的妈妈们还要小儿女状。再说，嗲俨然已是这个时代的女性的生理常态，谁都可以嗲，不分贫富，不挑场合，谁想嗲就嗲呗，嗲完再讨论其他的话题不迟。反正关于鹤舞的出生话题对外都是这么说的。

虽都是住一个小区，家境并不相同，有住小户型的，有住复式楼顶的，还有嫌一套房不够住把两套打通用的。因为政策，房地产开发商为避大户型税费，把紧挨着的两户做成连通的，看似用水泥和砖砌着了，整面墙推掉并不影响房屋承重。打通了用也就成了两百平左右的豪宅了。鹤舞家就住着二百一十七平的房子。同小区中这样的住户不少，约占总小区住户的 46.5%，鹤舞的同学中也有几家这样的。这么打通用，除了一次性付款的，大家心照不宣地还有一个默契不说——为了住这样的豪宅，为了避二套房增长的贷率，夫妻俩是离了婚的。大家对这事意见也一致，怎么不离呢，能省下好几十万呢！

离了，拿了房产的红本，前夫前妻又再结回去，反正又不费什么劲，领个结婚证不过九块钱的成本，电话预约个号，抽个上午就把事办了。结（离）婚登记处在出台购二套房贷率增长的规定后门口比以前多竖了个大牌子，红纸黑字写着：购房有风险，离婚需谨慎。来离婚结婚的人看到这牌子就笑，购房有什么风险，胡扯淡。

这自然是当事人的态度，闲话聊起来，也能听说有把假戏真做的，本来双方协议好的离婚买房，等房买了还有不愿再结回去的。不愿意的那个人话说得也有意思，说真弄出一场像回事的离婚多伤和气，好歹也是过了多少年的夫妻，又没有大怨，但正是因为过了这么多年，你才知道，两个人之间是真没有感情的，若已经醒悟了，还得装着，多累人？多买套房，真真假假地离了就离了，离了就一身轻了，不累了。当然也有觉得上当了哭鼻子抹眼泪闹上吊的，针对这情况自然也有会说话的人发言，说，只能说你得承担风险，不贪便宜也就不吃大亏。其实想想，人活一辈子，生活的难度也就在这里，每活到一个生命阶段都有等在那里的事故或难题，不是物质的就是精神的，不是这样的就是那样的，不是天灾的就是人祸的，总之它等在那里，等着你。

鹤舞妈妈跟鹤舞爸爸也是离了婚才买下现住的两套房，房产证上一个是鹤舞爸爸的名，一个是鹤舞哥哥的名。鹤舞妈妈没资格再买了，她名下有二十几套房，早在二十世纪九十年代初她就开始了购房储备，那时候还不限购，把早期买的几套去银行抵押了又买了后来的十几套。后来人们把这一招比喻成"空手套

　　　　　　　秦/媛/媛/的/夏/然/然

白狼"。反正她那时就是个有钱人了，她的舅父是国土局 X 区的一把手，她是银行职员，因为长期稳着国土局几个亿的存款，鹤舞妈妈从柜员一路升到支行副行长，她几乎不用上班，在家炒着股就能稳当拿着不菲的业务提成，副行长的职位年薪也不低，所以，鹤舞妈妈在很早的时候已积累下千万财富。鹤舞爸爸的高薪呢，自从他跟鹤舞妈妈结婚后，他的工资全部用在了鹤舞妈妈购第二批单身公寓的贷款。原供十五年，在二〇一二年已经被鹤舞妈妈用卖掉的一套鹤舞爸爸名下的高价学区房还清，也从此他的工资再不用交给鹤舞妈妈了。他们离婚的时候，鹤舞爸爸算是净身出户，他的名下除了一部宝马 X5 没有什么财产。当然，当时他们这么写协议鹤舞妈妈说是为了简化手续，鹤舞爸爸对此说法并没有异议。都知道的，财产过户很麻烦，二十几套房中哪个出点问题都要跑死人。鹤舞爸爸净身出户后，名下无房，购现在他名下的这套房时，鹤舞妈妈付了四成的首付，月供还是由鹤舞爸爸来供。但不过万的月供对鹤舞爸爸的高薪来说算不得什么，鹤舞爸爸现在仍然算是从结婚以来个人经济最自由最富裕的时候。

他们是相亲结的婚，当时鹤舞妈妈二十几岁，中专出来就参加了工作，在社会上闯荡已有六七年，觉得该结婚了。鹤舞爸爸那时刚参加工作不久，性质上还在培养期，遇着年轻有为二十五六岁就当了副行长的、且有车有房的鹤舞妈妈，几乎是一拍即合，结成夫妻。鹤舞妈妈二十六岁时生下鹤舞哥哥，四十二岁时生下鹤舞。现在鹤舞也已经是读幼儿园大班的孩子了。

放学接送，孩子聚会，很少见到鹤舞爸爸，大家对他的印象除了高大，黑黝，平头，常年身穿笔挺的制服，几乎说不出他的性格。喔，挺爱笑，笑起来露一口工整白牙。

大家分头取车，分头回家，到了小区停车库，就又见着了，然后小朋友又互相打招呼，扭打在一起。分乘不同电梯上楼的时候，鹤舞突然对熊威说："我爸爸晚上回来，会从美国给我带一个很大很大的芭比喔！"熊威说："我有托马斯，是我舅舅从英国买的。"这是攀比，双方还没分出胜负就被家长拉着走向不同的电梯间。

进了电梯，鹤舞突然又不确信自己说过的话一样问妈妈："妈咪，爸比今天真的会回来吗？"鹤舞妈妈说："当然，爸比当然会回来，今天是 Sophie 的生日呀！"鹤舞听妈妈这么说便满心的欢喜，对着电梯里刚擦过油光亮如镜的不锈钢墙面就扭了起来。

回了家，鹤舞打电话给姑姑，告诉姑姑今天是她的生日。姑姑祝贺她，告诉她早就给她准备好了礼物，等周六了带过来给她。

鹤舞还告诉姑姑今天爸爸会回来，姑姑说，唉呀，那可真好，要是爸爸带好吃的回来了，要给她留一点。一般大人这么说是为了逗孩子玩，可孩子对这种分享却是真诚的，高兴地答应姑姑。

姑姑是广州一家试管婴儿医院的专家，在一定的程度上说，鹤舞算是她的成功产品，所以对于鹤舞，她不是简单的姑姑，还是她的出品人，她的健康成长见证监管人。鹤舞喜欢这个姑姑，常念叨，"鹤芬，鹤芬，鹤芬是鹤舞的姑姑"。

打了电话，妈妈还在卸妆，鹤舞去厨房看她的蛋糕。厨房很大，三门冰箱在中岛台的旁边，鹤舞交代阿姨把蛋糕放在冷藏区的最下面一格。这么交代也不为她自己能拿到，就是觉得放在她能看到能伸手摸到的地方心里踏实。阿姨是香港那边的中介介绍过来的菲佣，有极好的职业操守，主仆分寸非常有度，能讲流利的粤语，按照主人的要求，跟鹤舞妈妈讲粤语，跟鹤舞讲英语。平时没有事主人不发话，多是在她自己的房间。房间也开阔，当初就讲好条件的，不能住库房，房间要有窗，要有电视和网络。鹤舞妈妈觉得这些都不是问题，不就是个相互尊重嘛，她能满足和做到。事实上她也有意培养鹤舞独处的能力，所以交代菲佣，尽量让鹤舞单独玩，不敲门叫她不用出来。鹤舞妈妈个人方面也需要独立的空间，她喜爱干净整洁，但也不能接受总是有个人在她面前忙东忙西，在她的要求下，佣人做事要论点，要有有效处理事务的次序和方法。所以，基于要求上，菲佣的做事效率确实很高，而她给菲佣使用的房间也是个带阳台的房间，这样能减少菲佣在房间里闷出来透气的次数。反正屋子大，房间多，光带阳台的房间就有四个。

八点准时，阿姨出来给鹤舞备好卫生间帮她洗澡。可是鹤舞今天不想这么早洗澡，她还在等爸爸回来，她想等吃完了蛋糕再洗，不然洗得干干净净的妈咪又会不让她跟爸比用蛋糕抹花猫脸。

鹤舞不想洗，嘟着嘴窝在沙发里，阿姨也不催促，拿着鹤舞的发套坐在旁边等待她。等半晌，鹤舞还是闹脾气，阿姨便拿起电话拨了内线，"太太，Sophie 还唔仲意洗澡，嗨不嗨晚嘀时间洗？"不知那边怎么回的，鹤舞见阿姨向她走来，要抱起她。鹤舞是个机灵的孩子，阿姨这样做便知道是妈咪下了命令，嘴还嘟着，也只好配合着让阿姨抱起。

洗头洗澡，吹发，小孩儿的这一套生活程序很快也就结束了，等穿着浴衣出来，妈咪也才刚洗漱装扮好坐在客厅里看电视。

"妈咪，爸比什么时候回来？"

"爸比没有打电话回来说时间，你先去换衣服出来再给爸比打个电话。"

鹤舞小跑着去房间换衣服，很快换好一套芭比的粉色裙装手拿着发饰出来。她直接跑到电话机旁。

电话接通，原来爸比还在机场，好像也没有打算回来的意思，鹤舞就发脾气了："爸比，今天是我生日，你怎么能当成是明天过呢？"

电话那头说着什么，像是安抚着，过了一会儿鹤舞便挂了电话。

妈妈问她怎么啦，鹤舞说："爸比说以为我明天过生日。"说完话，样子很委屈，站在妈妈面前揉眼睛。妈妈知道孩子这样是想她抱抱了，便把鹤舞揽在怀里，然后才轻轻地问孩子爸比要不要回来。鹤舞说："要啊，当然要回来，爸比说马上回来。"

"那就好啊，不要哭，哭肿了眼睛不漂亮了。你是在美国出生的，按日期是中国的今天，但美国晚中国十二个小时，所以他以为要明天过也是对的。你知道的，爸比记性不好。"然后说，"爸比从机场回来走北环最快也要四十分钟，妈咪给你梳个漂亮的公主辫怎么样？"

"好呀！妈咪给我梳个漂亮的公主辫。"还只是个孩子，还是爱重复大人的话来表达她小小心灵的认同和欢喜。就是个复读机。

一家三口的生日 party，妈妈是导演，爸爸负责录像，舞台是鹤舞一个人的，又跳又唱，很是高兴。

鹤舞最终还是跟爸比两个人涂了花猫脸。一个大花猫，一个小花猫。鹤舞第二天醒来，爸爸已经走了，鹤舞已经习惯了这样，并没有问爸比去了哪里，她歪了歪小脑袋看着窗外的蓝天白云能清晰地记得昨天是爸比陪她睡着的，给她用中英文分别读了《芭比和胡桃夹子的梦幻之旅》的故事。芭比的故事她每一部都滚瓜烂熟了，她记得爸比说过，童话里的故事总在天黑以后展开。她今天已经是六岁的大姑娘了，她觉得她突然懂了什么是童话，就是天亮了有些人就没有了。

吃过早餐阿姨陪着下楼玩，翻过一个小山坡遇着熊威跟他的爸爸在荷花池边打羽毛球，正是盛夏，荷花开得很高兴，很粉很大朵。鹤舞站在旁边跟其中的一朵比了比谁高，转身走过来帮着熊威捡球，后见熊威没有停下来要跟她一起玩的意思，就牵着阿姨的手走开了。边走边跟阿姨商量等会儿去超市买什么水果。她的姑姑今天会来，她知道姑姑喜欢吃什么水果。她常说："Sophie 喜欢吃的，姑姑都爱吃。"姑姑也常回她："鹤芬喜欢吃的鹤舞都爱吃。"

姑姑来她家，一般是中午饭后来，然后在她家住一夜，周一早上送了鹤舞上学才回广州。

一起买过东西，阿姨提着菜把鹤舞送到会所二楼的英语学校，阿姨也不用进去，鹤舞轻车熟路去按了指纹到班级报到。她们这个班一共只有五个孩子，不是没人学，是小班制，手工课题组一个班最多就招这么多的孩子。报读这个小组至少是要在这个学校上了一年以上口语的孩子才行，日常口语都没有问题了，才能选读自己感兴趣的手工小组。手工兴趣小组上课从来没有课本，一个学期只能选一个主题，这学期鹤舞选的是糕点制作，做各式各样的蛋糕、点心。鹤舞对做蛋糕简直着了迷，经常是上完课回去还要跟阿姨一起再做一次。好吧，进入教课现场后，每双小手都要用消毒泡沫水泡过，然后从扑鸡蛋开始两个小时的蛋糕制作和分享过程。每个孩子喜欢的口味和造型不同，蛋糕制作成功后，个个都是既骄傲自己的成果也羡慕别人的成绩。都想尝尝对方的，这即是分享会。鹤舞今天的主题是胡桃夹子在天黑后苏醒大战鼠国，造型老师帮了些忙，蛋糕的整体感还不错，她一点儿也不舍得破坏，她要留给姑姑。她答应同学下星期做个一模一样的再跟大家分享。就这样，因为她一个人不同意分享，其他四位同学也都没有把自己的分享给大家，老师只好把分享部分改成了各自成果介绍，这是这学期以来的第一次，大家都是捧着完整的蛋糕回了家。

吃过午饭，午睡醒来，姑姑已经到了家里，有三个月没见到姑姑了，鹤舞高兴得一下子扑在姑姑的怀里，她亲完姑姑，还没等姑姑亲完她，就挣开姑姑的怀抱跑去冰箱拿上午制作的蛋糕。阿姨在厨房忙，了解她的脾性见她跑着进来，知道她是要展示自

秦/媛媛/的/夏/然/然

己的作品，忙协助她把蛋糕捧出来。

姑姑走了过来，在厨房的中岛台上打开了纸盒看鹤舞制作的蛋糕，劝她还不急着吃，再等一会儿一起用下午茶。鹤舞同意姑姑的话，说我不是让你现在吃，我是先给你看看。很会为自己解围的小姑娘。

九寸的蛋糕，黑巧克力打底，胡桃夹子的身子用的是朱红和土黄的奶酪制成，腰间配着木剑，还没有被解除魔咒。

姑姑拍着手赞扬了鹤舞的手艺，样子馋得口水直流。这时鹤舞妈妈也从客厅过来了，只是笑，并没有加以评论。

看过蛋糕，姑姑和妈妈回到沙发上继续聊天，鹤舞把电视后面的屏风推到一侧，开始弹琴，她要弹一首《天鹅湖》给姑姑听。可能刚学，弹得不怎么流畅，但多少也能听出来是《天鹅湖》的段落。

下午茶、晚餐，很快过去，晚睡时鹤舞让姑姑陪，她说姑姑的声音里有大海的声音，最喜欢听姑姑的声音讲故事了，还要求姑姑跟她一起睡，不要她去睡客房。这些要求，妈妈和姑姑都是应的，很多时候大人有大人的默契。

安抚完鹤舞睡觉，姑嫂俩照旧聊聊孩子的话题，妈妈表示孩子没有哪里不适，与常人完全无异，姑姑似乎也就放心了，但照例还是在一个精致的小羊皮笔记本上记些东西。

约在七八年前，鹤舞爸爸提出过离婚，鹤舞妈妈不同意，她被这个事情一下子弄蒙了，他们有那么多的财产，孩子也都十几岁了，一家人一辈子吃用不愁，老公为什么要跟她离婚？多少年的相处，知道对方都是务实理智之人，过得也都是中规中矩的生活，怎么就突然要离婚呢。起初鹤舞爸爸几次试着解释这个问题，都被鹤舞妈妈压下去了，她只要一听到那些话就恼怒，有些失去理智。事由鹤舞爸爸引起，他不能恼，面对鹤舞妈妈的情绪他要是也恼，事情就会糟糕到不可收拾，左邻右舍、楼上楼下，跟他们有一样问题的借鸡毛蒜皮之事大打出手的夫妻不是没有。

有次鹤舞妈妈恼到极致没哭反笑了，说绝不会离婚。当她一个人冷静时想想说过的话，以为自己这么强烈的态度只是不想付出一半财产的代价，多少年后才明白，她那时还没有意识到人在突然的意外中可能会遇到突发的精神问题，精神崩溃或反常的自我保护意识——"没有什么道理好说的，我绝不离婚！"

也就在那段时间，因为情绪波动得厉害，身上长疱疹，去医院检查却查出了子宫癌。虽然庆幸还不是晚期，但这结果也是要马上摘除子宫的。性情各异的两个人的婚姻到这其实已经走到了尽头，但这会儿因为鹤舞妈妈的这场意外，鹤舞爸爸之后再没有提出离婚的话头。日子还像以前一样以不停不停的互相妥协看似风平浪静地过着，甚至比以前还祥和，但其实两个人再明白不过这里面的煎熬和困顿。鹤舞姑姑这时被广州一家单位受聘从美国回来，姑嫂一次聊天，鹤舞妈妈知道一个女人只要卵巢还在，即使没有了子宫还是有希望要孩子的。鹤舞妈妈切除了子宫后，正应了那句：人缺什么就想要什么。这时的鹤舞妈妈跟自己身体里少一样女人专有的器官较上了劲，甚至照镜子都质疑自己不像个女人。这样极端的情绪下，她想到再要一个孩子，她想再体味一次一个女人生育孩子时老天赋予她的坚强笃定的生活信心。她求了鹤舞姑姑帮忙，嘴上的理由是想为儿子在这个世上留个伴，将来他们老去，这个世上依然有至亲的感情依仗。小姑子除开专家身份，对嫂子这话还是赞赏的，要知道她那个儿子也是他们鹤家的人，是她至亲的侄子。又或者基于女人之间某个神秘的心领神会，鹤舞姑姑答应鹤舞妈妈的请求，尝试劝说鹤舞爸爸配合完成她的这个愿望。事情揣测时似乎很难，不想鹤舞姑姑一开口鹤舞爸爸就同意了。是的，他们又不是养不起一个孩子，为什么不多要一个满足她这个愿望，也让儿子将来有个伴呢！也或者这其中还有鹤舞妈妈潜意识里觉得要失去鹤舞爸爸了，多要个孩子对他做最后的挽留。说不清，有些事情就是这样，看上去有很多的理由，往往可能就是一个人某个时刻突然而来的念头做了决定。谁又能说这不是一种放手呢！

因为鹤舞姑姑的专家身份，很多事情处理起来非常顺利，当分别提取的精子和卵子形成胚胎后，鹤舞姑姑和鹤舞妈妈随即携带着冷冻箱去了美国准备代孕。鹤舞出生五个月后她们回国，鹤舞妈妈也故意吃胖了些，看她那样子谁也不会怀疑这个孩子不是她亲自生育的。为了防止鹤舞的身份遭议，她们在国内重新制作了鹤舞的出生证明，孩子还是美国生的，从这份证明上看一切并没有什么问题。

姑嫂二人也会聊到将来如何向孩子解释出身的问题，但怎么想都不过是设想，孩子将来能否接受，还得看她们接下来如何一步一步教育孩子，输入给她的世界观。

鹤舞出生后，他们的平静生活又过了几年，鹤舞妈妈独自的时候偶尔会把离婚的事拿出来想想。在这样冷静的回想下，鹤舞妈妈也重新看待了这个问题，她记得在她未把查出子宫癌的事说出之前，鹤舞爸爸还是找机会解释了他要离婚的想法。他说："我知道你不愿意听，我们也都不想吵架，为了避免争吵起来，这样，你讲话时我不出声，你想说什么说什么，我保证耐心听完。同样的，我讲话时你也别动气，耐心听我说完一次。即使不谈离婚，我们总还是要沟通的，总还是要找出能沟通的方式出来。"说完这些，鹤舞爸爸也不看鹤舞妈妈，但他的心里是能感应得到鹤舞妈妈的情绪的，觉得她这次还算平静可以继续说下去，干脆就把心中多少年的话和盘托出。"要不我先说，你有什么想法和要求也提出来。"鹤舞爸爸继续说，"我天天在天上飞，关于人生关于生死肯定比你思考得多。我们一起过到现在，你我都知道我们之间没有爱情，年轻时仅有的好感和对婚姻的憧憬也被这么多年我们之间的磕磕碰碰消耗完了，甚至透支。我们没有为钱吵过，因为我对这方面没有要求，你需要时你拿去就好。当然，你也用这些钱为我们的孩子挣得了更多的财富。我对此没有意见。但我们两个人的生活目标完全不一致，你要奢华，你要全世界去购物，而我这些都不想要。我们这个行业规定了我们只要一入行就得终身为公司服务，除非意外和病死，我们不能辞职不能跳槽。公司的航线越开越多，每个航空公司机师需求严重缺口，都在超负荷工作，我仅有的假期里就只想在地上好好地生活几天，我需要来自脚踏在大地上的安全感，然后才能再次飞行……"

鹤舞妈妈想到这就哭了。这时的哭泣已不是当时的怨恨和委屈，这样的哭泣是一种顿悟——"喔，事情原来是这样啊！"

而她当时的回应是："我承认我们之间已经没有可以谈的话题，我们当初都被所谓的过来人的大话给骗了，说婚姻就是合作起来过更好的生活，跟爱情没有关系。我承认我也发现了不是这么回事，但你得给我时间，让我先接受这个事情。"她其实当时的心里，不光是指接受离婚，还有子宫癌这个事实。

回想明白这个事情之后，鹤舞妈妈关注了几个新的楼盘，她知道当下的购房政策，她想，借买房把离婚办了，双方都无需再多费口舌，他应该也就知道了她的心意，她缓过劲了，可以放手了。于是看房购房，装修搬家，都是她一个人指挥着工人完成，鹤舞爸爸提出过休假帮忙，都被她拒绝了。这时鹤舞也大了，要读幼儿园了，搬了家正好读这个大社区知名的幼儿园。鹤舞妈妈叫人把鹤舞爸爸个人房间的东西原封不动地搬了过来，这些东西虽然不过是鹤舞爸爸可要可不要的，但这些东西在着对鹤舞来说就是爸爸在着。虽然他仍是住机场附近的职工公寓，偶尔才回到这里来。而关于这两套房，她想她们暂时在这里住着，等儿子学业有成归来，娶妻成子，这两套房到时正派上用场。她想那时鹤舞也读完初中该决定是不是去国外读高中了吧，生活说不定早已是另外一番样貌。

姑嫂促膝长谈，聊到问题深处难免不触碰到过往的点点滴滴。碰到了，手就想往回收，那感觉难免还是伤感的。鹤舞妈妈在黑夜并不掩饰她的真实面容，卸妆之后的她，睫毛并没有白天看起来那么黑长，眼线褪去，她的眼睛是忧伤的、迷茫而黯淡的。她倒来两杯温水，一杯给鹤舞姑姑，一杯用来自己服用雌性激素。这个维持她女性娇颜的药物像一日三餐一样对她来说非常重要，她恐惧一顿落下了第二天嘴唇上就长出胡须来。鹤舞姑姑曾劝慰过她，事情没有那么严重，有些人连卵巢一起切除的服个一两年也就停了，但鹤舞妈妈是固执的，一直坚持适量服用。

她比生病之前更注重身体保养，从不熬夜，几次看看时间后，早早去睡了。留下鹤舞姑姑一个人在客厅上网。

躺到床上后，她习惯性地把手放在小腹上，她一直在用一位保健师教授给她的身体扫描法来放松身心，感受皮肤下的每一处身体器官的健康与存在，她希望她扫描到的地方都能有所回应——几乎是每一次，她依然指望来自原子宫位置倒置三角形一样的形状映在她的掌心。

小孩子没有不缠着妈妈的，也没有主动提出要自己单独睡的，这都得是培养的结果。即使孩子能独立睡了，鹤舞妈妈有时候也不都是让鹤舞单独睡，母女俩在主卧的大床上嬉闹后她会默许鹤舞留在她的床上。鹤舞呢，机灵透了，看着看着图画书就装着睡着了。有时跟妈妈搂搂抱抱就打起了小呼噜，然后由妈妈把她的胳膊拿开盖上被子，她一个借势转身便面向另一边去睡。这一切看似那么的自然，彼此都毫无造作。

也有时候是妈妈主动去陪孩子，比方约定好的，周日至周四是阿姨讲故事，周五周六是妈妈讲故事，但有时妈妈在阿姨走后会去看看孩子。鹤舞早就睡着了，若是出了汗，妈妈还是很耐心地帮鹤舞擦去，然后尝试着在孩子身边躺下。床头的落地灯开着，她能看清孩子嘟囔的小嘴和做梦了一脸的喜悦或焦急。这时她就会把孩子脸上的头发往后理，轻轻抚摸着孩子额头。这样摸着摸着孩子脸上就安宁了，又像是一只酣睡的小奶猫。鹤舞妈妈这时的心底是感慨的，不知道怎么的就走过了人生的过半，再回头看这过半的时间又不过仿佛微风一息。就留在孩子身边吧，她需要孩子的体温来催促她安然入眠。

次日早晨，孩子醒来照例到妈咪的卧室找一找妈妈，这形式或者也叫晨起的问候。妈妈在梳妆或是做保健，鹤舞来敲门妈妈总是第一时间过来迎接孩子。

熊威过生日在家里设宴，鹤舞接到邀请卡时，熊威跟她说，要让她的爸爸陪她去。鹤舞也想爸爸陪她去，她心里知道好多同学都羡慕她有一个开飞机的爸爸，特别是小男孩。熊威有时总瞧不起她，嫌她是娇滴滴的小女生跑不快不跟她玩，鹤舞正想找个机会在熊威面前争个面子，于是就打电话要求爸爸必须陪她赴宴。

周日的下午，鹤舞被阿姨打扮得漂漂亮亮的牵着爸爸妈妈的手去赴宴。两家在阳台能望见，有时熊威在27楼喊，住28楼的鹤舞能听到。熊威是个壮实的小家伙，一刻也停不下来的那种，他常把自家的撑衣杆上系上红衣服像个山寨兵那样摇旗呐喊，喊鹤舞，喊范宁，喊晶晶，喊佳佳，一旦喊起来能听见他喊上一大串半个班同学的名字。鹤舞应不应他完全看心情，心情好了就应一应，不好了，妈妈提醒她，她也装着听不见。

爸爸妈妈陪着鹤舞一起去，妈妈到时已声明她这天刚巧有事等会儿要先走，会让鹤舞爸爸留下来陪孩子。是的，人多，万一有个磕磕碰碰的说不清责任，总是要有个家长在才好。

鹤舞送上礼物，瞬间就跟小朋友玩起游戏来。鹤舞妈妈说礼物是飞机模型，是鹤舞爸爸从国外带回来的，鹤舞爸爸适时附上笑容以示对鹤舞妈妈的话无异议。都是见过世面的人家，熊威妈妈只低眉扫一眼便证实这对夫妻的话不假，于是更热情地招待客人。鹤舞爸爸表现得像大家对他的印象一样什么时候都是沉默的，鹤舞妈妈则依然是热情开朗的形象，跟主人家及来的其他家长有说有笑，矜持与娇媚有度。寒暄一番，鹤舞妈妈把鹤舞的水壶和一个背包递给鹤舞爸爸，再次对过生日的孩子表示祝贺后告别。

熊威妈妈起身送鹤舞妈妈的时候，夸奖她今天真漂亮，气色真好。鹤舞妈妈便娇滴滴地撒娇状说："哎，哪里漂亮啦，还不是一个样。"

因这栋楼的建设是一梯四户，熊威家又是两套打通用的，从熊威家大门至电梯间的这边过道空间也就成了熊威家独用的空间，靠墙边一溜儿摆着熊威的电动汽车赛车、电动摩托车赛车和三个滑板及一大一小两辆自行车。

熊威家的房子看上去也有二百多平，户型不同，屋里结构跟鹤舞家也不太一样，曲里拐弯，大致能从门的材料上看出卫生间和厨房，但一溜儿实木门的房间就难说清哪间是主卧哪间是儿童房、书房了。进门的入户花园种满了各色植物，水族箱也好看，金龙鱼两条，银龙鱼两条，游来游去的看上去很热闹。旁边的热带鱼箱五彩缤纷，里面的假山又小又精致，像拇指一样大的说不清都叫什么名字的鱼在里面钻来钻去，小孩子见了觉得又好玩又稀奇。

鹤舞到时，已有十个小朋友到了，家长各自为伍围了一桌麻将一桌桥牌，有位妈妈看起来像是负责今晚的钢琴伴奏在熟悉曲谱。鹤舞爸爸这些都不会，在入户花园旁边的茶室里自己琢磨一个棋盘的残局。不难看出，这个茶室就是这家主人的书房了，或说代替了书房，除了古董摆设，几本书籍都是讲商场风云的，就是《水浒传》和《三国演义》也恐怕是被当作商场功用书用了。推开茶室的推拉门就是客厅，客厅的装饰跟他家差不多，也是以屏风一分为二，一边是电视、牛皮沙发，一边是钢琴岛，拉开屏风，客厅的尺寸基本可以用辽阔来形容了。与他家不同的是多了一台自动麻将桌和两幅油画。油画看上去是仿品，不为显富贵，是为作风水的装饰。总之，富裕的人家若是没个特别喜好的交给装饰公司设计装修的，似乎差不到哪去。

到处是小朋友的战场，玩具拉出几个箱子，最后到来的一位小朋友是佳佳，她一来就找鹤舞来了。她的爸爸站着看孩子玩一会儿，也到了茶室来。因为推拉门敞着，门也没敲径直走了进来。

"下一盘？"佳佳爸爸说。

"啊，我不行，这盘局是剩在这的。我没下。"鹤舞爸爸回。

佳佳爸爸这时已走进来，虽还在站着已经研究起了棋盘。

两个男人盯着棋盘看，偶尔动一下棋子，但都没再说话。

应该是过去了一段时间，鹤舞跑来问爸爸陪她演个什么节目，说是妮娜姐姐在统计节目。

妮娜是熊威的表姐，住他家楼上，比他们都大，读小学三年级，看来是晚会的总统筹了。

"Sophie 自己演，爸爸负责给你加油。"

"不行不行，其他小朋友都是爸爸妈妈一起演。爸爸，爸爸，好爸爸，你就出一个节目嘛！"鹤舞开始软磨硬泡，有种不成功不罢休的意思。

"你们家佳佳叫你演吗？"鹤舞爸爸问佳佳爸爸。

"让啊，估计她自己已经给我报了。算了算了，你就配合着演一个。小孩子的思维跟大人不一样。"

鹤舞爸爸想，好吧，那就演一个吧。他拉过女儿，一阵耳语。鹤舞咯咯地笑起来，满意地跑走了。

有一个打桥牌的妈妈这时起身帮妮娜统筹节目。

厨房里，从潮锦轩请来的厨师在忙碌，很多是之前加工过的半成品，看上去一烘一蒸就行了。海鲜类全是从便携式冰箱里拿出来现杀现洗现做，很多工具也是酒楼里带来的，厨房里是一片繁忙景象。一个主厨，两个下手，都是专业的，连熊威家的保姆都只在客厅里听孩子使唤。

吃着餐前点看节目。每个孩子都得演，谁不演都会被瞧不起，也都不愿意。一共十三个孩子，每人一个节目就有十三个节目了，另外还有女生小合唱、男生小合唱、双人舞、集体时装秀、亲子秀，得，三十几个节目去了，拿下谁的谁都不愿意。像导演的那位妈妈大手一挥说，好吧，现在就开始演，争取在一个半小时内演完。然后节目就要开始了，麻将桌收起，屏风拉开，钢琴岛上射灯打上，一个舞台很快准备完成。

节目小主持自然是总统筹担当，本来鹤舞也想当，妮娜的架势"非我莫属"，小的屈于大的威望，小脾气闹一下很快也就妥协了。

　　别看年纪小，个个都是身经百战的舞台好手，来不及排练的直接就上场了。观众都是大人，每人发了一对鼓掌气棒，被妮娜交代一定要使劲拍。大人也都听从，没办法，这时候就是国王和王后来也是俘臣。

　　节目演得不错，每一次演员谢幕台下都跟锅沸腾了差不多。这么下去，很快招来了小区的保安，保安探进头一看里面的阵势，双手作揖，连连妥协和后退。那意思，给他们闹吧，谁家没有这一回。

　　鹤舞爸爸最终演了什么呢？他找来一张大卡纸画了个飞机头，蹲下去围在身子前面演机师。他刚蹲下，台下就有家长看懂了，快速递过去一个塑料木马让他骑上，引来一阵欢笑。鹤舞是他旁边的白云，负责飞来飞去。大人们也都看得出来，那些飞的动作都是来自芭蕾舞的功夫，翩翩跹跹，让一个小女孩儿的舞蹈显得非常美丽。一段开场舞过去，白云一边舞蹈一边跟机师对话："爸比机师，你要飞到哪里呀？"

　　"喔，我要飞到熊威家去参加他的生日 party 呀！"

　　"喔，熊威小朋友过生日呀！请你带去我对他的祝福吧，祝他生日快乐，越来越帅！"

　　"好的，我一定会带去漂亮白云的祝福，祝熊威小朋友生日快乐！"这话刚说完，下面鼓掌气棒一片沸腾，节目也就结束了。然后父女俩谢幕下台。还有父母参与时装秀的，身上绑什么的都有，样子自然滑稽可笑。这些也都被旁边的一台大摄像机给录了下来。

节目开始后，熊威父母一直在人群里，他们并没有从中抽身出来招待大家，他们跟所有来宾一起尽情享受着孩子们的童真世界。直到所有节目演完，他们才起身去安排桌子开餐。三十几个人的用餐只能是自助式的，早在钢琴的位置靠墙一溜儿摆了一排红天鹅绒盖着的桌子，桌子上架着盆架，架子下面的固体蜡已经准备好，就差点上了。这所有的一切用具都是酒楼一起送过来的，连盆子和碗筷都是。

一切准备就绪，主厨道贺后离开，剩下一男一女两个助手留下来做后续的服务。熊威妈妈不无轻松幽默地说了些客气话叫大家先吃，吃饱了再切蛋糕庆祝。于是孩子们乱糟糟地拥挤着排队取自助餐和果汁、饮料，场面一下子不能控制。

难免要磕磕碰碰，家长们也都能理解，多是谦虚和气着哄自家的孩子主动道歉，你谦我让，场面一下子又其乐融融了。

家长们也都自行取食，用过的餐具很快会由两个助手和保姆收走。人虽多，场面倒也是干净。

客厅的阳台望出去是一片郁郁葱葱的山景，一百八十度的视野，能看到西斜的太阳。这天天气也好，正对面山上，前些天暴雨形成的两道小瀑布依稀能见。

到切蛋糕的时候天就入黄昏了，关掉所有灯，蜡烛点上，映在落地玻璃窗上的荧荧灯光很是温情缠绵。小孩子容易被感动，场景的变化使他们一下子从喧闹滑向宁静，个个都知道接下来是什么环节，不由自主地做出了美好憧憬状，等待着接下来的许愿和歌唱环节。这时，轻柔的钢琴声响起，先是弹了一个过门，熊威首先被惊动了，扭过头望出去，妈妈提醒他"许愿，许愿"。现场肯定有一个隐形的导演的，熊威刚许完愿要抬头，生日快乐的曲子已经响起，于是大家一起唱起了生日快乐歌。

"取车？"

"啊，取车。"鹤舞爸爸没料到这么晚了还会碰到熟人。手上捏着钥匙，循着声音转身看到佳佳爸爸就在他后面。

佳佳爸爸说着话已开了车门坐在车里，样子还有些愁思，并没有马上启动车子。

鹤舞爸爸似乎需要自圆其说告诉佳佳爸爸临时有事，要出去一下。他要开车门时稍稍犹豫了一下，可能就在这时刻转念一想，又没吭声了。他开了车门坐进去，也没有马上启动车子。

像没发生太多的记忆

1

秀挺着肚子到姑妈家，侏儒姑妈给她开门。秀刚刚挤进门里，她之前停下来叩门环时放到地上的布包迅速被姑妈提了进去。姑妈人矮手长，看上去圆滚滚的身体笨拙，实则比秀灵敏。

这才初春，秀的肚子还不算太大，只是稍有点显眼，看上去也就四个多月。不知穿的谁的薄夹衫，又大又旧，袖口挽上三挽还是不利落。若不是穿着这么不合体的衣服，秀还蛮好看，眉清目秀，嘴唇饱满，鼻子挺挺的，发型也还是学生头。

　　姑妈家在镇上，临着街市，院子大门右侧开了一扇单门做修理铺，铺子后门直接通向院子里。秀安静地在姑妈家住下了，直到有一天她的女儿会走路了，蹒跚走到铺前面玩，街坊邻居才知道这个院子里多了两口人。别人问起正在修伞的瘸子男人，"这是谁家的孩子？"瘸子男人说"侄女"。多嘴的还会多问几句，不多嘴的笑笑了事。只是除了这句，再有多的问话瘸子就不回复了。有不知趣的非要打破砂锅问到底的，侏儒女人就会顶人家一句："我侄女的小孩，以后都在我这住，跟我们一家，别每次见了都问。"

　　来修理铺的都是街坊邻居和乡里乡亲赶集的人，彼此都熟，也都知道侏儒女人的脾气，她呛了人，也没有跟她计较的，来取鞋的取了鞋走人，来取伞的取了伞走人，样子并不记仇生气。这个修理铺几乎无所不能，修鞋，修伞，修自行车，修锅底，修瓷盆。喜欢打趣的人拿瘸子开玩笑，问他："瘸子，你都没骑上过自行车，能修好吗？"对这样的话瘸子也不计较，说："你天天骑，屁股都能长上面，没见你能修它。"打趣的人嘿嘿一笑，继续给瘸子打下手递工具。瘸子瘸得实在厉害，站起来，整个右腿在空中打秋千不着地，即使是那条好的左腿也是瘦得不成样子，总之他的下身整个就是畸形。他若坐着不动，看脸庞、胳膊、手倒是一个健壮男人的体魄。瘸子要是非得站起来不可，为了右脚能着地，他的左腿就要弯起来撑着右腿，因为只有这样他才能保持平衡。像校车把、打气这样需站起来使力气的活，客人多是自己动手做了。

这样的一家人日子过得还好，女人会修鞋，手艺也好，客人都很满意。孩子大些会自己玩时，秀也跟姑妈学起了修鞋。本来不是什么太难的手艺，秀很快就学会了。只是头两年里，手艺不如姑妈，毕竟还是年纪轻，手上没劲，不像肥肥胖胖的姑妈。姑妈、姑父都是四十多岁的人了，秀在她的女儿三岁这年的秋天才满十八周岁。母女俩的生日一前一后，一个是八月十六，一个是八月十七，这记的也都是农历的日期。

秀的女儿叫欢欢，姑妈总是向人强调是欢欢喜喜的"欢"。欢欢会走路后喜欢在修理铺玩，喜欢摆弄姑姥爷的工具，还喜欢坐姑姥爷的小马扎。这之后常有一个模样讲究的中年妇女站修理铺前远远地看她，有时会走过来给她一包零食，有时会是一箱牛奶，后来来的次数多了，还送欢欢好看的裙子，花棉袄。

起初秀不知道该不该接这些东西，姑妈倒大方，说："怎么不接，接了，她该出这一份！"秀听姑妈这么说，几次之后，大大方方接了，有时还会让中年妇女进去坐坐。中年妇女欲言又止的，总说还有事，顺道来看看就走。秀看看姑妈的眼色，由她自由去了。

成年后的秀面容越发地好看，只是因为身子生养过孩子，不是花季女孩该有的身段。但也不难看，个头也长高了。

秀的父亲三年半后才出现在修理铺，来也是有目的的。这天是背集，街上没什么人，三个大人在赶前一天逢集时客人送来的各种物品。姑父锔锅底，秀用机器轧鞋，姑妈一边哄着孩子玩一边往一块皮子上涂胶。秀见父亲来，站了起来，也没敢出声说话，傻傻地站着。是姑父先开的腔，说："哟，二兄弟来了。进院子里坐。"说着扶着右腿站起，摸着墙把秀的父亲往院子里让。院子本来有大门的，只是一直锁着，他们自家人出入院子都是从修理铺走。

秀的父亲有点抹不开脸，看了一眼秀，低下头往院子里去。他虽低下了头，眼里难免还是流露出了惊奇，这个年纪不大脸上有些沧桑的父亲还是看出了二女儿长高了。他若没记错，把她赶出家门的那年，她没这么高，身材自然也没这么胖。头发也长了，随意地绾一把在后面，样子形容很是一个成年女子的味道。

两个男人进院后，秀有点不安，就收了活，过来把孩子抱在怀里，怯怯地叫姑妈："姑妈……"只这么叫，不知要说什么。

姑妈继续在一张皮子上刮胶，头也不抬，很是经事的神情说："不会有什么事，可能就是路过来瞧瞧。你不想跟他说话就不说话，他不认你，也是一家人，这关系跑不了。"秀听姑妈这么说，嘴里"嗳"一声，算是听从了姑妈的话。

约摸有一个时辰，两个男人一前一后从院子里出来，秀的父亲说要赶县城，姑妈也没留他用午饭。这天秀去煮的午饭，到吃饭的时候，难得一家人围了桌子吃，桌上放了一盘豆芽一盘茄子，欢欢用手捏着豆芽一根一根地往嘴里放。自己这么吃着，还不忘往每个人碗里放上一根，样子很忙，很喜欢吃，很高兴。饭吃到一半，秀给姑父装第二碗，姑父接下刚往嘴里扒第一口时随身子往上一挺打一个响嗝。姑妈就骂他："不知道先喝口稀水嘛！"姑父也不接话，一边打嗝一边吃下了第二碗。秀就觉得这顿饭不对劲，心里直起疙瘩。果然，等大家都放下碗筷，姑父发话了，说："秀，你爸这次来说是那边想要回孩子。你呢，就算是我跟你姑的闺女，可以再找婆家。你也是大人了，我跟你姑妈不给你拿意见，你自己想想怎么办。"

这时姑妈接上话说："那边说要是把孩子给他们，就撤了你哥的案子，你也可以再找婆家。就是两清了，以后谁也不扯着谁了。你呢，就是你姑父说的，算是我们的闺女，以后也从我们这里出去，你要是不记你爸你妈的仇，可以当亲戚走。"姑妈一米二左右的个头，说这话时要仰着脸看秀。

秀虽是十八岁，也是一个三岁孩子的母亲了，自己却也还是个孩子脾气，心里不高兴表情全在脸上。但这么三年多的生活让她孩子气的脸上又多了一份忍耐，所以这时的她看起来是又烦躁无助又悲伤抑制，想哭也不是，想爆发也不是。姑父吃完饭叫了欢欢去修理铺里，留下姑妈和秀两个人继续交谈。

姑妈说："秀，去屋里歇歇吧，这里我收拾。"她这意思其实是说，"孩子，想哭就去哭一场吧，别憋坏了，你也还不过是个孩子，这三年过来你也不容易，刚把孩子拉扯大，以为平静了，那边又来添乱"。姑妈个子太矮，不然这个情景是该把孩子拉在怀里安慰一场的。

秀手里拿着一双筷子和欢欢的小碗站着一动不动，等姑妈过来要她手里的东西时，才终于滴下了眼泪。她把手里的东西给姑妈，转身去自己的房间。

这的确不是一个十八岁女孩的房间，堆满了奶孩子的小衣服、毛衣、薄厚棉袄和孩子的尿垫。房间里也没有一个衣柜，只一个不成型的大方桌和架在墙上用来搭衣服的两根竹竿。除了这些，真是再没有其他的东西了，黄土泥的墙上连一张画都没有。秀坐在床上一边哭一边折欢欢的衣服，整整齐齐地折了两摞子，然后靠了床上的墙边放好，就扑在上面放声哭开了。姑妈早洗好了锅碗，坐在屋檐下听秀屋里的动静，直听到秀叫着"妈"哭出声来才放心去修理铺做活。

还是秀刚读初二的时候，秋吧，天气还没有真正的凉下来，玉米还没有长成金黄，秀跟同学从学校逃课出来，直接就被高高的玉米地淹没了。乡里的中学，学校一面靠路，一面靠河，远远的离着集市和村庄。逃出来的学生中有人熟路，先是顺着河走，然后拐上一条大道去与人会合。

秀第一次出来，见到会合的人才知道对方都是男的，其中有两个跟她们中的两个女生在谈恋爱。恋爱是个很神奇的东西，看不见摸不着，谁也弄不懂它是什么东西。没谈过的不知道，谈过的也说不清，说是你还不知道是怎么发生的时候两个人就已经在谈恋爱了。真玄妙。秀还没谈过，什么还不知道，到了录像厅，除了两对熟悉的，剩下的各自配成对找了位置坐下，她被一个男生拉起手坐到了一起。

这样她就跟外校的男生谈了恋爱，外校的那个男生自然也是个不好好读书的孬孩子。他读初三了，因为打算到年龄后去当兵，高中上不上两可，不想中考，学习很是不上心，本是上学的时间，能踩着山地车跑十几里到外校去打架。他又是个超生孩，自小养在舅舅家，父母因为没养他，长大后不好狠管。舅舅呢，还是隔了一层，也不好管。这样他就认识了秀，这一帮与那一帮也就谈起了恋爱。秀在这年的腊月怀孕了，但她不知道，直到第二年的开春棉袄脱掉换成单衣，姐姐才发现她肚子鼓了，就告诉了妈妈。妈妈知道后，就出大事了，秀读高中的哥哥带人找了那个男孩把他一顿狠打。那个男孩这时已经没读书了，在社会上胡混，几天没回家家里人也不知道，直到有人通知一个屋子里死了人，家里人才知道出了事。男孩老家是另一个镇上的，紧挨县城，因为父亲在县城化肥厂上班，家里有点势力，扬言要把秀的哥哥关进监狱，终身不得出狱。乡里人其实隔得再远，都是能扯上亲戚的，秀的父亲找了人去男孩家说情。男孩的父亲是读了书的人，还讲点道理，他们也知道这件事的源头还在他们的儿子那里，见秀的父亲低三下四地求饶就提了要求，要秀为他们家生下这个孩子，并且这一辈子不得嫁人，算是给死了的儿子留了后配了婚。但是呢，生下的孩子要是男孩就把秀娘俩接过去，要是女孩就只能秀一个人养。这情况，秀的父亲想妥协，只好牺牲了秀保儿子，又加上觉得有这样的女儿丢脸，又跟秀断了父女关系把她赶出了家门，让秀只身一人去投靠膝下无子女的侏儒姑妈。

秀那时还是个孩子，能怎么办呢，天没亮起来辞别了妈妈、姐姐和事后才知道打死了人吓得丢了魂的哥哥，去了愿意接收她的姑妈家。

现在，三年半后，哥哥已经考上了大学，眼看着能有个好前程，当年男孩的家人又找到秀的父亲想要回欢欢。因为男方的大儿子这时已大学毕业，一毕业就留在了北京给人家当上门女婿，是肯定不回来了。男方的妈妈想着以后身边无后，就想起了欢欢，这要求男方父亲也是支持的，还说可以给欢欢弄城里户口，将来接他们的财产。人心真是变化得快啊，只是几年时间，他们就不再重男轻女想要回孙女了。

这事叫秀没办法，她亲手带大的欢欢，与孩子相依为命的情感早已在她心里生根发芽，多少个日日夜夜也是因为这个熬过来了，怎能说给就给？秀不愿意，说孩子还小，等大些再说。

秀的父亲只好觍着脸堆着笑去跟男方的父母说欢欢还小，还离不开妈，孩子的事不如先缓缓。他这么低声下气自然是要保他的儿子顺利上完大学。后来，秀去家里拉缝纫机见着母亲，母亲跟她说，她父亲为了她能保住欢欢苦苦求人，从县城回来之后整个身子都矮了一截。母亲这样的话，秀是信的。

2

修理铺的两边一家是服装店，一家是粮行。服装店的老板娘是外来的租户，粮行老板是姑父家多少年的老邻居。给粮行帮工的一个男的，几次托服装店的老板娘打听秀是不是死了丈夫，要是一个女人家带着孩子，他表示愿意跟秀处对象。这个帮工看上去比秀大远了，又黑又驼。服装店老板娘找姑妈试探了几次，姑妈深知秀的情况，她那边有约定的，不能嫁人，就狠狠地拒绝了服装店老板娘的意图。

秀随着欢欢长大操心少了，心闲下来人越发好看，上门来提亲的人一直没有间断。有一个卖肉的算是街上的好行当了，年近四十，不瘸不拐，只是三年前死了老婆。两家的摊档在街直角的两条边线上，要看看对方不难。秀是早就被人看过多少回了，可是秀怎么也不愿过街去看人家，她心里知道自己得守着约定不能嫁人。她想，就算是为了哥哥吧！

转眼这年阳历九月，欢欢已满六周岁，可以上小学了。秀第一次离开她生活了六年多的街道去给欢欢报名，这一报名才遇到欢欢的户口和姓氏的问题。秀想，那边起初说了不要她们的，心里自然不愿让欢欢随那边的姓氏，就让姑父去求了人把她们娘俩的户口弄到了他的名下。

秀一天来来去去经过几条街送孩子上学，知道她早早死了"丈夫"的人越来越多。有的好心人出于怜悯还是想着给她介绍个下家，但介绍来介绍去不是死了老婆，就是缺胳膊断腿短智商的。秀无心谈这事，但拒绝不了，只好应付着。她也是经了提亲这些事才意识到人生的残酷，原来人活一世一步也错不得的。这是她不能再嫁人，若是能，再嫁竟只能找"门当户对"的了。

欢欢读五年级的时候，也就是十岁这年腊月，秀的哥哥娶妻设宴。可并没有人请秀回去参加哥哥的婚礼，秀事后在姑妈那里才得知这事，自然是哭了一场。原来，连跟她关系最好的哥哥也把她忘了。但她还是绣了一对红荷花绿鸳鸯的十字绣枕头加一份好礼，托姑妈送了过去，也没让说是她送的。可是这种事谁不是心知肚明的呢，都是捂着不说。新嫂子根本不知道她的存在。这件事后，对秀来说，一个人内心的成长才暗暗开始，像冬天柳树的体内，谁也看不出来酝酿着春天的情绪。

欢欢是个机灵的孩子，奶奶年前来看她，提了一件粉红的羽绒袄，她在秀的许可下收下衣服，当即亲昵地叫了一声奶奶。除了她喜欢的羽绒袄奶奶还给她带来了一双红皮靴，当欢欢穿上一身，立即从灰姑娘变成了白雪公主。奶奶见欢欢高兴，趁热打铁问她要不要去城里跟爷爷奶奶一起过年。欢欢自然是一口就应下了，秀这时开腔已晚，要再拒绝势必会让欢欢跟她翻脸。欢欢委实是一个个性十足很有主见的孩子，因为身世问题一直跟秀暗暗地僵着。

过了年初五，奶奶把欢欢送了回来。欢欢脸上不大欢愉，秀问她怎么啦。欢欢说想去城里，在城里又可以学钢琴，又可以学跳舞，还可以读好学校，说奶奶住的新小区旁边就有一所漂亮的中学，可比她们镇上的中学好看多了。

秀不高兴听欢欢这么说，当即呵斥了欢欢，叫她以后不准再提及去城里的事。但这天夜里，秀辗转反侧，怎么也睡不着，她想清楚了对欢欢发脾气的原因。她的整个世界只有欢欢，若失去了她，她不敢想象接下来如何活过一天一天漫长的白昼和黑夜，一年一年漫长的春夏秋冬。

六年级时，欢欢没有考上县城里的中学，因为欢欢想去城里，死活不愿意读家门口的中学，要求复读一年。复读班的班主任一天家访，到了秀家，与秀在院子里从下午一直聊到傍晚。进入夏天的太阳很是明媚，把院子里一棵柿子树都要照透了。光从树叶间洒下，白花花的光打在放了茶杯的小方桌上。有一个细小的光影竟是活的，从白瓷杯里一跃就跳到茶杯盖上，又从杯盖上跳到剥落了红漆的桐木桌上。有些腐朽的桐木桌面发白的样子，让秀觉得这十来年的光阴真的是实实在在地过去了。

欢欢在校谈恋爱了。似乎也没有出格，俩人还约好了一起考去城里。秀看着在桌子上跳来跳去的那个细小光影心里很是感叹，女儿可是比她机灵的，懂时务的。这时秀回过头来看她在这个年纪所做的事情，真心觉得自个儿愚笨极了，整个人是糊涂的，混沌未开。

秀不想把欢欢给她奶奶，可也拦不住欢欢自己要往城里去。

欢欢考上县城中学的这年，县城更市，新城画了一个圈，增加了两个经济开发区，欢欢奶奶乡下的镇子划在了新三环边上，秀姑父他们的镇划入五环。这一下可都成了城里人了，欢欢很高兴。但等开发到五环还有些年头，而三环内说动工就动工了，市政府新址就在三环和二环中间。

欢欢的奶奶以三环边上一所宅子为条件赠予秀，让欢欢随父的姓氏入他们的户口。秀的父亲再次找到秀希望秀应下这个条件，这样一来，那所三环的宅子就是秀的了。父亲的意思是，秀若用不着可以给她哥哥建一所房子。秀觉得姑妈家也是城里了，她如今成了她们的养女，这所宅子早晚会是她的，所以她私心下并不愁将来无安身之地。

但事情并不像秀想的那样美好，问题出在了姑父这边。原来姑父是不想把宅子给秀的，他早已把这片宅子许给了弟弟的二儿子，最近听说划入五环了，他的亲侄儿一下子跟他很亲，常往修理铺来。

因为镇子划入五环，镇上的学校也都统一要求穿了校服，这一下，爱潮流的姑娘小伙不干了，私下修改校服。裤脚要窄一些，T恤要短一些。秀她们住的地方背街那边隔不远就是中学，秀见修改衣服的生意好，就跟姑父姑妈商量在房子的另一侧开个门专门修改衣服。姑父姑妈一口答应了，因为这时下的修理铺早没有修瓷盆修锅底的活，送来的鞋子也多是做护理，擦洗，平时里三个人能闲下两个。这样的情势下，为了长远的生计，秀才想要去母亲家拉缝纫机。

等那边的门开好，秀厚着脸皮趁天色暗回到娘家。她起初担心的是父亲不会同意，等她说明来意，不想，首先答应她的竟是父亲。那时屋里开着电视，父亲的目光从电视上转过来只看了她一眼，转头冲她母亲说"给她"，然后又转回去看电视。父亲这样允准后，还帮她把缝纫机抬上架车。多少年了，秀这是第一次跟父亲这么近距离地接触，她本想看看父亲脸上的神情，揣摩一下父亲现在对她的态度，但是天色真是太暗了，秀只感到在跟父亲抬起缝纫机时他重重的呼吸。

把缝纫机抬上架车，秀在家里并未再做停留，因为父亲再没发话，母亲也没表示留她。但秀心里似乎也知足了，想想自己不就是来要缝纫机的吗？现在要到了，还能再期待什么？秀告别了母亲，出了院子，摸摸索索地在巷子里走。农村的巷子里没有路灯，路不好走，秀心里并不埋怨，相反，她还觉得天黑真好，她可以就这样脚踩着儿时玩耍的路，慢慢地走，真希望能多走一会儿。

出了村子，过了桥，秀走到大路上。这是她长这么大第一次一个人走这么长的夜路，她发现心里并不恐惧。娘家跟姑妈家隔二十里，她回到姑妈家已是下半夜。她在门外叩门环，姑妈起来给她开了院门，那一瞬间她像是一下子回到了十几年前。这感觉让她立即又觉得娘家远了。架车拉到屋门口，秀抬起架车把，姑妈钻进车下把车轱辘子卸下。然后秀自己把缝纫机搬到了屋里。这忙活的中间秀在夜色的掩饰下一直掉着眼泪。她想想最初绝情的父亲，又想想当下的父亲，觉得父亲这是原谅她了。她为她的当初哭，也为父亲能原谅她哭。

生意倒是不错，逢集在修理铺帮忙，背集就在这边修裤角。欢欢周六早上回来，周日下午返城。回来时竟也带了校服让她把裤腿改窄，把T恤改短。欢欢叫改的样式跟镇上的中学生不同，裤脚口窄得似乎连脚都塞不进，改好的裤子摊平一放，像一对大括号。十分奇怪。秀觉得好笑，欢欢说这是时下最流行的日韩风，以很不屑的表情嘲笑她没见过世面，跟不上潮流。潮流即时代，秀这才知道眼下的时代不同了，欢欢眼看着要年满十五周岁，而她，这个中秋一过就要整三十岁了。秀想，原来他们班上的好学生和坏学生可是楚汉分明的，学习好的都老实，学习坏的才一天里追星耍潮流。因为有这个经验，她一直担心欢欢步了她的后尘，哪知欢欢跟她大不一样，既成绩好知道学，又爱跟潮流追明星。

三环内的建设这年已像模像样，宽敞的道路横平竖直地摆在那里，没见过世面的远乡农民走在大道上都有点害怕，生怕一脚踩下去后都是窟窿。怕那街道是假的，糖饼子做的，随时会破碎，会消失掉。旧城中心区在一二环中间，欢欢的学校在那里，秀开始去得勤，后来就去得少了，因为欢欢的奶奶在照顾着欢欢。欢欢周五不往家赶都是去了奶奶家，而周日下午她早早返城，也还是去了奶奶家吃过晚饭才去学校。对于这种情况，秀也没什么好说的，由着欢欢认祖归宗了。只是她知道照这样下去，欢欢奶奶早晚还会找到她，把欢欢要去。早晚的事罢了。欢欢眼看着要中考了，他们会希望欢欢在读高中前把姓氏改过去。秀想到这些，看似把问题想清明了，可还是不知道为什么，又不是怕欢欢认祖归宗，为什么心里总是有隐隐的痛与不安？

果不其然，又是年底，秀的哥哥找秀来了。说是这么多年他心惊胆战地在外努力工作，终是没能在那个城市站住脚。现在他希望回到家乡来，用打工的钱在市里盖一所房子，接下来就在这个城里安身立命。这么说，秀就知道了哥哥这是要她答应欢欢奶奶家的要求来的。

哥哥是傍晚前来的，说完重要的事天色也还没到黄昏，这个时间点是掐得很好的，当秀要做晚饭了，哥哥就可以找借口走了。

秀起初是想跟哥哥聊聊家常的，聊聊这些年他们没见着哥哥过得好不好。要是哥哥还像小时候那么爱护她，她还想跟他聊聊她这十多年来心里的苦闷。

但是事情不是这么发展的，哥哥从修理铺那边进到院子里来，坐在院子里等姑妈去把秀叫过来。

秀正在修剪裤脚，听说是哥哥来了，剪刀没放下就哭了。姑妈见她哭，仰着头看着她，等她收住哭声叫她先去洗个脸再去院子里。

秀洗过脸再来见哥哥就像是第二次见哥哥了，脸上是笑的，也像家常那样跟哥哥打招呼，说："哥你来啦！"

哥哥还是第一次见妹妹，僵直地挺着身子起来，讪讪地说："来了。你还好吧？"

"好。都好。姑妈我们都好。"秀说这话时很大方，好像什么事都没有发生过，好像她生来就是姑妈的女儿一样，跟他们是一家人。

哥哥没等秀让坐，拘谨地坐回了原位。秀这才忙着说，"哥，你坐你坐"。

茶水姑妈之前倒好了，秀也不必让茶水，样子大方地自己找位子坐下了。

姑妈个子矮，一直站着，秀让姑妈坐，姑妈坐下来还像站着那么高。姑妈坐下来说几句长辈寒暄的话，觉得自己在他们兄妹俩不好聊起身走了，说她还有点活没做完。

姑妈一走，哥哥就开门见山了，也没提前事，说要秀帮帮他，他想回家乡来安身立命。

秀听着，中间没有插话。哥哥讲完他的意思冷场了秀才开口说："哥，你让我想想。"

秀在哥哥走时也没开口答应他的请求，不是她不讲兄妹情面，是她心里那种隐隐的痛与不安让她不敢松口。她从哥哥这次到来感受到什么，但究竟是什么她又拿捏不清。秀出来送哥哥，哥哥向西去。哥哥的身影在傍晚的阳光下越拉越长，他走得越远，身影越大，直到把秀整个人都笼罩了。秀不舍得离去，看着哥哥的背影，心里不是滋味，曾经多么倔强威武的哥哥啊，现在却只会一味地唯唯诺诺看人脸色说话了。

3

在秀到来的十五年后，姑妈已是过了五十要奔六十的人，与常人比她是提前衰老了，手臂越发显得长，眼还老花，本来异于常人的脸，戴上老花镜后欢欢开玩笑说像个外星来客。姑父本来比姑妈年长，也是刚进六十，面容上却像是小她十几岁。这年冬天一场雨后结冰，姑父晚上摔了一跤，在秀把他往屋里拖的时候昏了过去。

腊月过半，放了寒假。姑父因脑溢血昏迷医治无效去世。过了开年，姑父的侄子便拿着他叔叔生前的遗嘱过来找姑妈说话，也没有说要她们俩立即搬走，只说将来城市要是发展到这里了，她们得配合，他肯定是要在这里建楼的。

姑妈越发老了，春天来到，她也是无精打采的。秀关了修理铺，只留了修鞋和改衣服的糊口生意。

欢欢中考前，秀选了一个晴朗的上午回了娘家，哥嫂都在外地，哥嫂的两岁女儿由母亲带着。他的父亲不像上次她回来拉缝纫机那次的态度，看见她来扭头就走。当她叫住父亲把来意说明之后，父亲突然对她热情了，把她往屋里让，像待一位稀罕的客人那样。秀一下子不太能适应父亲这样的热情，偷偷地拿余光看父亲，她见父亲的脸上还流下了两行泪水。秀自从哥哥找过她之后，心里便明白了上次回来父亲为何对她好，因为她尚有利用价值。这时的她心里并不会再被父亲这样的泪水感动，她像从不曾离开过这个家一样，按住性子平平常常地跟母亲一起包了一顿饺子，吃完饭帮母亲洗了锅碗才走。

欢欢的奶奶像承诺的一样给了他们一片宅地，地方有些偏斜，那之前应该是一块不中用的田地。面积有五六分，盖一所小楼足矣。秀的父亲和哥哥是这样合计的，先盖上楼，等以后城市发展大了，人口多了，会有地产商来收买这些地。以现在的行情看，到时他们不管是要房还是要赔偿都不会吃亏。即使没有开发商来征地，他们还可以把房间出租出去。哥哥这时不那么冷漠了，高兴地许诺盖了楼后把一楼的铺子给秀，让她开个店铺有个营生。

欢欢原来随姑姥爷姓叫文欢欢，后来叫杨欢欢。户口入的自然也是爷爷的户口本。当这一切都已办妥当，欢欢已经考入了理想的高中。

姑父遗留下的那片宅地比原计划提前被城市统一开发征收去了。秀无任何所得，只姑妈得的半份交给了她保管。秀一时无处可去，又加上要赡养生病的姑妈，秀便想到了当初哥哥的许诺，向哥哥要他刚建好的楼房一层的半边商铺。

嫂子是外地人，讲一口南方口音的普通话。

这时的嫂子什么都知道了，知道丈夫少年时误杀过人，也知道秀为了哥哥守了承诺没有嫁人。但现在情况不同了，欢欢给了过去，秀是可以再嫁人的，她以此为由不愿把一楼铺面给秀。

秀念着小时候跟哥哥的情义，不想跟哥哥嫂子翻脸，找了母亲说。母亲却反过来劝她不要跟哥嫂争，让她用姑妈的钱自己买一套，说钱放着不是她的，要是买成房子等姑妈死了，早晚会是她的。秀诧异地看着母亲，母亲说完后忙低下了头。秀想找父亲说话，一个村子找遍了也未见父亲的踪影。

这一次找父亲，秀才知道村子大不一样了，原来小学后面的池塘一周种着垂柳，水面上似乎终年游着鸭子和白鹅，清脆的嘎嘎声时常划过小树林飘到教室里去。现在池塘一周长满了荒草，水面黑魆魆的，一只鸭鹅也不见。村后的池塘成了污水沟，像是一个村子的生活垃圾都在往这儿倒。带着污迹的卫生巾也不包裹，就那么没羞没臊地散着。方便面的袋子和火腿的肠衣被狗扒得哗哗啦啦地响，公鸡到处乱翻。这曾经是一个村子最安静的地方，现在骚乱无比。

秀未找到父亲，回到家里从电瓶车上卸下给父母带来的礼物，去她住过的房间看了看，没有跟去菜地割韭菜的母亲告别就走了。母亲之前说中午跟她一起包韭菜鸡蛋饺子的。秀推着车走出院子，又停下来扎好车，双手拉过门环把两扇大木门带上。她这时犹豫了一下，不知道该不该把插锁插上。依着儿时的印象，锁不一定要锁上，只把插锁插上就好，因为防的倒不是人，而是猪羊那些畜生。犹豫后，秀依着这个印象只把插锁插在门耳里，并未锁，转身骑上车驶出了巷子。在骑上车子的那一刻，秀才觉得自己真的是要离开这个家了，十六年前的那个夜晚她并没有离开，这些年她的心可是一直在这里的。

从父母家回到姑妈家，姑妈正在收拾东西，许多的破破烂烂姑妈不舍得丢下。秀说，"都丢了吧，都丢了吧，我们带不走这些的……"姑妈还在咳嗽，每咳一下都要挣得眼睛通红。秀让姑妈躺去床上，自己收拾起来。一个过去式的修理铺，一个过去式的家庭院落，秀收拾一段就坐下来回忆一段。面对过去的点点滴滴，实在是只能由着心把一件事想够了才能结束一件物品。这一想来，原来过去十几年的时光是那么的长，像她小时候看到的屋后的河水，盯着它看一个上午一个下午也流不完。当收拾到欢欢的东西的时候，她看到欢欢小时候的衣服几乎每件上面都沾有黑色的机油，那些都是她玩姑姥爷修自行车的工具给沾染上的。现在看来每件都破烂不堪。看着这些衣服秀才觉出那个时间她们确实穷苦，也就怪不得欢欢总是盼奶奶来看她了。这些破破烂烂的东西，也都没什么好带走的了，已是高中生的欢欢本人也未必希望留下来纪念。秀知道在欢欢的心里始终未把这里当成家，她只愿把奶奶的家当成她成长的地方。"都不要了，都不要了！"秀坐下来想一段时间后，选了一块欢欢用过的尿布跟几个本子放在了一起。她清晰地记得那块尿布是用她的一件旧秋衣剪的，接生婆接生完欢欢问可准备了衣服。姑妈抱来一团，接生婆说，衣服都没过水硬邦邦的怎么用？秀欠着身子起来从床上摸了一件秋衣给接生婆，说，先用这个包吧。后来这件秋衣，秀用剪刀剪了做了欢欢的尿布。

秀租了三环里一处二楼的房子，搬家的小货车很高，姑妈上下车都是秀抱着。可能因为搬家，姑妈精神些了，但这时的她与秀刚到她家时早已判若两人，像缩了水的桃子，又皱又瘦，看着不成样子。

等一切安顿好，已是这午的年底。欢欢自从上高中后再没有跟她一起住过，眼看着欢欢长成大人，要离开这里读大学了，秀想在她走之前叫欢欢周六日跟她一起住。这个原因其实也是秀搬进三环的原因。但不想，她这个想法被欢欢一口否决了，欢欢说："我现在姓杨，不姓文。我姓杨自然是在杨家住，你们不是要了奶奶给的地吗？你们要了地就是不要我了。我都这么大的人了，难道连这个也弄不懂吗？"这话说完之后欢欢还说了许多，但都说了什么秀是一句也没听清，她面对个头比她还高的女儿一时哑口无言，窘迫，尴尬，羞惭，像做了天大的错事。欢欢这天没在秀新搬入的家里吃晚饭，背着书包走了，连躺在床上的姑姥姥也没有过去告别一声。

接下来过了一个漫长的腊月，秀除了照顾姑妈，并无事可做，她还没想明白她三十三岁后的人生还有多长。她只在反复想一些问题，她是如何丢掉女儿的？她何故要了欢欢奶奶的一片住宅自己一无所获，还为此对父亲母亲绝望透顶失去了他们？想想欢欢上小学之前的那几年，这个世界还是静止的，跟她小时候并没有两样。怎么不过又过了十来年，这世界就天翻地覆了，大不一样了呢？

秀在日日夜夜里把这些个问题想了又想，她除了得到一个生病的姑妈什么也没有。她竟然一无所有，那么多漫长的日子到头来只像过了一夜，像此刻打开门只见天下铺了一层白雪，世间万物全都消失了。

秀走出来推开窗子，摸着窗台上的白雪，握了一团放在手里。雪团并不融化，一股冰冷沁入她的手臂，顺着曲池的经脉缓缓走进了她的身体。

等冷爬上了她的脖子，她的耳朵响起一阵轰鸣。秀本可以咬紧牙抵制这种轰鸣的，可是她没有，她任由这种灼人的轰鸣在她的耳窝里摧毁她对这个世界的知觉。她接受着。

　　"我为什么还要跟你一起住？你生下我，不管谁的错，我已经有一个糟糕的过去了。知道我为什么要上城市里的初中吗？因为我想有一个体面的家庭。现在，我更想有一个体面的未来，这些你能给我吗？"秀这时回忆起欢欢说的话哭了，不知是脖子动还是头在摇晃，样子有些痉挛。那样的哭，哭得那样悲伤，那样透彻，让秀想起自己以前的许多个日日夜夜。

　　秀没有回答欢欢的话，她既回答不了也无力回答欢欢的这些问题。她记得欢欢读初中时一次去看欢欢，欢欢那时已经放学了，在学校旁边的面馆吃面。欢欢的同学问秀，"阿姨，都是看你来接欢欢，怎么没见她爸爸来过啊！"正在吃面的欢欢还未等秀开口忙抢下话说，"我爸爸在我很小的时候就死了。是我妈妈和爷爷奶奶把我养大的。"

　　秀还能再说什么呀！秀无言以对。她撕了一张日记本上的纸张记下姑妈要吃的药，准备出门去给姑妈买些药回来。姑妈吃的药快没有了。